猛犸译丛

飞行的小酒馆

THE FLYING INN

G. K. CHESTERTON

[英] G. K. 切斯特顿 著

吴艺蓉 译

广西科学技术出版社
·南宁·

图书在版编目（CIP）数据

飞行的小酒馆 /（英）G.K.切斯特顿（G. K. Chesterton）著；吴艺蓉译. -- 南宁：广西科学技术出版社，2025.3. -- ISBN 978-7-5551-2360-6

Ⅰ.I561.45

中国国家版本馆CIP数据核字第2024PW8135号

飞行的小酒馆
FEIXING DE XIAO JIUGUAN
［英］G.K.切斯特顿　著
吴艺蓉　译

策　　划：黄　鹏	责任编辑：阁世景
责任校对：苏深灿	营销编辑：刘珈沂
版式设计：梁　良	封面设计：张丽媛
责任印制：陆　弟	

出 版 人：岑　刚	出版发行：广西科学技术出版社
社　　址：广西南宁市东葛路66号	邮政编码：530023
网　　址：http://www.gxkjs.com	编辑部电话：0771-5827326

经　　销：全国各地新华书店
印　　刷：广西民族印刷包装集团有限公司
开　　本：889mm×1194mm　1/32

字　　数：220千字	印　　张：12
版　　次：2025年3月第1版	印　　次：2025年3月第1次印刷

书　　号：ISBN 978-7-5551-2360-6
定　　价：59.80元

版权所有　侵权必究

质量服务承诺：如发现缺页、错页、倒装等印刷质量问题，可直接向本社调换

格物以为学，伦类通达谓之真知

目 录

酒馆里的布道 / 001

橄榄岛的尽头 / 013

"老船"的招牌 / 026

酒馆逃出生天 / 036

代理人大吃一惊 / 050

天堂之洞 / 063

"简单的灵魂"学会 / 079

民之声,神之声 / 092

高级批评与希布斯先生 / 104

坎德尔的性格 / 119

客厅里的素食主义 / 132

森林里的素食主义 / 147

隧道之战 / 164

被人类遗忘的生物 / 184

汽车俱乐部之歌 / 198

多里安的七种情绪 / 216

议会中的诗人 / 232

"和平之路"共和国 / 253

船长的盛情款待 / 270

土耳其人和未来主义者 / 283

通往盘转镇之路 / 298

克鲁克先生的化学 / 320

向艾维伍德前进 / 337

琼女士的困惑 / 352

发现超人 / 370

酒馆里的布道

浅绿色的海面上泛着星星点点的波光，午后已经能隐约感受到傍晚的朦胧雾气，一个年轻女人沿着"海上卵石坞"（Pebblewick-on-Sea）的堤坝垂头丧气地走着。她一头黑发，穿着一件颇有设计感但皱皱巴巴的铜色裙子，拖着一把太阳伞，向海平线望去。和历史上千千万万的女人一样，她不由自主地眺望海平线只有一个理由。但，目之所及，不见船帆。

堤坝下的海滩上，一小群人围在海边常见的演说家周围。这些演说家中有黑人，也有社会主义者；有小丑，也有牧师。有一个男人站在这里，拿着纸盒捣鼓着什么，来度假的人会围观他好几个小时，一心想弄清楚他到底在搞什么。旁边，一个男人戴着礼帽，带着一本很大的《圣经》和他娇小的妻子，当他握紧双拳与在高级疗养地流行的阿明尼乌派的堕落后预定说^①（Sublapsarianism）异端斗争时，他的妻子

---

① 荷兰基督教新教加尔文宗教会新改革派根据加尔文预定论提出的一种"救赎论"学说，认为上帝对某些人得救或某些人沉沦的预定是在人类始祖亚当、夏娃犯罪堕落之后或过程中。——译者注（后文若未明确说明，均为译者注）

总是安安静静地站在他身后——追随他绝非易事。他非常激动，但时不时地会冷笑着冒出"我们那信奉堕落后预定说的朋友们"。在他旁边有一个年轻人，嘴里不知道在念叨着什么（估计他自己也不知道），但是很明显，他主要是靠帽子上的一圈胡萝卜来赢得过往人群的注意力的——扔到他面前的钱比其他人的都要多。接下来是一个黑人。再接下来是儿童礼拜仪式队。主持人是一个脖子很长的男人，他用一把小木铲打着拍子。远处有一个无神论者，他怒气冲冲，一阵一阵地指着儿童礼拜仪式队说，大自然最美好的事物被西班牙宗教裁判所①（Spanish Inquisition）暗中腐化了——当然，这里指的是那个拿着小木铲的男人。这个无神论者（戴着红色的玫瑰形装饰）对自己的听众也非常失望。"伪君子！"他说道，然后人们会扔给他一些钱；"骗子，懦夫！"他接着说，然后人们再扔给他更多的钱。但是在无神论者和儿童礼拜仪式队之间，有一个很斯文的男人，他头戴红色土耳其毡帽，有气无力地挥舞着一把绿色的大伞。他的脸是棕色的，皱得像个胡桃，他的鼻子让人想到了犹大②，他的胡子浓密乌黑，像波斯人那样留成楔形。这个年轻的女人以前从没见过他，他在

---

① 或称异端裁判所、异端审判，1231年设立，负责侦查、审判和裁决天主教会认为的异端者，曾监禁和处死异见者。
②《圣经》中的人物，耶稣十二门徒之一，又称加略人犹大。

这群怪人和江湖郎中的大杂烩中算是个新面孔。这个年轻女人是那种无法真正享受幽默感的人，因为她总是会被某种厌倦或抑郁的情绪打断。她逗留了一会儿，靠在栏杆上听着演说家的发言。

她花了整整四分钟才搞清楚这个男人到底在说什么。他的英语口音太重，导致她一开始以为他说的是他自己的东方语言。所有的发音都很奇怪——最奇怪的是，所有的短音"u"都拖得超级长，变成了"oo"的音，就比如把"扑"说成"泼哦"。渐渐地，女人适应了他的音调，开始听懂他说的话，但也费了好一番工夫才推测出他到底在说什么。结果她发现，这个男人似乎对英国文明有些稀奇古怪的看法，认为英国文明是由土耳其人建立的，或者是由萨拉森人[①]（Saracen）在战争获胜后建立的。他似乎还认为，英国人很快就会恢复土耳其文明的思维方式，为了证明这一点，他似乎还在宣扬绝对禁酒主义（teetotalism）。这个人是他唯一的听众。

"库——看"，他摇晃着一根卷曲的棕色手指说，"库——看看你们自己的酒馆（他的口音听起来像在说'橘

[①] 系指从今叙利亚到沙特阿拉伯之间的沙漠阿拉伯游牧民，广义上则指中古时代所有的阿拉伯人，也可以说萨拉森人就是阿拉伯人；狭义上的萨拉森人只用来指中世纪时期地中海的阿拉伯人海盗。

馆')。你们在你们的苏——书中提到的酒馆！这些酒馆一开始并不是为了粗——出售含酒精的饮料而建的，而是为了粗——出售不含酒精的饮料。这你们可以从酒馆的名称中看出。它们都是东方式的名字、亚洲式的名字。你们有一家很有名的酒馆叫大象堡（Elephant and Castle），那是一个重要的交通枢纽站，巴士像朝圣一样来来往往。这不是一个英国式的名字，它是一个亚洲式的名字。你们可能会说英国有城堡，这我认同，比如温莎城堡（Windsor Castle）。但是，"他厉声喝道，同时向女人挥舞着那把绿伞，像个胜利者一样义愤填膺、滔滔不绝地说道，"哪儿有温莎大象呢？我找遍了整个温莎公园（Windsor Park），哪有什么大象。"

这个黑发的女人笑了，她开始觉得这个男人可比其他演说者有意思多了。按照海水浴场流行的一种奇特的捐赠制度，她往他身边的圆形铜盘里投了一枚两先令的硬币。这位戴着红色头巾的老先生怀着可敬而又无私的热忱，丝毫没有注意到这一点，而是慷慨激昂地继续着他的长篇大论，尽管有点晦涩难懂。

"然后你们这个小镇上有个喝酒的地方，你们叫它'古牛'！"

"我们一般叫它'公牛'（the Bull）。"这个年轻女人来了兴致，用优美的声音说道。

"你们有一个喝酒的地方,你们把它叫做'古牛',"他没来由地升起一股愤怒,重申道,"你们肯定看得出来,这可真是太荒谬了!"

"噢,不!"女人轻声说道,对其说法不敢苟同。

"为什么要开一家叫公牛的店?"他喊道,用他自己的方式拖长音,"为什么要把公牛与这样一个欢声笑语的地方扯上关系?谁会在欢乐的花园里想到一头公牛?当我们看着像郁金香一般美丽的少女翩翩起舞,或品尝着晶莹剔透的果子露时,要一头公牛干啥?你们自己觉得呢,我的朋友们?"他激情澎湃地环顾四周,仿佛在同一大帮观众讲话。"你们自己有句谚语:'瓷器店里的公牛[①]挣不了大钱。'同样,我的朋友们,酒馆里的公牛也挣不了大钱[②]。这都是显而易见的。"

他把雨伞立在沙地上,一根手指敲打着另一根手指,看起来像是终于要说重点了。

"这就——就像正午的太阳一样清清楚楚,"他掷地有声地说道,"这就——就像正午的太阳一样清清楚楚,'公牛'

[①]A Bull in a china shop,指的是笨手笨脚、横冲直撞、到处闯祸的人。前文一直在说公牛(Bull),此处一语双关。

[②]此处也是双关,既借用了"have a Bull in a china shop"这个谚语,字面意思是酒馆里的公牛,又呼应了酒馆的名称,意思是"酒馆起名叫'公牛'也挣不了大钱"。

（Bull）这个词跟'闲适''欢快'一丁点儿联系都没有，但它是从另一个词衍变过来的。能让人联想到闲适和欢快的词不是公牛，而是白头鸭（Bul-Bul）！"他的声音像号角一样突然高亢起来，双手像热带棕榈树的扇形叶子一样向外张开。

在做完这个夸张的动作之后，他的情绪稍微平复了一些，严肃地靠在雨伞上。他接着说："你们在所有英国酒馆的名字中都同样能发现亚洲式命名的蛛丝马迹。不仅如此，我敢肯定，几乎在所有与狂欢和休息有关的词汇中，你们都能有所发现。我亲爱的朋友们，为什么你们用来调制含酒精饮料的那种让人欲罢不能的物质的名称就是一个阿拉伯单词'alcohol'（酒精）呢。很明显，这不就是阿拉伯语的冠词'al'吗？比如'alhambra'（阿尔罕布拉）中的'al'，比如'algebra'（代数）中的'al'。在此，我们甚至想都不用想就能说出这个冠词在你们的节日活动中使用之频繁，比如在你们的'Alsop's Beer'[①]、你们的'Ally Sloper'[②]，以及你们的'Albert Memorial'（阿尔伯特纪念碑）中的部分欢庆活动中。最重要的是，在你们最盛大的节日——圣诞节，你们错误地认为这一天与你们的宗教有关。那么这一天你们会说什么呢？你们

[①] 英国知名啤酒品牌。
[②] 英国幽默杂志 *Judy* 于1867年创作的漫画主人公，并以其为角色创作了最早的周刊连载漫画。

会在这个节日提到基督教国家的名字吗？你们会说，'我要来点法国''我要来点爱尔兰''我要来点苏格兰''我要来点西班牙'吗？不不不。"他否定的声音来回飘荡，就像绵羊的咩咩叫，"你们会说，'我要来点火鸡（Turkey）[①]'，这是先知仆人的国家的名称啊！"

他再一次庄严肃穆地向东方和西方张开臂膀，向大地和天空发出呼吁。这个年轻的女士微笑着望着海边绿色的地平线，戴着灰色手套的双手轻轻地鼓掌，那手势像是在祈祷。但这位戴着土耳其毡帽的小老头还远远没有筋疲力尽。

"针对这一点，你们会反驳——"他开始说道。

"噢，不不不，"这位年轻的女士如梦初醒般地说道，"我不反驳。我没什么好反驳的！"

"针对这一点，你们会反驳——"她的讲师接着说，"说有些酒馆实际上是以你们民族迷信的象征命名的。你们会急忙向我指出，'金十字'酒馆（Golden Cross）就位于查令十字[②]（Charing Cross）的对面，你们还会详细介绍国王十字（King's Cross）、杰拉德十字[③]（Gerrard's Cross）及伦敦或伦

[①] Turkey 既有"火鸡"之意，也有"土耳其"之意，此处也是双关。
[②] 位于伦敦西敏市的一个交会路口，也是英国习惯上的公路和铁路里程零基准点。
[③] 又译"杰罗兹克罗斯"，和前面的"国王十字"一样都是英国的车站地名。

敦附近许多以'十字'（cross）命名的地方。但你们可别忘了，"说到这里，他流里流气地朝女士摇了摇他的绿伞，好像要用伞戳她似的，"我的朋友们，你们可都别忘了，伦敦有多少以新月（Crescent）命名的地方！丹麦新月街（Denmark Crescent）！莫宁顿新月站（Mornington Crescent）！圣马可新月街（St. Mark's Crescent）！圣乔治新月街（St. George's Crescent）！格罗夫纳新月街（Grosvenor Crescent）！摄政新月楼（Regent's Park Crescent）！还有，皇家新月楼（Royal Crescent）！对了，我们怎么能忘了佩哈姆新月酒店（Pelham Crescent）！是啊，怎么能忘了呢？要我说，到处都是在向先知的神圣象征致敬——这座城市几乎随处可见新月形的设计，与这些新月形的网络和图案相比，十字形的设计少得可怜，而这些十字形设计却诉说着你们曾有过的短暂迷信。"

随着下午茶时间的临近，海滩上的人群迅速变得稀稀落落。傍晚时分，西边的天空越来越清澈，直到阳光从淡绿色的海面照射进来，仿佛穿过了一堵薄薄的绿色玻璃墙。对这个女人来说，海是浪漫的，也是悲愤的，而天空和大海之清澈无垠可能暗示着一种光芒四射的绝望。那像是由无数翡翠汇成的潮水正在缓慢退去，就像太阳沉沉落下一样——但人类的胡言乱语永远不会停息。

"我不会固执地说，"老先生说道，"我的说法无懈可击，或者说，刚才举的例子都像我论证的那样显而易见、毋庸置疑。并不——不是。我们可以说，'萨拉森人之首'（Saracen's Head）显然是对历史真相'萨拉森人取胜'（The Saracen is Ahead）的篡改——我并不是说这和'青龙'（Green Dragon）最初是'应允的翻译'（the Agreeing Dragoman①）一样显而易见，尽管我希望在我的书中证明这一点。我举这个例子只是想说，在沙漠中，一个为了吸引旅行者而挺身而粗——出的人，更有可能把自己比作一个亲切友好、从谏如流的向导或信使，而不是一个贪婪的怪物。有时，真正的起源很难追溯，比如在纪念我们伟大的战士埃米尔·阿里·本·博兹（Amir Ali Ben Bhoze）的酒馆，你们把他简称为本博上将（Admiral Benbow），这实在是谬以千里。对于追求真理的人来说，有时追根溯源甚至更加困难。附近有个喝酒的地方叫'老船'（The Old Ship）——"

女士的眼睛仍然紧盯着地平线上如戒指般的落日，她像那个落日一样一动不动，但整个脸色却为之一变。此时此刻，沙滩上几乎空无一人：无神论者就像他的上帝一样毫无存在感；而那些好奇纸盒到底是用来做什么的人，什么也没搞清楚就喝下午茶去了。但这个年轻女子仍然倚在栏杆上。她的

---

① Dragoman，土耳其等近东诸国旧称职业翻译或导游。

脸色一下子变得鲜活了起来，而她的身体却好像动弹不得。

"因——应该承认——"撑着绿伞的老人还在喋喋不休地说，"'老船'这个词中没有任何字面上不言而喻的亚洲式名称的痕迹。但即便如此，追求真理的人也能让自己接出——触到事实。我询问了'老船'的经营者，根据我的记录，他是一位姓庞扑的先生（Mr. Pumph）。"

女人的嘴唇在颤抖。

"可怜的老驼峰（Hump)!"她说道，"我怎么把他给忘了。他肯定和我一样忧心忡忡！我希望这个人别在这个问题上犯蠢！我宁可他与这个事无关！"

"庞扑先生告束——诉我，这家酒馆的名字是他的一位非常要好的朋友起的。他朋友是个爱尔兰人，曾经是英国皇家海军（Britannic Royal Navy）的一名船长，但因为爱尔兰的遭遇而愤然辞去了官只——职。尽管退役了，但他扔——仍然保留着你们那些西部水手的迷信，希望他朋友的酒馆能以他的老船命名。但由于那艘船的名字是'联合王国号（The United Kingdom）'①——"

---

①英国全称大不列颠及北爱尔兰联合王国（The United Kingdom of Great Britain and Northern Ireland）。早期爱尔兰并不属于英国，英国从中世纪开始对爱尔兰进行殖民统治，引起爱尔兰人的不满和反抗。1921年双方签订《英爱条约》，英国承认爱尔兰自由邦的地位，但北爱尔兰仍留在英国。因此这里的船名显得有点讽刺。

他的女学生，如果说坐到他的脚边有点言过其实，那么无疑是非常急切地向他探过身去。在寂静无人的沙地上，她用响亮而清晰的声音喊道："能不能告诉我那个船长叫什么？"

老先生跳了起来，眨了眨眼睛，像受惊的猫头鹰一样瞪大了双眼。他说了几个小时，好像有成千上万的听众似的，结果猛然发现居然只有一个人在听他讲话，这让他显得非常尴尬。此时，他们几乎成了海岸边仅有的人类，除了海鸥，几乎没有其他活物。太阳终于落山了，像个裂开的血橙一样四分五裂。血红色的光线沿着裂开的、低沉的、平坦的天空倾洒而下。这突如其来、姗姗来迟的光辉让那个男人的红帽子和绿雨伞黯然失色，但他那黝黑的身影，在大海和夕阳的映衬下依然如故，只是情绪比之前更加激动了。

"叫什么，"他说道，"船长的名字。据——据我所知叫达尔罗伊（Dalroy）。但我想指出的是、我想阐述的是，追寻真理的人在这里也能再次找到其思想的影子。庞扑先生向我解释说，他正准备另寻他处饮酒作乐，这主要是因为前面提到的这个船长预计要回来了，他似乎曾在一支规模不大的海军服役，但现在已经退伍，准备回家。现在，我的朋友们，你们都要记住，"他对海鸥说道，"即使在这里，我的逻辑推理也站得住脚。"

他是对着海鸥说的，因为那个年轻的女士眼睛一闪一闪地盯着他看了一会儿后,重重地靠在栏杆上,然后转过身迅速消失在暮色中。随着她匆忙的脚步渐行渐远,世界归于沉寂,只剩下远处海面那微弱但有力的呜呜声、海鸟冷不丁的尖叫声,还有那滔滔不绝的自言自语。

"记住,你们所有人,"那人还在气势汹汹地挥舞着他的绿伞,那架势就像是一面绿色的旗帜即将迎风展开。然后他把伞深深地插进沙地里,这是他的父辈们征战过的沙滩,他们在征战时经常在这片沙滩安营扎寨。"你们所有人都要记住这个令人难以置信的事实!正当我因为'老船'这个短语中没有任何东方色彩的确凿证据而一度——一度感到惊讶或者(如你所说)尴尬时,我询问船长是从哪个国家回来的,庞扑先生郑重其事地对我说:'是从土耳其回来的。'是从土耳其回来的!我知道有人说这不是我们的国家。没有人知道我们从哪里来,我们的国家是哪个。如果我们带来了天堂的信息,那么我们来自哪里又有什么关系呢?我们策马狂奔,无暇在任何地方停留。但我们带来的是唯一的信条,它尊重你们在伟大的言辞中所称的人之理性的初始状态,即不把任何人置于先知之上,并尊重上帝的孤独。"

他再次张开双臂,仿佛是在向人山人海的群众大会致辞,仿佛他并非只身一人站在黑暗的海边。

橄榄岛的尽头

海浪像巨龙一样拍打着世界上每个角落的海岸，它的颜色像变色龙一样变化多端，在冲向卵石坞（Pebblewick）时是淡绿色的，但在冲向爱奥尼亚群岛（Ionian Isles）时变成了深蓝色。数不清的小岛洒落在蔚蓝的海面上，其中一个小岛只能算得上是一块平整的白色岩石，但这个巴掌大的地方被誉为橄榄岛。这并不是因为它植被丰富，而是因为那里的土壤或气候有点反常，有两三棵橄榄在那里长到了无与伦比的高度。即使在酷热的南方，也鲜少看见长得比小梨树还高的橄榄树，但在这片不毛之地，这三棵橄榄树就像信号灯一样挺拔。如果不是因为形状，它们很可能会被误认为是北方中等大小的松树或落叶松。它们还让人想到古希腊关于橄榄树守护神帕拉斯[①]（Pallas）的传说，因为整个海域都弥漫着希腊最美仙境般的梦幻感，从橄榄树下的大理石平台上可以看到

[①] 有一种说法是，帕拉斯是雅典娜的本名。在希腊神话中，橄榄树是雅典娜的圣木。传说雅典娜是火神赫菲斯托斯用斧子劈开宙斯的头颅后，从头颅里跳出来的。

伊萨卡①（Ithaca）的灰色轮廓。

在岛上的橄榄树下，有一张露天桌子，上面摆满了纸张和墨水台。四个人围桌而坐，两人穿着制服，两人穿着普通的黑衣服。副官、侍从武官一干人等列队成行站在后面，在他们身后，有两三艘战船无声地停泊在海边。因为欧洲将迎来和平。

为摧毁土耳其的武装力量、拯救基督教小部落，他们屡败屡战，其中一次失败的重创才刚刚结束。在战事的后期阶段，由于各小国接二连三地放弃挣扎，或者大国出面施压，这样的会议不胜枚举。但是，现在有关各方仅剩四国。欧洲列强完全同意有必要在削弱土耳其的基础上实现和平，但却心安理得地将最后的谈判托付给英国和德国，相信这二者能够推动和平。当然，还有苏丹的代表，以及苏丹唯一的敌人的代表——迄今为止仍没有接受协议条款。

因为只有一个小国在月复一月地进行着战争，它每天早上都在用自己的不屈不挠和暂时的成功书写着新的"九天奇迹"②。一位名不见经传、鲜为人知的贵族自称伊萨卡国王，他的丰功伟绩搅动了地中海东部地区，仿佛呼应了岛屿名

---

①古希腊西部爱奥尼亚海上的一个岛国。
②在基督教中有一个节日叫做"九日敬礼"，指的是为得到特别的恩宠而进行祈祷。这里借着这个典故暗示该国的成功是祈祷成真的恩宠。

称所暗示的冒险精神。诗人不禁要问，这难道是奥德修斯①（Odysseus）重临人世？爱国的希腊人，即使他们已经被迫放下武器，但也不禁好奇，新的英雄或王室究竟会声称自己属于哪个希腊血统或名字。因此，当全世界终于发现尤利西斯②的后代是一个名叫帕特里克·达尔罗伊（Patrick Dalroy）的厚颜无耻的爱尔兰冒险家时，多少令人哭笑不得。他曾在英国海军服役，由于同情芬尼亚兄弟会成员③（Fenian）而陷入争执，并辞去了职务。从那时起，他换了一套又一套制服，经历了一次又一次冒险，总是以非同寻常的玩世不恭又不切实际的状态，让自己或他人陷入困境。当然，在他梦幻般的小王国里，他是自封的将军、海军上将、外交大臣和大使；但在和平与战争的关键时刻，他总是小心翼翼地遵从他的人民的意愿——正是在他们的指示下，他才最终放下了手中的剑。除了精湛的专业技能，他最广为人知的就是他那强壮的身体和魁梧的身材。现如今，报纸上常说单纯野蛮的肌肉力量在现代军事行动中一文不值，但这种观点可能与

---

①荷马史诗《奥德赛》中的主人公，伊萨卡的国王。奥德修斯在特洛伊战争取胜，十年后才回到自己的国家，归国后，杀死霸占他王宫的贵族，最终和妻儿团聚。

②《尤利西斯》是爱尔兰作家詹姆斯·乔伊斯创作的长篇小说。

③19世纪50年代在美国和爱尔兰成立的爱尔兰民族主义团体，致力于争取爱尔兰脱离英国统治。

它的反面一样被夸大了。在近东地区的战争中，只有很少一部分人持有武器，近身肉搏屡见不鲜。因此，能够自保的领导者往往已经略胜一筹，即使在一般情况下，认为徒有蛮力而毫无用处的观点也是不正确的。英国大臣艾维伍德勋爵（Lord Ivywood）深以为然，他向伊萨卡国王详细指出轻型土耳其野战炮毫无优越性，国王表示自己很信服，但就是要带上它，还把它夹在腋下逃跑了。即使是最伟大的土耳其战士——以和平时残忍无道、战争中骁勇善战而闻名的可怕的阿曼帕夏[①]（Oman Pasha），也会承认蛮力并非一无是处。他的额头上有一道达尔罗伊挥剑留下的伤疤，这道伤疤是在经过三个小时的殊死搏斗后留下的——据说他对此毫无怨恨、不觉蒙羞，因为这个土耳其人在这场打斗中已经拼尽全力。德国公使在金融界的朋友哈特先生（Mr. Hart）也不会质疑帕特里克·达尔罗伊的这种品质。后者在询问了哈特先生希望被扔进自家的哪扇前窗之后，非常体贴地将哈特先生扔进了他家一楼卧室的窗户。哈特先生精准地降落在了床上，在那里他可以得到所有医疗救治。但是，话虽如此，一个偏居岛上，肌肉发达的爱尔兰绅士不可能永远与整个欧洲作战。怀着一种阴郁的好脾气，他接受了他的第二祖国（adopted

---

[①] 奥斯曼帝国行政系统里的高级官员，通常是总督、将军及高官。"帕夏"是敬语，相当于英国的"勋爵"。

country）向他提出的条件。他甚至不能把所有外交官都打倒在地（即使他有这个能力，也愿意这么干）——因为他意识到，平心而论，这些外交官和他一样都是听差办事的人。他穿着伊萨卡海军绿白相间的制服（他自己发明的），睡眼惺忪地坐在小桌旁。他是个大块头，就他的体形而言，年轻得可怕，脖子像牛筋一样粗壮，双眼像两只蓝色的牛眼，红色的头发在头皮上直挺挺地竖起来，看起来就像头上着了火——有些人确实这么说。

在场最耀眼的人就是伟大的阿曼帕夏本人，他那张强壮的脸因战争的禁欲主义而变得面黄肌瘦，他的头发和胡须与其说是因年老而花白，更像是被闪电击中；他头上戴着红色的土耳其毡帽，在红色的土耳其毡帽和胡须之间，有一道伊萨卡国王没留意到的伤疤。他的眼神极其呆滞。

英国大臣艾维伍德勋爵可能是全英国最英俊的人，只是他的头发几乎花白，皮肤也苍白失色。在蓝色海面的映衬下，他几乎就像一座古老的大理石雕像，轮廓完美无瑕，却只呈现出灰色或白色的色调。他的头发看起来时而是暗银色的，时而是淡棕色的，似乎纯粹只是光照的问题；他那华丽的面具总是挂着一样的神采和表情。他是最后一批老议会演说家之一，但他可能资历尚浅。他能让那些躲不掉的陈词滥调绽放出语言之美。虽然他舌灿莲花，却面如死灰。他的言谈举止就像是旧议会里的老一套，例如，他总是站起来，像在下议院那样，独自对着海中岩石上的另外三个人发言。

这样做或许让他显得更有个性，与坐在他旁边的那个人形成鲜明对比——那个人一言不发，但他的表情似乎已经说明了一切。他就是德国大臣格鲁克博士（Dr. Gluck），他看起来一点儿都不像个德国人，脸上既看不出德国人的深沉，也没有德国人那副睡不醒的样子。他的脸像色彩鲜艳的照片一样生动，又像电影一样变幻莫测——但他猩红的嘴唇在说话时纹丝不动。他的杏眼似乎闪烁着猫眼石般瞬息万变的光芒，他那卷曲的小黑胡子有时几乎要从头上扬起，就像一条活生生的黑蛇那样，但他没有发出任何声音。他把一张纸放在艾维伍德勋爵面前。艾维伍德勋爵戴上一副眼镜读了起来，这副眼镜让他看起来老了十岁。

这只是一个议程声明，列明了最后一次会议要解决的最后几件事情。第一项是这样写的：

"伊萨卡大使要求释放攻占皮洛斯[①]（Pylos）后被带走充入哈来姆（Harem）的女孩，送其回家。恕难批准。"

艾维伍德勋爵站了起来。他的声音之美，令所有未曾听过的人都为之一振。

[①] 希腊港口城市。

"尊敬的阁下，先生们，"他说，"贵方之政策声明本人实难苟同，尽管该声明中提及的和平与荣誉之话语有似曾相识之感，但我无法想象其历史地位。但是，当我们不得不庆祝阿曼帕夏和伊萨卡国王陛下这样历史性的战士之间的握手言和时，我想我们可以说这是荣耀的和平。"

他停顿了半晌，尽管此时大海和岩石寂静无声，但于无声中似乎掌声震天，因为这些话说得滴水不漏。

"私认为，无论我们在这旷日持久、心烦意乱的几个月谈判中提出了多少正当的反对意见，我们现在只有一个想法——让和平像战争一样充实，让和平像战争一样无畏。"

他再次停顿了一下，感受幻想中的掌声，好像这些掌声不是这个人的手上发出的，而是从他的头上发出的。他继续说道：

"如果我们要放弃战斗，我们当然也可以放弃讨价还价。当如此崇高的和平为如此崇高的斗争画上句号时，敲定诉讼时效或大赦肯定是恰当的。作为一名老外交官，如果有什么可以建议您的，我最想说的是：在这个动荡不安的时期，无论已经建立了什么样的睦邻友好关系或国内关系，都不应该再出现新的动荡。我得承认，我是个老古板，我认为对家庭内部生活的任何干涉都会开危险的先例。其实我也没有那么顽固不化。有人向我们建议，我们应该就某些妇女能否在本人同意的情况下离家出走的问题再次展开一场相互指责的战争。我想不出有什么争议比这更危险，更难以得出结论。我可以冒昧地说，贵国思虑之事，我已尽数谈及，无论双方曾经犯下何等错误，这个伟大的奥斯曼帝国的家园、婚姻和家庭制度都将一如既往。"

帕特里克·达尔罗伊把手放在剑柄上，瞪大眼睛看着众人，然后手一松，突然大笑起来。除了他，无人动弹。

艾维伍德勋爵没有理会，而是重新拿起了议程文件，再次戴上了那副让他看起显老的眼镜。他读了第二项——当然，不是大声朗读出来。这位长得一点儿也不像德国人的德国大臣写了这张便条给他：

> 库特（Coote）和伯恩斯坦家族（Bernsteins）都坚持认为，大理石必须由中国人来采制。现在不能相信采石场里的希腊人。

"但是，"艾维伍德勋爵继续说道，"虽然我们希望这些基本制度，比如一些家庭制度，即使当此之时也能依旧如故，但我们无法同意社会停滞不前。我要严肃地问诸位阁下，我们为何如此自以为是地认为只有近东的西方才能解决近东的问题？如果需要新的思想，如果需要新的血液，那么向那些储备力量最充足、最有生命力、最勤劳的东方求助不是更理所当然的吗？恕我直言，如果我的朋友阿曼帕夏能理解的话，迄今为止，欧洲的'亚洲'一直是武装的亚洲。难道我们还看不到欧洲的'亚洲'应该是和平的亚洲吗？至少可以说，正因如此，我才同意殖民计划。"

帕特里克·达尔罗伊猛地跳了起来，紧紧抓住头顶上的橄榄枝，把自己从座位上拽了起来。他把一只手放在树干上，稳住自己的身体，只是木然地盯着他们。他身上油然生出一股空有蛮力却无处施展的巨大的无助感。他可以把与会者都扔进大海，但那又有什么用呢？更多站在错误一方的人将被派来参与外交活动，而唯一站在正确一方的人无论做什么都会名誉扫地。他愤怒地摇晃着头顶上的橄榄枝。但他一点儿也没有打扰到艾维伍德勋爵，后者刚刚读完了自己私人议程上的第三项内容（阿曼帕夏坚持要毁掉葡萄园），此时正在发表演说——这段演说后来变得家喻户晓，并且被收录进许多修辞学教科书和入门书中。在达尔罗伊从愤怒和惊奇中回过神来并跟上他的话音之前，他已经说到一半了。

"……几个世纪以前，这位伟大的阿拉伯神秘主义者把酒杯从嘴边拿开，"这位外交家说道，"对于这种毅然决然的拒绝姿态，我们真的一点儿表示都没有吗？难道我们不应该感谢一个英勇种族的长期守夜,感谢他们用长期的禁食来证明葡萄藤的美丽带着毒吗?在我们这个时代,人们越来越多地看到,各种信条各怀其壁,各种宗教自守天机,信仰对信仰宣讲布道,教会对教会卖弄学识……如果说我们西方人果真(我再次请求阿曼帕夏的宽容,我认为我说的是真的)就和平与公民秩序之难能可贵给教会带来了一些启示,那么我们是不是可以说,教会的回应将给我们带来千家万户的和平,并鼓励我们削弱那个曾给西方基督教美德带来巨大挫折和疯狂的诅咒。在我自己的国家,那些让钟鸣鼎食之家的夜晚变得令人惊怖的聚会狂欢已经一去不复返了。立法机构已经采取了越来越多大刀阔斧的行动,让民众从这种毁灭性毒品的束缚中解脱出来。当然,麦加的先知正在收获他的果实。在诸多举措中,今日最值得称道的莫过于将备受争议的葡萄园割让给他最伟大的拥护者。今天是一个幸福的日子,东方可能会摆脱战争的诅咒,西方可能会摆脱美酒的诅咒。这位英勇的王子终于在这里与我们欢聚一堂,献上了比他的佩剑更加光彩夺目的橄榄枝。如果他本人对待此次割让仍抱有些许伤感的遗憾,那么我们对此致以同情;但我毫不怀疑,他最终也会为此而感到高兴。我想提醒诸位的是,葡萄树并非南方荣耀唯一的象征。还有另一棵神圣的树,没有被放荡和暴力的记忆所玷污，不曾沾染彭透斯[①]（Pentheus）的鲜血，也没有埋葬俄耳甫斯[②]（Orpheus）和他破碎的七弦琴。过不了多久，我们就会离开这里，就像万物终将湮灭一样：

> 在远方的呼唤声中，我们的海军退场散去。
> 沙丘上，海角边，篝火尽灭，
> 还有我们昨日的盛况
> 与尼尼微（Nineveh）和推罗（Tyre）[③]合为一体。

"但只要阳光还能普照大地，只要土壤还能养育万物，我们之后会有更幸福的男男女女看到这个可爱的小岛。它将讲述自己的故事，因为他们将看到这三棵圣洁的橄榄树傲然挺立，永恒地祝福着这个方寸之地，而世界的和平就诞生于此。"

另外两个人都盯着帕特里克·达尔罗伊，他的手紧紧抓住树干，汹涌的怒火从他宽阔的胸膛上喷涌而出。一块小石

[①] 希腊神话中，卡德摩斯国王彭透斯由于对酒神不敬，被变成了一头猪，最后惨死在自己母亲手里。
[②] 又译"俄尔普斯"。古希腊神话中，俄耳甫斯为救亡妻闯入冥府，用琴声打动冥王、冥后，将亡妻带回人间。冥王告诫他离开地狱前不可回头，但他没忍住，导致妻子再次坠落冥界。此后他日日弹奏七弦琴悼念亡妻。他死后被葬于神庙中，庙中挂着他的七弦琴。
[③] 尼尼微和推罗均为西亚古城，《圣经》中预言了这两座城的毁灭。

头从大树根部的土里跳了出来，就像一只蚱蜢一蹦一跳；接着，橄榄树盘绕的根须慢慢地从土里钻了出来，就像一条巨龙在睡梦中抬起了四肢。

伊萨卡国王说道："我献上橄榄枝。"他将连根拔起的树摇摇晃晃地斜立着，那比树还要巨大的阴影笼罩着与会所有人。"橄榄枝，"他喘着气说道，"比我的佩剑更光彩夺目，也更重。"

然后，他再次使劲，把树扔到了下面的海里。

当黑影从他身上掠过时，那个不像德国人的德国人惊恐地举起了胳膊。现在，他站起身来，离开了桌子，看到那个"爱尔兰野人"正在拔第二棵树。这一棵更好拔一点。在把第二棵树也扔进海里之前，他举着它站了一会儿，看起来就像一个人在把玩一座塔。

艾维伍德勋爵表现得更稳重一点，但他起身表示强烈抗议。只有土耳其的阿曼帕夏依然面无表情地坐着，一动不动。达尔罗伊拔起了最后一棵树，并把它扔了出去，只留下光秃秃的小岛。

"行了！"当第三棵也是最后一棵橄榄树在海浪中溅起水花时，达尔罗伊说道，"现在我要走了。我今天见识到了比死亡更可怕的东西：它的名字叫'和平'。"

阿曼帕夏站了起来，伸出了手。

"您说得对，"他用法语说道，"我希望我们能在唯一称得上美好的生活中再次相遇。您现在要去哪儿？"

"我要去，"达尔罗伊出神地说道，"'老船'。"

"您的意思是？"土耳其人问道，"您要回到英国国王的战舰上去？"

"不，"对方回答道，"我要回的'老船'就在卵石坞旁的苹果树后面，乌勒河（Ule）从树丛中流过。恐怕我再也见不到您了。"

迟疑了片刻，他重重地握了握这位伟大暴君通红的手，看也不看外交官们一眼，走向了自己的小船。

"老船"的招牌

"庞普"(Pump)是一个少见的姓氏,而在拥有这个姓氏的人中,也很少有人会给孩子起"汉弗莱"(Humphrey)① 这么疯狂的名字。然而,"老船"酒馆老板的父母给孩子取了如此极端的名字,致使他们的儿子被好友们"驼峰"长、"驼峰"短地喊着,一位撑着绿伞的土耳其老人则干脆叫他"庞扑"。这一切,或者说就他所知道的一切,他都强颜欢笑地忍下了——因为他是个会苦中作乐的人。

汉弗莱·庞普先生站在他的酒馆外面,酒馆几乎就在海边,只有一排苹果树挡住了他的视线。苹果树被海风吹得压低了枝头,歪七扭八的,沾满了海水的咸味。酒馆前面是一个高出地面的草地保龄球场,酒馆后面的土地陡然下沉,一条非常陡峭而宽阔的小路探入密林深处,消失于神秘之中。庞普先生就站在他那块略有修饰的招牌下面。招牌竖立在草皮上,这是一根漆成白色的木杆,上面悬挂着一块方形的白板。白板也漆成了白色,上面画着一艘奇形怪状的蓝

---

① Pump有"抽水泵"之意,Humphrey的词根hump意为"驼峰、对面隆起之物"。因此这个名字连起来让人感觉像是"隆起的抽水泵"之意。

色轮船，就像是一个孩子的涂鸦，船上插入了一个大得不成比例的红色圣乔治十字架，透露出庞普先生的爱国主义情怀。

汉弗莱·庞普先生中等身材，肩膀很宽，穿着一身带绑腿的射击服。事实上，他这会儿正忙着清洗和重新装填一杆双管枪，这是他自己发明（或至少是改进）的一种短小但威力强大的武器。虽然和最新的科学武器比起来显得很古怪，但它既不笨拙，也不一定过时。因为庞普就像百手巨人布里亚柔斯①（Briareus）一样，是个心灵手巧的人。几乎所有的东西都是他自己做的，他家里的东西和别人家的东西略有不同。他还像潘神②（Pan）或偷猎者一样狡猾，对森林里的一草一木、一花一鸟都了如指掌。他的头脑是潜意识记忆和传统的沃土。他八卦的方式有点儿与众不同，总是含糊其词，说了跟没说似的。因为他总是理所当然地认为，每个人都和他一样对本郡和郡里的故事信手拈来。因此，即使是在谈论最神秘、最令人惊奇的事情时，他也依然紧绷着那张似乎是用木头疙瘩制作而成的脸。他深棕色的头发末端留着两撇粗短的侧须，看起来有点儿像马，但却是旧时的运动员风格。

---

① 希腊神话中的百手巨人。
② 古希腊神话中的牧神，半人半羊的潘是创造力、音乐、诗歌的象征，同时也是恐慌与噩梦的标志。

他笑起来的样子颇为尖酸刻薄，但一双棕色的眼睛却流露出慈祥而柔和的神采。他是个典型的英国人。

一般来说，他虽然做事风风火火，但很冷静，这次他却相当匆忙地把枪放在酒馆外的桌子上，双手掸着灰尘，异常兴奋，甚至有些不顾形象地走上前来。穿过小妖精绿苹果树，海边出现了一个女孩亭亭玉立的身影，她穿着一件铜色的衣服，戴着一顶遮阳的大帽子。帽子下，她的脸庞虽然略为黝黑，却显得严肃而美丽。她先与庞普先生握了握手，然后庞普先生郑重其事地为她搬了一把椅子，并称呼她为"琼女士"。

"我想我该来看看这个老地方了。"她说道，"当我们还是小孩子的时候，我们在这里度过了一段快乐的时光。我想你现在也不太和老朋友来往了吧。"

"很少，"庞普回答道，沉思着搓了搓自己短短的胡须，"自从艾维伍德勋爵上任以来，他就成了卫理公会的牧师，忙着到处拆啤酒馆。查尔斯先生（Mr. Charles）因为在葬礼上的不配合而被送往澳大利亚。我说他犟得很，但老太太是个可怕的人物。"

"你听没听说过，"琼·布雷特（Joan Brett）女士漫不经心地问，"那个爱尔兰人达尔罗伊船长？"

"听过，他的消息可比别人的多多了。"酒馆老板回答道，

"他似乎在希腊的事情中干了票大的。啊！失去他真是海军的一大损失！"

"他们侮辱了他的国家，"女孩说道，她望着大海，神色更加凝重，"不管怎么说，爱尔兰毕竟是他的祖国，他有权对别人这样说他的祖国表示不满。"

"当他们发现他把那人涂成绿色时，"庞普先生接着说。

"把他涂成什么？"琼女士问道。

"把道森船长（Captain Dawson）涂成绿色，"庞普先生用毫无感情的声调继续说道，"道森船长说绿色是爱尔兰叛徒的颜色，所以达尔罗伊就把他涂成了绿色。毫无疑问，他当时根本忍不住，因为当时正在粉刷这道栅栏，那儿正巧还有一桶绿油漆。当然，这对他的职业生涯产生了非常不利的影响。"

"多么匪夷所思的故事啊！"琼女士瞪大了眼睛，突然发出了一阵乏味无趣的笑声，"这一定会成为你们郡的传奇。我以前从没听过这个版本。这么说来，这可能就是镇子那边'绿人'（Green Man）传言的由来。"

"噢，并不是，"庞普言简意赅地说道，"滑铁卢时代之前就有这种说法了。在可怜的老诺伊尔（Noyle）被关起来之前，就一直有这种说法。你还记得老诺伊尔吧，琼女士。听说他还活着，还在给维多利亚女王写情书。只不过没有公开而已。"

"你最近有你那个爱尔兰朋友的消息吗?"女孩问道,眼睛一直盯着天际线。

"有的,上周我收到了一封信。"酒馆老板回答道,"看样子他回英国也不是不可能。他一直在为希腊其他的事务奔走,谈判似乎已经结束。奇怪的是,爵爷本人竟然就是英国方面负责谈判的大臣。"

"你是说艾维伍德勋爵吧?"琼女士漫不经心地说道,"是的,显然他前途无量。"

"要是他没把刀子捅到我们身上就好了,"庞普笑着说道,"英国的酒馆最后都得关门大吉。但艾维伍德家的人脾气总是怪得很。对他来说,他理应铭记他的祖父。"

"我觉得你这样做很没风度,"琼女士哀伤地笑着说道,"要求一位女士记住他的祖父。"

"你知道我的意思,琼女士,"东道主善意地说道,"我自己从未觉得这件事有什么可犯难的,我们自有对策。我是不喜欢对我的猪这样做,但我不明白,如果一个人喜欢,为什么不可以把他的猪放在自己的座位上。这不是什么随随便便的座位,那是给家人坐的座位。"

琼女士又大笑起来。"你似乎听说了什么可怕的事情,"她说道,"好了,我得走了,驼峰先生——我是说庞普先生,我以前一直叫你驼峰……噢，驼峰，你觉得我们几个中有谁还能获得幸福吗？"

"我想，这得看老天爷的意思。"他望着大海说道。

"哦，再说一遍老天爷！"女孩喊道，"就像在说'马斯特曼·雷迪^①（Masterman Ready）'。"

说完这些不着边际的话，她又回到苹果树旁的小路上，沿着海滨走回了卵石坞。

"老船"酒馆距离卵石坞老渔村没多远，与新开的"海上卵石坞"海水浴场相隔半英里^②左右。但是，这位黑发女士沿着海滨款款前行，身侧海水浴场的疯狂乐观氛围随着她的脚步一路向东西方向延伸。当她走近更拥挤的地方时，她愈加仔细地打量着海滩上的人群。这些人和她一个多月前看到的差不多是同一批人。那些追求真理的人（就像那个戴土耳其毡帽的人所说的那样）每天都聚集在一起，想知道那个人拿着纸盒子在捣鼓什么。尽管仍一无所获，他们依然乐此不疲地进行着自己的知识朝圣之旅。依然有一群人在向破口大骂的无神论者投掷硬币，以感谢他的出言不逊。这让人更加难以理解，因为听众明显无动于衷，而无神论者却显然是

---

① 弗雷德里克·马里亚特（Frederick Marryat）的同名小说《绝岛奇谭录》（*Masterman Ready: The Wreck of the "Pacific"*）中的主角。

② 1 英里 ≈1609 米。

真诚的。那个脖子很长、用一把小木铲指挥儿童礼拜仪式的人确实不见了，因为这种仪式一般都是打一枪换一炮，唯一的亮点就是帽子上缠着胡萝卜的人还在，而且扔到他面前的钱似乎比以前更多了。但琼女士没有看到那个戴着土耳其毡帽小老头的踪影。她只能假定他功亏一篑了。而且，她的心情很苦涩，她痛苦地告诉自己，他之所以从人们的视线中消失，正是因为他的胡说八道中蕴含着一种不食人间烟火的、疯狂的清醒，而这正是所有这些庸俗的人所无法企及的。她并没有有意识地向自己坦白，她之所以对这个戴着土耳其毡帽的男人和那个酒馆里的男人感兴趣，是因为他们谈论的话题。

当颇为疲惫地沿着堤坝向前走时，她看到了一个身穿黑衣的女孩。女孩有着一头淡淡的金发，小脸怯生生的，但看起来聪明伶俐。她确信自己在哪里见过这女孩。为了练就中产阶级应有的好记性，她曾受过贵族训练，此刻她用尽毕生所学，好不容易才记起这是一两年前为她做过打字工作的布朗宁小姐（Miss Browning）。她立刻上前打招呼，一方面是出于真正的善意，另一方面也是为了让自己从沉闷的思绪中解脱出来。她的语气是如此认真、坦率和友好，于是这位黑衣女士鼓起勇气说道：

"我曾多次想介绍您和我的姐姐认识一下，她比我聪明得多，她住在家里，我觉得这是非常老派的做法。她认识形形色色的知识分子。她现在正在和其中一位交谈，就是大家都在谈论的那位月亮先知（Prophet of the Moon）。请允许我把您介绍给他。"

琼·布雷特女士遇到过许多月亮先知和其他什么先知。不过，她有一种自然而然的礼貌，这种礼貌可以为她这个阶级的堕落挽回一点颜面。她跟着布朗宁小姐在堤坝上找到了一个座位。她彬彬有礼地向布朗宁小姐的姐姐问好，这一点确实值得称赞，因为她难得见到布朗宁小姐的姐姐。在她旁边的座位上，坐着一位老先生，他依旧戴着红色的土耳其毡帽，但穿着一件崭新的黑色长礼服，看上去很有钱——他就是曾经在沙滩上对英国的酒馆侃侃而谈的那个人。

"他在我们的伦理协会（Ethical Society）上做过演讲，"布朗宁小姐小声说，"讲的是'酒精'这个词。说到酒精这个词时，他非常地慷慨激昂，都是些关于阿拉伯和代数的事，您知道关于这一切是怎么从东方传来的。您肯定会感兴趣的。"

"我很感兴趣。"琼女士说。

"你扪心自乌——问，"那个戴着土耳其毡帽的人对布朗宁小姐的姐姐说，"如果你们橘——酒馆的名字不是为了纪念教会的深远影响，那它还能有什么意义呢？伦敦有一家宾客盈门的酒馆，是最著名、地段最好的一家酒馆，它叫马蹄酒馆（Horseshoe Inn），对吧？好了，我的朋友们，为什么要纪念马蹄呢？它只似——是一个比自己更有意思的生物的附属品而已。我已经向你们证明了，你们镇上有一个叫古牛的喝酒的地方，它的存在恰恰——"

"我想问——"琼女士突然开了口。

"有一个喝酒的地方叫古牛，"戴着土耳其毡帽的人继续说道，对周围的杂音充耳不闻，"我曾劝说，古牛这个说法令人不安，而白头鸭才是一种令人安心的说法。但即使是你们，我的朋友们，也不会用古牛鼻子上的戒指来命名一个地方吧，而是用古牛的名字来命名对不对？那么，为什么要以马蹄上的'铁提——蹄'，就只是'铁提——蹄'，而不是以高贵的马来命名这样一个地方呢？显而易见，'马蹄'是一个神秘的名词，一个深奥的名词，是英国这个国家古老的信仰受到加利利人（Galilean）迷信压迫的时代产生的名词。那个弯曲的形状，那个你们称之为马蹄形的双曲面形状，不就是明显的新月形吗？"他像在沙地上那样张开双臂，"唯一真主的先知的新月形？"

"我想问，"琼女士再次开口道，"您怎么解释那排房子后面那家叫'绿人'的酒馆的名字呢？"

"说得好！说得好！"月亮先知近乎疯狂地激动喊道，"追求真理的人可能再也找不到比这更完美的例子了。我的朋友们，这个世界上怎么会有绿人呢？你们都熟知绿草、绿叶、绿奶酪、绿荧光粉。我想知道，无论你们的社交圈有多广，你们当中是否有人真的认识过一个绿色的人。当然，当然，很明显，我的朋友们，这只是原话的一个不完美的版本，一个缩写版本。还有什么比'戴绿头巾的人'这个原本的表达方式更清楚的呢？它暗指的是先知后裔众所周知的统一服饰。'戴头巾的'肯定就是这样一个词，正是这样一个陌生的外来词，很容易让人口齿不清，最终遭到抑制。"

"在这些地方有个传说，"琼女士面不改色地说道，"有一位伟大的英雄，在听到他圣洁的岛屿上那神圣的颜色受到侮辱时，就把这个颜色的漆泼到了他的敌人身上作为回应。"

"一个传说！一个寓言！"戴土耳其毡帽的男人喊道，又一次神采奕奕地展开双手，"这难道还不够明显吗？怎么可能真的发生过这种事呢？"

"噢，是的，这确实发生过。"这位年轻女士轻声说道，"在这个世界上，能让人感到欣慰的事情并不多，但总归是有一点儿。噢，这真的发生过。"

她优雅地告别了这群人，继续沿着堤坝无精打采地走着。

酒馆逃出生天

汉弗莱·庞普先生再次站在他的酒馆前，洗净上了膛的枪还放在桌子上，白色的"老船"招牌在他头顶上迎着微微的海风晃动，但他那饱经风霜的面庞却在为一个新问题而苦恼。他手里拿着两封信，信的内容截然不同，但都指向同一个难题。第一封信写道：

亲爱的驼峰——

我必须像以前那样称呼你，这着实令我感到为难。你知道我必须和我家族的人搞好关系。艾维伍德勋爵是我的一个表亲，出于这个原因和其他一些原因，如果我冒犯了他，我可怜的老母亲就会寻死觅活。你知道她的心脏很脆弱，你对这个郡里的一切都了如指掌。我写信只是想提醒你注意，有人要对你亲爱的老酒馆下手了。我不知道这个国家会变成什么样子。就在一两个月前，我在海滩上看到一个穿得破破烂烂的疯老头，他拿着一把绿色的雨伞，说着你这辈子都没听过的疯话。三周前，我听说他在伦理协会还是什么协会讲课，薪水很可观。我上次去艾维伍德的时候——我必须去，因为妈妈喜欢那里——又看到了那个生龙活虎的疯子，他穿着晚礼服，被真正**了解**他的人谈论着。我指的是那些更了解他的人。

艾维伍德勋爵对他的话照单全收，认为他是世界上有史以来最伟大的预言家。而且艾维伍德勋爵并不傻，他总是为人们所敬仰。我觉得，我妈妈希望我对他的感情能超出敬仰的范畴。我把什么都跟你说了，驼峰，因为我想这也许是我在这个世界上写的最后一封诚实的信了。我郑重提醒你，艾维伍德勋爵**言出必行**，这太可怕了。他将成为英国最大的政治家，而且他是真的想要毁掉老的传统。如果下次见面时我已加入了助纣为虐的队伍，我希望届时你能原谅我。

我们提到过一个人，我再也见不到他了，我希望你们友谊长存。这是我退而求其次的祝福，我不确定这个祝福是否比我最衷心的祝愿更好。再见。

琼·布雷特

与其说这封信似乎让庞普先生感到困惑,不如说使他犯难。第二封信写道:

先生——

帝国酒类管理委员会(Committee of the Imperial Commission of Liquor Control)谨提请您注意,鉴于您无视委员会根据《公共娱乐场所管理法》(*Act for the Regulation of Places of Public Entertainment*)第5A条下发的信函,现要求您根据法案第47C条进行赔偿。起诉依据如下:

(1)违反该法第23f款的规定,即不得在年出租价值低于2 000英镑的经营场所前展示图形招牌。

(2)违反该法第113d款的规定,除非有国家医学委员会颁发执照的医生出具的医学证明,或在克拉里奇酒店(Claridge's Hotel)和标准酒吧(Criterion Bar)等特殊例外情况下,并已证明情况紧急,否则任何酒馆、酒店、客栈或酒吧均不得出售含酒精的烈酒。

鉴于您未能告知收悉此前关于此问题的致函,特此警告,我委员会将立即采取法律措施。

谨盼敬启！

艾维伍德**主席**

J. 莱韦森**秘书**

汉弗莱·庞普先生站在酒馆外面的桌子旁，吹着口哨，搭配他的小胡子，乍一看简直像个马夫。然后，他慢慢恢复了精明老练、见多识广的神态，他那双温暖的棕色眼睛凝视着冰冷灰暗的大海。从海里可捞不到什么东西，汉弗莱·庞普可能会淹死在海里——对汉弗莱·庞普来说，这一结局胜过与"老船"分离。英国可能会沉入海底，对英国来说，这总好过再也没有像"老船"这样的地方。但这些不过都是气话，想想都知道不现实。庞普只能感觉到，大海已经使他变得狰狞，就像他的苹果树一样狰狞恐怖。海面上死气沉沉的，沙滩上只有一个身影在动。直到那个身影越来越近，变得比普通人还高大时，他才大叫一声站了起来。晨光也照亮了他的头发，那是一头红发。

"已故"的伊萨卡国王沿着通往"老船"的海滩斜坡缓缓走来。他下了战舰乘船登陆，战舰在地平线附近还隐约可见。他身上还穿着自己设计的那身苹果绿和银色相间、让人眼前一亮的海军制服——那是一支从未真正存在过、现在也不会存在的海军。他随身佩戴一把海军直剑，因为投降条件从未要求他交出这把剑。这个身着制服、手持利剑的人一直都是这样身材魁梧、满头粗犷红发且心不在焉的,他的不幸在于,虽然脑子很好使,但他的脑子有点儿负荷不起他的体力和激情。

酒馆老板还没来得及用言语表达见到他的震惊和喜悦之情,这个人就重重地跌坐到酒馆外的椅子上。他说的第一句话就是"有朗姆酒吗?"

然后,他似乎觉得自己的态度需要解释一下,又补充道:"我想,过了今晚,我就再也不是个水手了。所以我必须来点儿朗姆酒。"

汉弗莱·庞普善与人交际,他理解他的老朋友。他一言不发地走进酒馆,出来时优哉游哉地用一只脚推着或滚着两个很容易滚动的东西,一个是一大桶朗姆酒,另一个是一大桶坚实的奶酪。在他数不清的奇思妙想中,有一种方法可以在没有水龙头,也不会使木桶报废或变形的情况下旋开木桶。正当他从口袋里摸索着打开木桶的工具时,他的爱尔兰朋友突然坐直了身子,就像一个从睡梦中惊醒的人一样,用他那最浓重、最不寻常的口音说起话来。

"噢,谢呀,驼峰,感激不尽,但我觉得我什摸——么也喝不下去。我知道我现在想喝就能喝到,但我好像什摸——么兴致也没有。但我想要——要的是,"他突然用大拳头猛捶小桌子，桌子的一条腿一跳，差点儿折断，"我想要——要的是，你们英国发生的事情得给我点儿什么说法，而不是明眼人都看得出来的胡说八道。"

"哎，"庞普说道，若有所思地用手指抚摸着那两封信，"你说的'胡说八道'是什么意思？"

"我说的胡说八道指的是，"帕特里克·达尔罗伊喊道，"你们居然把《古兰经》而不是《使徒行传》写进《圣经》；我说的胡说八道指的是，一个疯狂的牧师居然被允许提议在圣保罗大教堂①（St. Paul's Cathedral）贴上新月形图案。我知道土耳其人现在是我们的盟友，但这也没什么好惊奇的，我从未听说帕默斯顿②（Palmerston）或科林·坎贝尔③（Colin Campbell）掺和过这种混账事。"

"我知道，艾维伍德勋爵跃跃欲试。"庞普先生忍住内心的笑意说道，"就在前几天，他还在这里的花展上说，两个教会完全统一的时机已经到来。"

"也许能合并成什么'基斯兰（Chrislam）。"这个爱尔兰人说道，眼神中满是感伤。他凝视着酒馆后方从他们脚下延

---

①世界著名的宗教圣地，世界第五大教堂，英国第二大教堂（第一是利物浦教堂）。
②又译"帕麦斯顿"，英格兰第二帝国时期最著名的帝国主义者，曾三度担任外交大臣。
③维多利亚时代的英国陆军元帅，英国驻印英军司令。

伸出去的灰色和紫色相间的林地，陡峭的白色道路向下延伸，消失在林中。陡峭的小路像是冒险之旅的起点，而他就是一个冒险家。

"但你有点儿言过其实了，话说，"庞普擦着枪继续说，"关于圣保罗大教堂的新月图案，并不完全是你说的那样。我想，穆尔博士（Dr. Moole）建议的是某种混合图案，你知道的，就是把十字架和新月形结合起来。"

"然后称之为'新月'。"达尔罗伊低声埋怨道。

"而且你也不能称穆尔博士为牧师，"汉弗莱·庞普先生一边接着说道，一边勤快地擦拭着枪，"怎么说呢，因为他们说他是个无神论者，或者他们所谓的不可知论者，就像马利旁边那个咬榆树的布伦顿（Brunton）乡绅一样。大人物也会赶这种时髦，船长，但据我所知，这种潮流总是一阵一阵地不长久。"

"我觉得这次是认真的，"他的朋友摇着他那满头红发的大脑袋说道，"这是海岸边最后一家酒馆，很快也将成为英国最后一家酒馆。你还记得普拉姆海（Plumsea）沿岸的'萨拉森人之首'吗？"

"我知道，"酒馆老板答道，"他吊死他母亲时，我姨妈就在那里，但那地方确实不错。"

"我刚才路过了那里，那儿已经被摧毁了。"达尔罗伊说道。

"被大火烧毁的吗?"庞普停下了手头擦枪的动作,问道。

"不是,"达尔罗伊说道,"是被柠檬汁毁了。他们吊销了他的执照,或者随便你怎么称呼它。我为此写了一首歌,现在就唱给你听!"他突然精神一振,以令人震惊的气势,用雷鸣般的声音吼出了下面这首他自创的诗句,曲调简单却充满激情:

> 萨拉森人之首俯瞰小巷,
> 在那里,我们再也不会饮酒作乐,
> 因为那些自认为有教养的恶毒老妇人,
> 把萨拉森人之首变成了茶馆。

> 来自阿拉比的"萨拉森人之首"来啦,
> 理查德国王手持武器,怒发冲冠,
> 在那里,他建立了自己的家园,
> 他竖起了长矛——举起萨拉森人的头颅。

> 但"萨拉森人之首"比国王更长寿,
> 它冥思苦想,想着最可怕的事情,
> 想着健康、肥皂,想着标准面包,

还想着萨拉森人在"萨拉森人之首"饮酒作乐。

"哎哟!"庞普又低低地吹了一声口哨,"爵爷怎么来了?我猜那个戴护目镜的年轻人应该是个委员会成员什么的。"

"来就来,"达尔罗伊说道,然后用更加震耳欲聋的声音继续唱他的诗:

所以"萨拉森人之首"如其名所示,
他们不喝酒——一个荒唐的游戏——
直到奄奄一息,我都想不明白,
"萨拉森人之首"怎么会发生这种事。

当这高歌的抒情诗最后的回响在苹果树间慢慢荡去,沿着陡峭的白色道路没入树林时,达尔罗伊船长靠在椅子上,幽默地向站在草坪上的艾维伍德勋爵友好地点点头。后者还是那副一贯冷漠的姿态,但稍微抿着嘴唇。在他身后是一个戴着双层眼镜、皮肤黝黑的年轻人,手里拿着几份打印好的文件,这应该就是秘书J.莱韦森。外面的路上站着三个人,这三个人的不协调让庞普觉得很奇怪,就像三幕闹剧中的一组角色。为首的是一位穿着制服的警察督察;第二个是一位系着皮围裙的工人,不过看起来更像是个木匠;第三个是一位老人，戴着猩红色的土耳其毡帽，除此之外，他还穿着非常时髦的英国服装，看起来他穿得不太舒服。他正在向警察和木匠解释着酒馆的什么事情，而警察和木匠似乎在压抑自己的喜悦。

"唱得好，爵爷，"达尔罗伊愉快地自卖自夸，"我将为您再献歌一首。"然后他清了清嗓子。

"庞普先生，"艾维伍德勋爵用他那如钟鸣般悦耳的声音说道，"我想我应该亲自来一趟，只有这样才能够表明我已经对您足够宽宏大量了。如果单看这家酒馆的建造日期，那么它就在1909年法规的管辖范围内，它是在我曾祖父担任这里的庄园领主时建造的，不过我相信当时它肯定不是现在这个名字，而且——"

"啊，爵爷，"庞普叹息着插嘴道，"我宁愿和你的曾祖父打交道，也不愿看到你们家的一位绅士夺走一个穷人的生计。"

"这项法案就是专门为缓解贫困而设计的，"艾维伍德勋爵不慌不忙地说道，"其好处最终将惠及所有公民。"他转过身来对黑衣秘书说："你有第二份报告吗？"后者递给他一张折叠的纸作为回答。

"这里已经说得很清楚了，"艾维伍德勋爵戴上了他那副老花镜说道，"该法案的目的主要是为了保护地位更低、生活更贫困阶层的储蓄。这里第三段写道：'我们强烈建议，除了政府因议会或其他公共原因而特别豁免的少数场所，应将酒精中的有害成分定为非法，并严格禁止在酒馆招牌上展示激起酒瘾和打击禁酒士气的内容，但特别豁免的情况除外。我们认为，消除这些诱惑将大大改善工人阶级朝不保夕的经济状况。'我认为，这就排除了庞普先生所深信不疑的想法，即任何不可避免的社会改革行为总免不了带来压迫。虽然庞普先生的偏见似乎暂时对它还没什么影响，但是，"说到这里，艾维伍德勋爵话音一转，变成了演说腔，"本郡德高望重的富绅生活在这样的地方，无论是因为酒气熏天，还是因为悔不当初，变得这般呆滞无神、麻木不仁、郁郁寡欢，以至于他们只在乎自己的利益，嘲笑穷人经年累月的苦难，试问还有什么比这一触目惊心的事实更能证明我们所谴责的令人昏昏欲睡的毒药之阴险，试问还有什么更好的证据能证明我们所要医治的公民之腐败。"

达尔罗伊船长一直用他那双非常明亮的蓝眼睛注视着艾维伍德，他现在说话的声音比平时小多了。

"恕我冒犯，爵爷。"他说，"但是，在您的重要解释中，有一点我拿不准您的意思。依我的理解，您的意思是否是招牌基本都会被拆除，但如果有什么地方能够保留招牌，那么出售发酵酒类的权利也将一并保留，是这样吗？换句话说，就算我们最后可能会发现英国只剩下一块酒馆招牌，但既然这个地方还挂着酒馆招牌，那么也就意味着它获得了您的允许，能够作为一家真正的酒馆经营，是吗？"

艾维伍德勋爵的肚量令人钦佩，这使他的政治家生涯平步青云。他没有浪费时间争论船长在这件事上是否有**发言权**。他的回答言简意赅。

"是的，您对事实的陈述准确无误。"

"只要我发现一家酒馆的招牌是警方允许的，我就可以进去要一杯啤酒——这也是警方允许的，是这个意思吧。"

"如果你找到这样的地方，当然没问题，"艾维伍德很有风度地回答道，"但我们希望很快就能彻底取缔它们。"

帕特里克·达尔罗伊船长大大咧咧地从座位上站起来，伸了个懒腰，打了个哈欠。

"好吧，驼峰，"他对他的朋友说，"在我看来，最好的办法就是把重要的东西都带走。"

他跟跟跄跄地踢了两脚，把那桶朗姆酒和那块圆奶酪踢得飞过了栅栏，它们飞快地滚下下坡的那条路，越滚越快，最后消失在小路深入的那片黑暗树林。然后，他握住挂着酒馆招牌的杆子，摇晃了两下，像拔草一样把它从草皮里拔出来。

众人还来不及采取行动，这一切就发生了。但当他大摇大摆地走向马路时，警察跑了过来。达尔罗伊把手中的木头招牌朝他的脸和胸口狠狠砸去，后者不得不飞一般地跳进路另一边的沟里。然后，他转身面向那个戴着土耳其毡帽的人，用木杆的一端猛地戳了一下他崭新的白色马甲和表链，后者一屁股坐在了地上，神情严肃、若有所思。

黑衣秘书做出了救人的举动，但汉弗莱·庞普大吼一声，从桌上拿起枪对准了他，这让 J. 莱韦森秘书大惊失色，情绪几近失控。下一秒，庞普就把枪夹在腋下奔逃下山去追船长，而船长则追着酒桶和奶酪跑掉了。

还没等警察从沟里挣扎出来，他们就都消失在了伸手不见五指的森林中。艾维伍德勋爵在整个过程中始终镇定自若，没有表现出丝毫的恐惧或不耐烦（我要补充的是，也没有感到好笑），他举起手阻止了警察继续追捕。

"我们现在追捕那些可笑的歹徒，"他说，"只会让自己和法律颜面扫地。在现代通信条件下，他们插翅难飞，也无法造成任何真正的伤害。先生们，当务之急是摧毁他们的仓库和基地。根据1911年的法案，我们有权没收和销毁酒馆中的任何违法财产。"

他在草坪上站了几个小时,看着酒瓶被砸碎,酒桶被砸烂,享受着狂热的快感:美食、美酒、美女都无法影响他那奇怪、冷酷、勇敢的天性。

代理人大吃一惊

艾维伍德勋爵有着与大多数靠读书吃饭的人一样的心理盲区，与其说他忽视了其他形式信息的价值，不如说他对其他形式的信息完全视而不见。因此，汉弗莱·庞普非常清楚，艾维伍德勋爵认为他是个脑袋空空的人，除了《匹克威克外传》①（*Pickwick*），就不知道还有什么书能读。但艾维伍德勋爵完全没有意识到，当汉弗莱看着他的时候，脑子里其实想的是他可以悄无声息地藏进一片小山毛榉林中，因为他那灰褐色的头发和蜡黄灰暗的脸庞与这片树林在暮色中的三种主要色调完美融合在一起。恐怕庞普先生年轻的时候也请他吃过山鹬或野鸡，但当时的艾维伍德勋爵不仅没有在意庞普的盛情款待，而且还发誓说任何人都不可能躲过他高效的捕猎管理制度的监视。但是，对于一个自认为高于现实事物的人来说，谈论现实的不可能性是非常不明智的。

因此，当艾维伍德勋爵说逃犯不可能在现代英国逃脱

---
① 狄更斯的长篇小说。

时，他说错了。在现代英国，如果多留个心眼，你就能做很多事情。事实上，有些事情是别人通过图片或口头交流得知的，比如，你可能不知道大多数路边的树篱都比看上去的要高、要密，即使是最高大的人躺在树篱后面，所占的空间也比你想象中的要小得多；你可能不知道，自然界的许多声音其实远比你想象中的更相似，即便是听力最好的人也难以分辨，比如风吹树叶的声音和大海翻腾的声音；你可能不知道，只要掌握了抓地技巧，穿袜子比穿靴子走路更容易；你可能不知道，任何情况下在路上碰到一只会咬人的狗远比在火车车厢里碰到可能要谋杀你的人更罕见；你可能不知道，除非水流很急，除非你特地把自己摆成自杀的特殊姿态，否则即使在河里也不会被淹死；你可能不知道，乡下的车站有一些空置的候车室没有具体用途，也从来没有人进去过；你可能不知道，如果你主动和那些乡下人说话，他们转眼就会忘了你，但如果你不和他们说话，他们反倒会没完没了地谈论你。

汉弗莱·庞普运用这些技巧和其他艺术与科学的手段，带着他的朋友跋山涉水，大部分时候是以不法闯入者的身份路过他郡，偶尔也会侵入别人家的住宅，最后带着酒馆招牌、酒桶、奶酪等全部家当走出一片黑色的松林，来到郡里的一条白色公路上，在那里他们暂时不会被发现。

他们的对面是一片玉米地，右边的松树林中有一栋茅屋，破旧不堪，看起来像是被屋顶的茅草压塌的。红发爱尔兰人的脸上露出了好奇的笑容。他把酒馆招牌立在路上，然后去敲了敲门。

一位满脸皱纹的老人颤颤巍巍地开了门，皱纹似乎比五官本身更好辨认，五官似乎消失在这褶褶皱皱中。他说不定是从一棵参天大树的树洞里爬出来的，他可能已经有一千岁了。

他似乎没有注意到门左侧的招牌，眼睛里仅存的一丝活力似乎也被达尔罗伊的身材、奇怪的制服和身侧的佩剑惊住了。"请恕我冒犯，"船长彬彬有礼地说，"恐怕我的制服吓到您了。这是艾维伍德勋爵规定的制服，他的所有仆人都要穿成这样。事实上，我也理解租户，甚至您自己，也许……也能原谅我们佩剑的苦衷。艾维伍德勋爵对此非常重视，他觉得每个人都应该佩一把剑。您知道的，他说起话来总是一套一套的，让人不得不服。昨天我给他刷裤子时，他对我说：'我们怎么能这般大言不惭，我们怎么能一边宣称所有人都情同手足，一边却拒绝给予他们男子气概的象征；我们又怎么能一边禁止公民佩戴古往今来标志着自由人与奴隶之区别的象征之物，一边信誓旦旦地宣称这是现代解放运动。我们也不必揣测我那位正在擦拭刀具的座上宾会如预言那般诉诸任何野蛮行为，因为这份礼物是一种崇高的行为，表明我方信任你们普遍拥护和平的无上荣光，唯有仁者，可行武道。'"

达尔罗伊船长一边滔滔不绝、手舞足蹈地说着这些废话，一边把大奶酪和一桶朗姆酒都搬进了还没回过神来的茅屋主人家。庞普先生面无表情地跟在后面，腋下还夹着枪。

"艾维伍德勋爵，"达尔罗伊说着，把朗姆酒桶砰的一声放在朴素的冷杉木桌上，"希望与您共饮佳酿。或者准确点儿说，应该是朗姆酒。我的朋友，你可千万别乱说艾维伍德勋爵酗酒的事。我们在厨房里叫他'三瓶艾维伍德'。但必须是朗姆酒，艾维伍德除了朗姆酒，别的都不喝。那天他说'葡萄酒可能使人亵慢'，我特别注意到他的措辞，似乎连爵爷也很高兴。他站在台阶顶端，我停下了擦拭台阶的动作，记下了这句话：'葡萄酒可能使人亵慢，烈酒可能使人放肆，但在圣贤之书中，你找不到只言片语谴责那些乘船出海之人奉为神圣的甜美蒸馏酒；牧师和先知也从未说过片纸只字打破《圣经》中关于朗姆酒的神圣沉默。'然后他向我解释说，"达尔罗伊继续说道，并示意庞普用自己的独门技术旋开酒桶，"要避免一两瓶朗姆酒对年轻人和酒量浅的人造成任何不良影响，最好的办法就是在喝朗姆酒的时候吃奶酪，尤其是我带来的这种奶酪。但我忘了它叫什么了。"

"切达奶酪。"庞普很严肃地说道。

"但是,务必注意!"船长几乎是恶狠狠地继续说道,同时向这位老人摇晃着他粗壮的手指以示警告,"切记奶酪不能和**面包**一起吃。这个国家曾经幸福的家园所遭受的毁灭性破坏,都是由于奶酪配面包这种鲁莽而疯狂的实验造成的。我不会给你面包的,我的朋友。事实上,艾维伍德勋爵已经指示,应从主祷文中删除对这种无知和堕落习惯的暗示。来一杯。"

他诱使老人拿出两个厚酒杯和一个破茶杯,并往里面倒了一点儿朗姆酒。现在,他郑重地向老人举杯。

"谢谢您的好意,先生。"老人这才第一次开口,用他干哑的嗓音说道。然后,他喝了一口,他的老脸变了,就像是一盏古老的灯笼,里面慢慢泛起了烛光。

"啊,"他说,"我的儿子是个水手。"

"希望他一帆风顺。"船长说道,"我要给你们唱一首关于世界上第一位水手的歌,他生活在朗姆酒的时代之前。(正如艾维伍德勋爵敏锐地观察到的那样)"

他坐在一把木椅上,再次高声喧哗起来,用破茶杯敲打着桌子。

老诺亚,他有一个鸵鸟养殖场,还有规模最大的家禽养殖场。

  他在一个大得像桶一样的蛋杯里用勺子吃鸡蛋,
他喝的汤是大象汤,他吃的鱼是鲸鱼,
但这些都比不上他出海时的地窖。
诺亚,他坐下来吃饭时经常对妻子说:
"只要水别流进葡萄酒里,流到哪儿都无所谓。"

天堂悬崖上的大瀑布从悬崖边飞流直下,
仿佛要把星星冲走,就像水槽里的泥沙那样,
七重天咆哮着冲下来,让地狱的喉咙喝个痛快,
诺亚瞪大了眼睛:"我看像是下雨了,
水已经淹没了马特峰①(Matterhorn),
马特峰就像平原小丘的矿井一样深,
但只要水别流进葡萄酒里,流到哪儿都无所谓。"

但诺亚犯了罪,我们也犯了罪,我们醉醺醺地走着,
  直到一个高大的黑人禁酒主义者被派来给了我们一棍子。

---

① 又译"马特洪峰",阿尔卑斯山系最著名的山脉之一。

你在P.S.A.、小教堂或艾斯特福德节①
（Eisteddfod）都喝不到葡萄酒，
　　因为上帝的愤怒，水的诅咒卷土重来，
　　水淹没了主教的木板，淹没了高级思想家的神龛，
　　但只要水别流进葡萄酒里，流到哪儿都无所谓。

"这是艾维伍德勋爵最喜欢的歌。"帕特里克·达尔罗伊先生喝着酒总结道，"您自己也给我们唱首歌吧。"

出乎这两位幽默大师意料的是，这位老先生居然开始用颤抖的声音唱了起来：

　　住在伦敦城的乔治国王②（King George），
　　我希望他们能捍卫他的王冠，
　　波拿巴被彻底打倒了，
　　就在圣诞节的早晨。

　　老乡绅今天去开会了
　　都在他的——

---

① 威尔士的一种节日。
② 乔治五世，温莎王朝的开创者。

老先生唱着唱着突然被一件奇怪的事情打断了，这对加快叙事进度来说也许是件幸事，因为他最喜欢唱的这首歌共有四十七句。小屋的门打开了，一个穿着灯芯裤、面容腼腆的男人静静地在房间里站了几秒钟，然后没头没尾地来了一句。

"四杯麦芽酒。"

"您说什么？"船长彬彬有礼地问道。

"四杯麦芽酒。"那人斩钉截铁地说道，在看到汉弗莱后，似乎又搜肠刮肚地想要再说点什么。

"早上好，庞普先生。不知道您是怎么把'老船'搬到这儿来的。"

庞普先生微笑着指了指那位歌声被打断的老人。

"现在由马尔纳（Marne）先生照看，高林（Gowl）先生。"庞普以乡下人的严谨礼仪说道，"但除了这桶朗姆酒，已经没有其他存货了。"

"有得喝就行，"高林先生也不啰唆，在苍老的马尔纳面前放下了一些钱，马尔纳惊奇地看着这些钱。就在他转身告别并抄起手背擦嘴的时候，门再次动了一下，白色的阳光照了进来，一同映入眼帘的还有一个戴着红围巾的人。

"早上好，马尔纳先生；早上好，庞普先生；早上好，高林先生。"戴红围巾的人说道。

"早上好，库特先生。"其他三人相继说道。

"要来点儿朗姆酒吗，库特先生?"汉弗莱·庞普亲切地问，"马尔纳先生现在手头上只有这个了。"

库特先生也喝了点儿朗姆酒，并在这位可敬的茅屋主人茫然的注视下放了一点钱。库特先生正准备解释说，现在大环境不好，但只要你能看到招牌，那就没事了，格伦顿·阿博特（Grunton Abbot）的一位律师是这么告诉他的。这时，一个精力旺、人缘好的修补匠来了，屋子里又添一人，氛围变得热闹起来。修补匠叫大家举杯畅饮，并说他的驴和马车都在外面。随后，大家七嘴八舌、热火朝天地聊了好久关于驴和马车的事情，他们你一言、我一语地说着它们的优点。达尔罗伊渐渐明白，原来修补匠是想把它们卖掉。

一个念头突然掠过他的脑海，这个想法与他目前荒谬的职业生涯的浪漫机会主义一拍即合，他急忙跑出去看那辆车和那头驴。他旋即又回来，问修补匠价格是多少，几乎是话音未落就提出了一个连修补匠做梦都想不到的高价。然而，修补匠认为这只是绅士们惯有的不着调，于是又付了点儿钱，喝了一些朗姆酒，然后达尔罗伊找了个借口，把酒桶封了起来，并把酒桶和奶酪放到了马车的底部。然而，他还是把钱留在了老马尔纳银须前闪闪发光的银器和铜器里。

凡是知道英国穷人之间那种古怪又心照不宣的友情的

人，无须多言也能想到，他们都走出去，看着他装车，看着他给驴套上挽具——除了那个年迈的茅屋主人，他坐在那里，好像被钱催眠了一样。就在他们站在那里的时候，看到一个身影出现在滚烫的白色路面上，在山坡上歪歪扭扭地走着。但那只是远处的一个前进中的黑点，没有给他们带来任何乐趣。那是一位名叫布尔罗斯（Bullrose）的先生，艾维伍德勋爵庄园的代理人。

布尔罗斯先生个子矮小，身材四四方方的，宽宽的脑袋上长着浓密的黑色卷发，他的脸胖得像青蛙，一双眼睛锐利逼人、疑神疑鬼，他戴着一顶上好的丝绸帽子，却穿着一件方方正正的商务夹克。布尔罗斯先生不是什么好人。这种庄园代理人几乎都不是什么好人。地主通常都有自己的气度，即使艾维伍德勋爵也有自己的宽宏大量，如果可能的话，大多数人都希望能亲眼见一见他。但布尔罗斯先生小气得很——真正务实的暴君无一例外都是锱铢必较的。

他显然不明白马尔纳先生那间塌了一截的茅屋之前发生了什么骚动，但他觉得其中一定有什么蹊跷。他想把这间茅屋全部卖掉，当然，他一点儿赔偿金都不打算给茅屋主人。他希望老人死掉，但无论如何，如果有必要，把老人赶走易如反掌，因为他不可能付得起这个星期的房租。房租并不高，但对老人来说却是无法承受之重，因为他根本借不到也赚不到任何钱。这就是贵族土地制度的骑士精神所在。

"再见了,我的朋友们,"那个穿着奇特制服的大块头男人说道,"正如艾维伍德勋爵在一次兴头上所说的那样,条条大路都通向朗姆酒,我们希望能快去快回,在这里开一家一流的酒店,酒店的招股说明书很快就会寄出去。"

代理人布尔罗斯先生那张青蛙般的肥脸因惊讶而变得更加丑陋,双眼简直要瞪出来了,看起来更像是蜗牛的眼睛而不是青蛙的。要不是被庄园里这家无证酒店鼎沸的人声所淹没,这般针对艾维伍德勋爵赤裸裸的暗讽,无论如何都会引起一场愤怒的干预。如果不是看到老马尔纳那凄惨的茅屋外已经竖起了一根坚固的木制招牌,冲突还会再次升级。

"可算让我逮到他了,"布尔罗斯先生喃喃自语道,"他不可能付得起租金,他必须滚蛋。"几乎就在达尔罗伊走到驴头前,准备牵驴上路的同时,他也快步向茅屋的门口走去。

"看这儿,我的伙计,"布尔罗斯一进茅屋就大声喊道,"这次是你自作自受。爵爷对你实在是太纵容了,但这次就到此为止吧。你在外面的所作所为太无礼了,况且你是知道爵爷对这种事情的态度的,这简直是在自掘坟墓。"他顿了顿,冷笑了一声,"所以,除非你付得起租金,一分钱都不能少,否则你就滚出去。我们最讨厌你们这种人。"

老人笨拙地摸索着,把一堆硬币推到了桌子对面。布尔罗斯先生突然一屁股坐在木椅上,开始疯狂地数钱,脑袋上还戴着他的丝绸帽子。他数了一遍、两遍,又一遍。然后,他死死地盯着这些钱,比茅屋主人还要不可置信。

"你哪来的钱?"他粗声粗气地问道,"是你偷的吗?"

"我可不是手脚不干净的人。"老人颤抖着说。

布尔罗斯看了看他,又看了看钱,然后愤怒地想起艾维伍德作为在法官席上列席的地方执法官,虽然冷酷无情,但尚且公正。

"好吧,不管怎么说,"他情绪激动地喊道,"我们有足够的理由让你离开这里。老伙计,你在茅屋外面挂上那个花哨的招牌,难道没有触犯法律吗?更不用说对租户的规定了?嗯?"

租户沉默不语。

"嗯?"代理人又哼了一声。

"啊。"租户应了一声。

"这房子外面到底有没有招牌?"布尔罗斯敲着桌子喊道。

租户盯着他看了好一会儿,脸上带着耐心和恭敬的表情,然后说道:"胡——或许有,胡——或许没有。"

"我来帮你,"布尔罗斯先生喊道,他猛地站起来,把丝绸帽子戴在后脑勺上,"我不知道你们是不是喝多了,什么都看不见,我在路上可是亲眼看到了那东西。出来吧,看你还敢不敢睁眼说瞎话!"

"啊。"马尔纳先生疑惑地说。

马尔纳摇摇晃晃地跟在代理人后面,代理人一副公事公办的样子,怒气冲冲地推开门,站在门外的门槛上。他在那里站了好一会儿,没有说话。在他唯物主义思想坚实的地基深处,有两种东西在蠢蠢欲动,它们是他的宿敌:一种是古老的童话,认为一切皆可信;另一种是新的怀疑论,认为一切皆不可信,甚至连自己亲眼所见的也不可信。举目四望没有招牌,也没有任何招牌的迹象。

在马尔纳老人枯瘦的脸上,隐隐约约又出现了中世纪以来一直沉睡的笑声。

天堂之洞

　　天边一抹稍纵即逝的红宝石色光芒温暖了大地、天空和海洋，这等傍晚的美景难得一见、精妙绝伦，整个世界仿佛都被葡萄酒洗礼过一样。帕特里克·达尔罗伊和他的朋友们在金雀花和欧洲蕨丛生的废墟上停了下来，当他站起来时，他那颗强壮的、满头红发的头颅几乎被染成了猩红色。他的一个朋友正重新检查一把类似双管卡宾枪的短枪，另一个朋友正在吃蓟草。

　　达尔罗伊自己则无所事事、心事重重，他双手插在口袋里，眼睛盯着地平线。陆地上的山丘、平原和树林都沐浴在玫瑰红的光芒中，但在远处紫罗兰色狭长的海面上，光芒变成偏紫色，化为云层和风暴之类的东西。他凝视的是大海。

　　突然间，他如梦方醒，似乎在揉眼睛，或者说，在揉他红色的眉毛。

　　"怎么回事，我们怎么在卵石坞后面的这条路，"他说，"那不是海边该死的小锡教堂吗？"

　　"我知道，"他的朋友兼向导回答道，"我们玩过老套的疾走诡计，杀个回马枪，你知道的，这十有八九是最好的策略。当怀特拉迪牧师（Parson Whitelady）因为偷狗而被追捕时，他就会这么做。我几乎一直在向他学习，除了追随最好的榜样，你找不到更好的学习方法。他们在伦敦告诉你，迪克·特平①（Dick Turpin）骑马去了约克郡。但我知道他并没有这么做，因为我住在科布尔庄园（Cobble's End）的老祖父非常了解特平一家——他在圣诞节那天把他们家的某个人扔进了河里；但我想我能猜到他做了什么，以及这个故事是怎么传开的。如果迪克够聪明的话，他会在被人认出之前，飞奔到老北路（North Road）上，大喊'约克！约克'之类的话；然后，如果一切安排妥当，半小时后，他可能会叼着烟斗走在河岸街②（Strand）上。据说老博尼（Boney）说过，'所去之处应出其不意'，我想对于像他这样的军人来说，这话说得在理。但对于像你这种躲避警察追捕的绅士来说，这种说法就不对头了。我应该说，'去你应该去的地方'——而你通常会发现，你的同胞们不仅在其他事情上不干人事，而且在多动动脑子方面也没好到哪里去。"

"嗯，从这里到海边的一段路，"船长沉思着说道，"我对它太熟悉了，熟悉到我再也不想看见它。你知不知道，"他

---

① 英国著名大盗，借助作家安斯沃斯的小说成为家喻户晓的怪盗。
② 英国伦敦泰晤士河畔的一条街道名称。

突然指着一百码①外一片在昏暗的荒野中露出白色的沙地和沙坑问道,"你知不知道那个地方为什么在历史上那么有名?"

"我知道,"庞普先生回答道,"那就是格兰奇老修女（Mother Grouch）射杀卫理公会教徒的地方。"

"你说错了,"船长说道,"你说的那种事不足为奇。其实,那个地方之所以出名,是因为曾经有一个没什么教养的女孩丢了一条黑发辫子上的丝带,有人帮她找到了。"

"帮她找到丝带的人很有教养吗?"庞普轻笑着问道。

"并没有,"达尔罗伊盯着大海说,"他被打倒了。"然后,他又振作起来,朝荒野的另一处做了个手势,"你知道那座古老城墙了不起的历史吗? 就是在最后一个峡谷后面的那座城墙。"

"不知道,"对方回答道,"除非你指的是'死人马戏团',但那件事发生在更远的地方。"

"我指的不是死人马戏团,"船长说道,"那面墙的历史之所以了不起,是因为某人的影子曾经落在上面,而那个影子比其他所有生灵都更令人向往。就是**这件事**,"他几乎是粗暴地喊道,恢复了轻浮的语气,"就是这件事,驼峰,而不是你以为的一个死人去马戏团这种平平无奇的琐事。艾维

---

①1 码 ≈0.9144 米。

伍德勋爵准备用土耳其人从苏格拉底墓中偷来的纯金和希腊大理石重建城墙，把一根四百英尺高的纯金柱子围起来，柱子顶端是一个破产的爱尔兰人倒骑毛驴的巨大马术雕像，以此来纪念这一历史事件。"

他抬起一条长腿跨过毛驴，好像要为大家摆出那个姿势，然后双脚向后一摆，再次注视着紫色的海面。

"你知道吗，驼峰，"他说，"我觉得现代人对人类生活的看法已经错得离谱。他们似乎期待着得到大自然从未许诺过的东西，然后又试图毁掉大自然真正给予的一切。在艾维伍德的那些无神论者的教堂里，他们总是在谈论和平、完美的和平、彻底的和平、普世的喜悦和合而为一的灵魂。但他们看起来并不比其他人更开心。他们接下来要做的事情就是拆毁'老船'，毁掉无数脍炙人口的笑话、故事和歌曲，以及人们结交朋友的快乐老家。"他看了一眼躺在旁边荒野上松动的指示牌，几乎是再三确认它没有被盗。"现在在我看来，"他接着说道，"这样贪得无厌反而得不到什么。我不知道上帝的意思是否是让人获得那种包罗万象、无微不至的幸福。但上帝的确希望人有一点儿乐趣，我也希望不会失去那一点儿乐趣。如果我不能志得意满，那么至少我可以自娱自乐。那些自以为聪明绝顶的愤世嫉俗的家伙有一种说法：'做个好人，你会幸福，但你不会有快乐的时光。'愤世嫉俗的家伙大错特错，他们总是这样。他们手持谬论，却以为掌握了真理。上帝知道，我从来就没想过要当一个好人，但即使是一个无赖，有时也不得不像圣人一样与世界抗争。我想我已经与世界抗争过了，*et militavi non sine*①，'玩得很开心'用拉丁语怎么说来着？我不能装作和平与欢乐的样子，别的样子也不行，尤其是在这块原始的野蔷薇丛里。我并不幸福，驼峰，但我曾经拥有过一段快乐的时光。"

夕阳西下，除了灌木丛中驴的叫声，一切又恢复了宁静。庞普没有说什么感同身受的话，达尔罗伊再次开始说起他的寓言。

"所以我认为，我们的情绪受到了太多的影响，驼峰。因为这个地方肯定在浪费我的时间。该死的，人这辈子还有其他事情要做！我不喜欢在感觉的问题上小题大做——这只会让人痛苦。以我目前的心境，我宁可找点儿事做。所有这一切，驼峰，"他突然提高嗓门说，"所有这一切，我都写进了《反歌之歌》(*Song Against Songs*)里，我现在要唱给你听。"他的声音总是带着一种急促、非理性的纯粹和野性。

"我觉得不应该在这里唱，"汉弗莱·庞普说着，拿起枪放在胳膊下，"这地方很空旷，你的块头很显眼，声音也很

---

① 拉丁语，译为"在征伐中，我也并非空手而还"，参考李永毅译本《贺拉斯诗全集》。

大。但我会到你经常提起的天堂之洞（Hole in Heaven），把你藏起来，就像我以前把你从那个导师那里带走藏起来一样——我想不起来他叫什么名字——那个只有在温波尔乡绅家喝希腊酒才会醉的人。"

"驼峰！"船长喊道，"我放弃伊萨卡的王位。你比尤利西斯聪明多了。在这里，我的心被成千上万种诱惑所撕裂，从自杀到绑架，而这一切仅仅是因为看到了荒野上的那个洞，我们曾经在那里野餐。一直以来，我都忘了我们以前叫它'天堂之洞'。上帝啊，多么好听的名字啊！"

"我以为，"酒馆老板说，"年轻的马修斯先生（Mr. Matthews）开的那个玩笑能让你记得呢，船长。"

"在阿尔巴尼亚进行野蛮激烈的肉搏战时，"达尔罗伊先生用手掌抚过眉心，悲伤地说，"我一定是在某个命悬一线的瞬间忘记了年轻的马修斯先生开的那个玩笑。"

"这听起来可不妙。"庞普先生简单地说道，"啊，他姨妈就是干这种事的。不过，她对老格杰恩（Gudgeon）过分了。"

说完这些话，他跳了起来，似乎差一点就要被大地吞没了。但只走了几码路，就来到了他们所说的荒野中的沙坑边。上天对艾维伍德勋爵隐瞒了一个真相，又向庞普先生表露无遗，这个真相就是：当你靠近一个藏身之处时，它可能不易察觉；而从远处的某个有利位置看，它又是光天化日之下显而易见的。从他们走近的那一侧看去，突然出现的沙洞就像荒野中的一个坍塌的密室，它的凸起看起来像是覆盖着的蕨类植物和毛草自然形成的，洞口像仙子一样一眨眼就看不见了。

"没问题，"他在一地或一片树叶下喊道，"走到这儿，你就什么都能想起来了。这是你唱歌的地方，船长。我的老天，船长，我怎么忘得了你在大学里唱的那首爱尔兰歌曲。当时你像一头巴珊牛①一样嘶吼着，唱的都是些关于心和袖子之类的词，但夫人和导师却什么声音都没听到，因为那堆沙子挡住了所有的声音。你知道，这些知识很有用，可惜年轻的绅士学不到这些。现在，你得为我唱一首歌，歌颂我断情绝爱，或者随便你怎么说。"

达尔罗伊凝视着他以前野餐的洞穴，这些洞穴他明明忘得一干二净，但又是如此熟悉。他似乎已经完全失去了歌唱的兴致，一门心思地在自己童年的小黑屋里摸索着。就在蕨类植物下面的砂岩中，有一股天然泉水涓涓流出。他记得他们曾经试图用水壶把水烧开；他还记得有一次因为谁打翻了

---

① A bull of Bashan 指的是"大嗓门的人"。据《圣经》记载，巴珊（Bashan）盛产巴珊牛，其吼声震天、力大无穷，后引申为"气壮如牛的人，大嗓门的人"之意。

水壶而发生的争吵，在初恋的"病态"中，那场争吵让他受了好几天地狱般的折磨。当精力充沛的庞普再一次冲破荆棘丛生的洞顶，兴冲冲地想要把他们其他古怪的财产搬到洞穴里时，达尔罗伊想起了手指上曾经扎进一根刺，那根刺让他的心脏因疼痛和完美的音乐而停止跳动。当庞普带着朗姆酒桶和奶酪回来，一脚把它们踹下洞口那用沙子堆起来的斜坡时，他带着近乎愤怒的笑声想起来：小时候他曾自己从那个斜坡上滚下来，并认为那是一件相当了不起的事情。他当时的感觉就像从马特峰光滑的一侧滚下来一样。他现在才注意到，斜坡的高度比他回来时注意到的一座矮小茅屋的二楼还低。他突然意识到自己变大了，从体形的意义上来说变大了。他对任何人都心存疑虑。

"天堂之洞！"他说，"多好的名字啊！那时候我可真是个诗人啊！天堂之洞。但这个洞是要让人进来，还是要让人出去呢？"

在夕阳的最后一抹余晖中，那只长耳四足动物的影子在最后一块阳光照耀下的沙地上若隐若现，庞普已经重新把它拴在了一块更近的牧草地上。达尔罗伊看着那头驴被拖得巨长的影子，发出了短促的爆笑声——他曾在土耳其战争结束后、哈来姆大门紧闭时那样大笑。他平日里是个非常健谈的人，但他从不解释自己为什么那么笑。

汉弗莱·庞普又跳进了这个陷入地底的巢穴，开始用他自己的独门手艺舀起一桶朗姆酒，说道——

"我们明天可以想办法弄到别的东西。今晚，我们可以吃奶酪、喝朗姆酒，尤其是那里，还有泉水可以喝。现在，船长，为我们唱《反歌之歌》吧。"

帕特里克·达尔罗伊用一个小药杯喝了一点儿朗姆酒。这个药杯是一向不着调的庞普先生从他的背心口袋里拿出来的，也不知他是怎么做到的。达尔罗伊的脸已经涨得通红，他的眉毛几乎和头发一样红，而他显然很不情愿。

"我不明白为什么所有的歌都要我来唱。你这家伙为什么不自己唱首歌呢？现在我想起来了，"他喊道，嘴里的粗话越来越多，也许朗姆酒让他有点上头（其实他已经很多年没有喝过朗姆酒了），"现在我想起来你的那首歌怎么样了？在这个被诅咒又被祝福的地方，我的全部青春都回来了。我想起了你的那首歌，它从未存在过，也永远不会存在。难道你不记得了吗？汉弗莱·庞普，那天晚上，我给你们唱了不下十七首我自己创作的歌。"

"我记得非常清楚。"这个英国人克制地回答道。

"你难道不记得吗？"爱尔兰人兴高采烈、郑重其事地继续说道，"除非你能写出一首自己的抒情诗，得是你自己来写，自己来唱，否则我可警告你……"

"再唱一次，"庞普面不改色地说道，"是的，我知道。"

他平静地从口袋里掏出一张折起来的褪色的纸。唉，与其说他是个酒馆老板，倒不如说他更像个偷猎者。

"你让我写，我就写了。"他直来直去地说道，"我从没试着唱过。但我会自己唱，你当时唱完自己的歌之后，就不让别人唱了。"

"好吧，"船长有些激动地喊道，"只要能听你唱首歌，我什么都愿意唱。这是《反歌之歌》，驼峰。"

他又一次纵情高歌，仿佛要用怒吼打破夜晚的寂静。

> 梅丽珊德（Melisande）的悲歌是一首疲惫而沉闷的歌，
>
> 玛丽安娜（Mariana）庄园早已不复当年盛况，
>
> 《渡鸦一去不复返》（Raven Never More）从来都不是一首欢快的歌，
>
> 而波德莱尔[①]（Baudelaire）笔下生辉，除了爱情，别无其他。
>
> 试问何人能为我们写一首御马之歌，
>
> 或是狩猎之歌，或是饮酒之歌？

[①] 19世纪法国现代派诗人，象征派诗歌先驱，代表作有《恶之花》。

能让他们翻身上马后纵情高歌。
当天色和葡萄酒都泛着微红时，
给我一夸脱[①]干红葡萄酒，
我会为你写下一首天籁之歌，
一曲颂战事，一曲敬美酒，
还有一首唤醒亡者的歌。

弗拉戈莱特（Fragolette）的愤怒之歌文采斐然、激情洋溢，
竖琴未上弦，塔拉（Tara）的悲歌对琴空唱，
我认为欢快的《什罗普郡孩子》（*Shropshire Kid*）之歌是一首令人不寒而栗的歌，
而幸福的未来主义者之歌是一首唱不出来的歌。
试问何人能为我们写一首御马之歌，
或是战斗之歌，或是饮酒之歌？
适合你我的父辈吟唱，
明了如何思考和茁壮成长。
但那歌颂美、艺术与爱的歌，
简直就是一首臭不可闻的歌，

[①] 液量单位，在英国相当于2品脱或1.14升。

把你捧上去，然后拽下来。

让你的灵魂生不如死。

"再来点儿朗姆酒，"这个爱尔兰军官殷勤地收尾，"最后让我们听听你的歌声吧。"

庞普先生带着乡下人根深蒂固的传统所养成的不苟言笑，展开了那张纸。纸上面记录着他内心唯一的对抗情绪，这种情绪强烈到足以把他那英国式的宽以待人美德揉成一团，汇编成曲。他仔仔细细地读出了完整的标题。

"《反对杂货商之歌》，作者汉弗莱·庞普是卵石坞'老船'的唯一经营者。它是人类和野兽的宜居之所。夏洛特王后[①]（Queen Charlotte）和乔纳森·怀尔德（Jonathan Wilde）都曾下榻于此，雪糕人也曾在这里被误认为是波拿巴。这首歌是写给杂货店老板的。"

上帝创造了万恶的杂货店老板，

由于一个奥秘和一个征兆，

人们避开了可怕的商店，

去酒馆用餐。

[①] 全名索菲·夏洛特，出生于1744年5月19日，英国国王乔治三世的妻子。

在那里，橡子上有熏肉，
木桶里有葡萄酒，
上帝创造了欢声笑语，
已经看到一切都好。

恶毒的杂货店老板
称他的母亲为"夫人"。
向她鞠躬，对她点头，
诅咒她这个老不死的。
搓着他那人见人嫌的双手问，
接下来需要什么商品。
尽管弥留之际
才是她应当考虑之事。

他的伙计不是他的孩子，
但是店小二的工资太低了，
他们喊着"现金"，横冲直撞，
干着他那邪恶的生意。
他把一位女士关在笼子里，
几乎关了一整天，
叫她数钱，喊她"女士"，

直到她不知去向。

酒馆老板有情有义,
时不时劝几句,
和朋友开一瓶酒,
或款待身无分文之人。
但谁见过杂货店老板
请女仆喝茶,
或者开一瓶鱼露,
或者请人吃一块奶酪?

他把阿拉比的沙子
当作糖卖给我们,以换取现金。
他清扫店铺,卖掉灰尘、
城里最纯净的盐。
他的罐头塞满有毒的肉。
可怜的国王子民,
当他们成千上万地死去,
为什么,他笑得那么开心。

邪恶的杂货店老板

卖着蒸馏酒和葡萄酒。
他就像酒馆里吃饭的人一样，
不坦诚也不交心。
他在车上装满了肥皂和沙丁鱼，
然后让马夫带走，
以免被公爵夫人们截和，
但他自己在更衣室里喝得酩酊大醉。

听命地狱的杂货店老板
有一座锡制的寺庙。
善良的酒馆老板损失惨重，
在那里大声疾呼。
但现在，沙子快用完了，
姑且算是糖。
杂货店老板颤抖着，
因为他的时间就像他的体重一样所剩无几。

达尔罗伊船长喝着他的烈酒，情绪相当高涨，他不仅扯着嗓子表达对庞普歌声的欣赏，还跑前跑后。他一跃而起，挥舞着手中的酒杯："你应该成为桂冠诗人，驼峰，你是对的，你是对的！我们已经忍无可忍，无须再忍！"

他疯狂地冲上沙坡，用招牌指着越来越暗的海岸，那里矗立着一个低矮的波纹状铁皮建筑，几乎与世隔绝。

"这就是你们的锡庙！"他说，"我们烧了它！"

他们距离卵石坞海水浴场的海岸线还有一段距离，暮色渐浓，丘陵起伏，看不清楚海水浴场的位置。现在，除了海滩边的波纹状铁皮建筑大厅和三栋建了一半的红砖别墅，什么也看不见了。

达尔罗伊似乎对大厅和空荡荡的房子怀有极大的恶意。

"快看！"他说，"巴比伦！"

他把酒馆的招牌像旗帜一样高高举起，开始大步流星地朝那个地方走去，嘴里还骂骂咧咧的。

"四十天后，"他喊道，"卵石坞将片瓦不留。野狗将舔食J.莱韦森秘书的鲜血，而独角兽——"

"回来吧，帕特里克，"庞普喊道，"你喝多了。"

"狮子将在高处嚎叫。"船长大声喊道。

"无论如何，驴都会嚎叫，"庞普说，"但我觉得肯定有另一头驴跟着嚎叫。"

他先给这只四足动物装好行囊，然后解开缰绳，开始牵着它往前走。

"简单的灵魂"学会

落日余晖下,铅色的海面笼罩着一层阴郁的紫色,这是一种悲伤的色调,琼·布雷特女士再次沿着海滨闷闷不乐地漫步。这天傍晚阴雨绵绵,气温越来越低,海水浴场的旺季已经接近尾声,岸边只有她一个人,但她已经习惯了在这里无休止地走来走去,这似乎满足了她那千头万绪的心理中某种下意识的渴望。在沉思的过程中,她的感官总是异常活跃:当海水几乎退到地平线时,她能**闻**到海水的气味;同样的,她能从海浪或海风在她耳边的一声声低语中听到身后另一个女人的裙子快速飘动的唰唰声或振动声。她认为,从这位女士的仪态可以明确判断出她通常情况下总是不紧不慢地雍容雅步,只不过此时碰巧行色匆匆。

她转过身来,看着这位匆匆赶来的女士,眉毛微微一挑,伸出了手。来者是伊妮德·温波尔(Enid Wimpole)女士,艾维伍德勋爵的表妹。她身材高挑、雍容华贵,时髦的服饰既肃穆又梦幻,与她自身的优雅气质格格不入;她金色的头发素雅而浓密;她不但落落大方,而且有一种水灵灵的气质。认真看去,她敏感、谦逊,甚至有些楚楚动人，但她那双汪汪的蓝眼睛似乎略显突出，眼神中流露出一种冷漠的渴望——这种表情在公众会议上提问的女士眼中并不罕见。

琼·布雷特本人，正如她所说的那样，是艾维伍德家族的亲戚，但伊妮德女士可是艾维伍德的嫡亲表妹，实际上和亲妹妹无异。因为她为他和他的母亲料理家务，而他的母亲现在已经老态龙钟，她只能以一种说不上话也插不上手的**监护人**角色来履行传统义务。而艾维伍德也不是那种会在一位老太太行使职权时指手画脚的人。伊妮德·温波尔女士也是如此，她的脸上似乎也透露出她表哥那种不近人情、心不在焉的常见气质。

"哦，还好能赶上您。"她对琼说道，"艾维伍德老夫人**非常**希望您能趁菲利普（Philip）还在那儿，来我们家过周末。他一直非常欣赏您关于塞浦路斯的十四行诗，想和您谈谈他在土耳其的政策。当然，他日理万机，但我今晚能在会后见他。"

"他总是神出鬼没，"琼女士笑着说，"只有在会议前后才能见到他。"

"您是'简单的灵魂'（Simple Soul）吗？"伊妮德女士漫不经心地问。

"我是'简单的灵魂'吗？"琼问道，皱起乌黑的双眉，

"仁慈的上苍啊，我可不是！您什么意思？"

"他们今晚的会议在小环球大厅举行，菲利普将主持会议，"伊妮德女士解释道，"他气坏了，因为他不得不提前离席赶去议院，但莱韦森先生可以主持到最后。他们找到了米塞拉·阿蒙（Misysra Ammon）。"

"找到了谁？"琼一头雾水地问道。

"您什么都不放在心上，"伊妮德女士和颜悦色地说，"大家都在谈论这个人——**您**和我一样心知肚明。大家正是在他的影响下组建了'简单的灵魂'。"

"哦！"琼·布雷特女士说道。

沉默良久后她又追问道："简单的灵魂都有哪些人？如果我能遇到这些人，我会对他们感兴趣的。"她转过阴沉的脸，望着渐渐变暗的紫色大海。

"您是说，亲爱的，"伊妮德·温波尔女士问道，"您连一个简单的灵魂都没见过吗？"

"也不是，"琼望着最后一道漆黑的海岸线说，"我这辈子中只遇到过一个简单的灵魂。"

"但您必须出席会议！"伊妮德女士不容置疑、神采飞扬地喊道，"您必须马上过来！菲利普在这样的话题上肯定会滔滔不绝，当然，米塞拉·阿蒙也**总是**妙趣横生。"

琼不知道自己要去哪里，也不知道自己为什么要去那里，就这样被带到了一个低矮的铅板棚或铁皮棚里，位于最后几家寥落的酒馆外。还未进屋，她就从屋内的回声中听到了一个她觉得自己听过的声音。她进来的时候，艾维伍德勋爵已经站了起来，穿着精致的晚礼服，身后的座位上还搭着一件轻薄的大衣。他身边站着一个小老头，她在海边听过他的演讲。他身上的晚礼服虽然品位不佳，但更显眼。

讲台上没有其他人，但让琼感到惊讶的是，她的打字员老朋友布朗宁小姐身穿一袭黑色的旧裙子，正在讲台下用速记法奋笔疾书记下艾维伍德勋爵的话。更让她吃惊的是，布朗宁小姐的姐姐就坐在一两码远的地方，也在用速记法记下同样的话。

"那就是米塞拉·阿蒙。"伊妮德女士伸出纤细的手指着主席身边的小老头，郑重其事地低声说道。

"我知道他，"琼说道，"他的伞呢？"

"……至少很明显，"艾维伍德勋爵说道，"我们自古以来认为不可能的一件事不再是天方夜谭。东方和西方是一体的。东方不再是东方，西方也不再是西方，因为一个小地峡已经打通，大西洋和太平洋汇成了同一片海洋。今晚，你们将有幸聆听这位杰出、卓越的哲学家的演讲，在这项联接东西方的事业中，他的劳苦功高无人能望其项背。我衷心希望我能够一如既往地欣赏他的雄辩，尽管我并不认为处理公务比聆听演讲更重要，奈何公务缠身。莱韦森先生欣然同意代替我发言，我谨在此对今晚将在各位面前阐述的目标和理想深表赞同。我想，这个信仰选择新月这个不断盈满的事物作为象征，意味深长。其他信条或多或少都带有终结的意味，而对这个象征希望的伟大信条来说，它的不完美之处正是其骄傲所在，人们将无所畏惧地走在新的康庄大道上，沿着不断攀升的弦月之弧前行——这条弧线包裹并举起了月亮永恒的承诺。"

尽管艾维伍德勋爵的时间很紧，但他还是在热烈的掌声中缓慢而严肃地坐了下来，这是艾维伍德勋爵一贯的作风。演讲者安静地回到座位上，就像众人鼓掌本身一样，这也是演讲艺术的组成部分。当最后一声掌声平息后，他警觉地站起来，把轻薄的大衣挂在胳膊上，与演讲者握手，向观众鞠躬，然后快速地悄声离开大厅。莱韦森先生，这位黝黑的年轻人戴着一副耷拉着的双层眼镜，有点腼腆地走上前，坐到了讲台上的空位上，简单说了两句就介绍起了著名的土耳其神秘主义者米塞拉·阿蒙——他有时也被称为"月亮先知"。

琼女士发现先知的英语口音在良好的社交环境中得到了一些改善，但他仍然以同样喋喋不休的方式把字母"u"拉长。他的言论也和他关于英国酒馆的演讲一样，狂热不羁、混淆视听、标新立异。他似乎是在谈论更高级的婚姻制度，但他一开始就对教会文明进行了一般性的辩护，尤其是针对贫瘠和世俗的无能指控。

"只——只要从实用性上看，"他说，"只——只要从实用性上看，如果你们能以一种完全平等的方式来看待的话，就会发现我们的方法比你们的好多了。我的祖先发明了弯刀，因为弯刀砍人更利落；你们的祖先佩戴直剑，是出于对你们所说的'直'的浪漫幻想。或者，我要举一个更简单的例子，这是我自己的亲身经历：当我第一次有幸见到艾维伍德勋爵时，我还不习惯你们的各种礼节，而且在进入爵爷邀请我下榻的克拉里奇酒店时遇到了一点困难，就——就是一点儿困难。酒店的一个侍从就站在我旁边的门口。我乌——弯下腰去脱我的鞋——靴子，他问我在干什么。我对他说：'这位朋友，我要脱掉我的鞋——靴子。'"

琼·布雷特女士发出了一声闷哼，但讲师并没有注意到，而是继续言简意赅地讲下去。

我告诉他，在我的国家，在表示对任何地方的尊重时，我们不脱帽，而是脱下鞋——靴子。因为我一直戴着帽子，并脱下了鞋——靴子，他就暗示我：我的脑袋受到了真主的折磨。这很胡——好笑吗？"

"非常。"琼女士用手帕捂住嘴说，因为她笑得说不出话来。两三个最聪明的"简单的灵魂"认真的脸上露出了淡淡的微笑，但大多数"灵魂"看起来确实非常简单。他们一副很无助的样子，头发软软的，穿着像绿色窗帘一样的长袍，干巴巴的脸庞一如既往。

"但我向他解释了。我花了很长时间仔仔细细地向他解释了一番，脱掉鞋——靴子比摘掉帽子更务实，也更方便办事，总而言之好处更多。我对他说：'我们回想一下，人们对鞋袜有多少怨言，对头饰又有多少怨言。如果有人穿着泥泞的鞋——靴子在你们的客厅里走来走去，你们肯定会有怨言。但如果是戴着泥泞的帽子走来走去，会弄脏你们的客厅吗？你们有多少人的丈夫用鞋——靴子踢你们？然而，又有多少人的丈夫会戴着帽子撞你们？'"

他神情严肃地环顾四周，这让琼女士几乎无言以对，有点同情他，又觉得好笑。透过他那过于复杂的灵魂中最合理的部分，她意识到有人真的被他说服了。

"门口的那个人，他不听我的话，"米塞拉·阿蒙可怜兮兮地继续说道，"他说，如果我站在门口，手里拿着我的鞋——靴子，会被很多人围观的。嗯，我不知道为什么，在你们国家，你们总是把年轻男性送到人群的最前面。那些年轻的男性，他们肯定发出了很多噪声。"

琼·布雷特女士突然站了起来，对大厅后面的其他听众表现出极大的兴趣。她觉得，如果再多看一眼那张长着犹太鼻子和波斯胡须的严肃面孔，她就会当众出丑；更有甚者，她可能会当众侮辱讲师（因为她是那种宽容的贵族，恶语相向着实不体面）。她有一种感觉，目之所及的这些"简单的灵魂"如果成群结队，可能会让人心情舒畅。毋庸置疑，这也有可能被误认为会带来一种压抑的效果。琼女士重新就座，神色如常。

"现在，"这个东方的哲学家问道，"我为什么要讲你们伦敦的街道上这么一个微不足道的小故事，这么一件司空见惯的事情？这个小错误没有产生任何有——有害的影响。最后，艾维伍德勋爵走了出来。他没有试图向克拉里奇酒店的侍从解释他对如此重要之事的真实看法，尽管克拉里奇酒店的侍从一直守在门口。但他吩咐克拉里奇酒店的侍从把我的鞋——靴子还给我。我当时正在解释这顶帽子在家里是无害的，这双鞋就从门前的台阶上掉了下来。所以，对我来说，一切都恰到好处。但我为什么要讲这些小故事呢？"

他再次摊开双手，像展开东方的扇子一样。然后，他突然拍了一下手，把琼吓了一跳，本能地寻找着五百名"简单的灵魂"的入口。但这只是他加强雄辩语气的姿态。他带着激动的重口音继续说道：

"因为，我的朋友们，这是我能举出的最好的例子，它能充分说明指控我们内务失败纯属无稽之谈、搬弄是非。这种指控批评道，我们对待妇女的方式尤其失败。我恳请各位女士想一想。在家里，鞋——靴子难道不比帽子更具破坏性、更令人生畏吗？靴子上蹿下跳、跑来跑去、横冲直撞，把花园里的泥土蹭在地毯上。帽子依然安安静静地挂在帽钉上。看看帽子挂在帽架上的样子，多么安静、多么乖巧啊！为什么不让帽子安安静静地戴在脑袋上呢？"

琼女士和其他几位女士都报以热烈的掌声，这位圣人深受鼓舞，再接再厉。

"亲爱的女士们，难道你们就不能相信这个伟大的宗教会理解你们对其他事情的看法，就像它能理解你们对鞋——靴子的看法一样吗？我们那令人尊敬的敌人对我们的婚姻制度提出的普遍异议是什么？他们说这是对女性的蔑视。但是，我的朋友们，这怎么会呢，明明在婚姻制度中女性的数量更多。当你们的下议院里有一百个英格兰议员，只——只有一个微不足道的威尔士议员时，你们不会说'威尔士人掌权了，他是我们的苏丹，愿他长命百岁'！如果你的陪审团中有十一位身材魁梧的女士和一位瘦——瘦小的男士，你不会说'这对身材魁梧的女士不公平'。那么，女士们，你们为什么还对这个伟大的婚姻制度实验退缩不前呢，艾维伍德勋爵本人——"

琼的黑眼睛依然紧盯着讲师那张布满皱纹、充满耐心的脸，但接下来的每一句话她都听不清了。在那闪闪发光的西班牙肤色的映衬下，她的脸色因情绪异常而变得苍白，但她却纹丝不动。

大厅的门敞开着，甚至偶尔也能听见从小镇空寂无人的那一头传来一些声音。似乎有两个人正在途经远处的堤坝，其中一个正在唱歌。工人在晚上回家途中唱歌是件稀松平常的事，歌声虽然很响亮，但距离太远，琼听不清歌词。只不过琼碰巧知道那些歌词。她几乎可以看到这些字迹：一只圆滚滚的手，大笔一挥，将词写在家里一本老旧的女学生相册的粉红色页面上。她认得那句歌词和那个声音：

> 我来自帕特里克城堡（Castle Patrick），我的心就挂在我的袖子上[①]，
>
> 若我允许，任何一个持剑或持枪的男孩都能击中它。
>
> 它在那里照亮了一枚肩章，就像火焰一样金光灿灿，
>
> 像我的祖先一样赤身裸体，像我的名字一样高贵优雅。

[①] 原文"my heart is on my sleeve"指的是一个人坦率地表露自己的情感，喜怒形于色，也暗示易受伤害，与接下来的几句歌词呼应。

因为我来自帕特里克城堡，我的心就挂在我的袖子上，

但在圣加洛格拉斯前夜（St. Gallowglass's Eve）被一位女士偷走了。

琼的眼前突然出现了一片破碎的荒野，荒野中有一个很深的白沙洞，在阳光下闪闪发光。这令她震惊，同时勾起了她强烈的苦楚。没有文字，没有名字，只有那个地方。

生活在利物浦（Liverpool）的人们，他们的心沉到了靴子里①。

他们会像羔羊一样下地狱，他们会的，因为汽车发出呜呜声。

虽然车轮成天转个不停，但那儿的人却不一定在跳舞，

男人可以不抽烟，只有烟囱在冒烟。

因为我来自帕特里克城堡，我的心就挂在我的袖子上，

但在圣普莱恩德前夜（St. Poleyander's Eve）被

---

① 形容心情沮丧、低落，仿佛跌到了谷底。

一位女士偷走了。

住在贝尔法斯特（Belfast）黑人区的人，他们的心吊到了嗓子眼儿①。

他们看到我们在南方的草地上杀人灭口，

他们认为犁就是他们做的架子，而牛的叫声就是信条，

他们认为我们在烧女巫，其实我们只是在烧野草。

因为我来自帕特里克城堡，我的心就挂在我的袖子上，

但在圣巴拿巴节前夜（St. Barnabas's Eve）被一位女士偷走了。

歌声突然停止了，最后几句却更加清晰，可以肯定唱歌的人已经走得更近了，而且没有离开。

在歌声停止之后，琼女士才朦朦胧胧地听到这位不屈不挠的东方人结束了他滔滔不绝的演讲。

"……如果你不曾拒——拒绝每天清晨从东方升起的太阳，你也不应拒——拒绝这个伟大的社会实验。这个伟大

---

① 形容非常焦虑，好像心要跳出来了似的。

的婚姻制度，它产生于东方，并且总会回归东方。因为这就是高级的婚姻制度，它就像太阳本身一样，总是从东方升起，但只有当太阳高高挂在天上时，它才会在正午绽放光彩。"

她依稀记得，那个脸色黝黑、戴着眼镜的莱韦森先生用恰当的措辞肯定了这场令人着迷的演讲，并呼吁那些可能有问题要问的"简单的灵魂"的踊跃提问。只有当"简单的灵魂"一如既往地表现出他们的淳朴，表现出他们养尊处优的不情愿以及过分谨慎的自谦时，才会有人提醒主席。直到有人对主席说了好一会儿话之后，琼才逐渐意识到情况有些不对劲。

民之声,神之声

"在我们聆听了这番振聋发聩的、划时代的演讲之后,"秘书莱韦森先生带着有些拘谨的微笑说道,"我相信一定会有人有问题要问,我们希望接下来大家能畅所欲言。我相信肯定有人有问题要问。"然后,他迟疑地看着第四排一位一脸倦容的先生说,"欣奇(Hinch)先生?"

欣奇先生脸色苍白地摇摇头说:"我没有问题!我真的没有!"

"如果有哪位女士愿意提问,"莱韦森先生说,"我们将备感荣幸。"

现场鸦雀无声,全场听众都不约而同地意识到,坐在第二排最后面的一位身材特别魁梧的女士(就像讲师举例的那种身材)要提问。她像蜡像般一动不动,表情从期望变成了失望。"还有其他问题吗?"莱韦森先生问道,就好像没有其他人提问似的。他的语气似乎有点如释重负的感觉。

大厅后面和大厅一侧的中间出现了一阵骚动。耳边传来哽咽的低语"现在就去,加吉(Garge)!","去吧,加吉!还有什么问题吗?戈尔(Gor)!"

莱韦森先生警觉地抬起头，有点儿惊慌失措的样子。他这才意识到，有几个穿着土布粗麻、邋里邋遢的普通人不知何时从敞开的门走了进来。他们不是真正的乡下人，而是在大型海水浴场附近徘徊的半农半工的劳动者。他们并不会互称"先生"，而是习惯把所有人都叫做"乔治"。

莱韦森先生见势不妙，只好让步。他虽以艾维伍德勋爵为榜样，尽职尽责、面面俱到，但却表现出艾维伍德勋爵所没有的胆怯。同样的社会教养让他羞于与这些乡野痞夫为伍，也让他羞于承认自己的羞耻。正是现代精神教会了他厌恶这些衣衫褴褛之人，也教会了他对这种厌恶感撒谎。

"如果有外来的朋友愿意加入我们的问答环节，"他紧张地说道，"我相信我们会热烈欢迎。当然，我们都是民主人士，"他环顾四周，脸上皮笑肉不笑，"相信人民之声（Voice of the People）。如果我们大厅后面的朋友能简要地提出他的问题，那么，我想我们就不必拘泥于要求他以书面形式提问。"

人们再次声嘶力竭地鼓励乔治（他当之无愧是众望所归），他迈着绑着绑腿的双腿摇摇晃晃地向前走。他好像从进门以来就没有坐下来过，他是站在我们称之为中央过道的半道上发言的。

"好吧，我想问问掌柜的。"他开口说道。

"说问题,"莱韦森先生说,他迅速抓住机会,主持话题,这是现代主席的主要工作,"如果是程序问题,必须向主席提出;如果涉及讲话内容,则应向讲师提问。"

"好吧,我想问讲师,"耐心的加吉说道,"如果你外面有那个东西,那里面也该有那个东西,这没错吧?"(后面响起热烈的掌声)

莱韦森先生听得一头雾水,怀疑已经出什么大问题了。但不管提什么问题,都能瞬间点燃"月亮先知"的热情,并带动主席的情绪。

"但这正是——嗯,是我们整个演讲的宗旨,"他喊道,张开双臂拥抱世界,"外在表现应与内在表现合二为一。朋友们,正是——嗯,是我们的朋友所说的这一真相,导——导致我们在教会中明显缺乏象征手法!我们似乎忽略了象征,因为我们执着于使用十全十美的象征。如果这位站在大厅中央的朋友绕着我们所有的庙宇走一圈,他可能会大声说:'真神的雕像在哪里?'但这位朋友真的能塑造出一个完整的、得到普遍认可的真神雕像吗?"

米塞拉·阿蒙对自己的回答非常满意,但很多人怀疑他是否能让大厅中央的这位朋友也觉得心服口服。那位追求真理的人不满意地用手背擦了擦嘴,说道:

"无意冒犯,先生。但先生,法律不是规定,如果你在外面有那个，我们就没事吗？我很自然地就来到这里。但是戈隆姆（Gorlumme），我以前从没见过这样的地方。"（后面传来嘶哑的笑声）

"不需要道歉，我的朋友，"东方圣人急切地喊道，"我可以想象，你也许并不——不完全了解这些真理学派。但法律就是一切，法律就是真神。最深处的统一——"

"好吧，可法律不就是这么说的吗？"顽固的乔治重复道，每当他提到法律时，深受法律之苦的可怜人都会大声鼓掌，"我不是一个寻衅滋事的人。我从不寻衅滋事。我是个遵纪守法的人，真的。（掌声更热烈了）但法律不是规定，如果你的招牌是这样的，你的职业是这样的，你就应该招待我们，不是吗？"

"我好像听不太懂，"土耳其人急忙喊道，"我应该什么？"

"招待我们。"大厅后面传来一阵阵浑厚的喊声，大厅里的人已经比之前多了很多。

"为您服务！"米塞拉喊道，像被松开的弹簧一样一跃而起，"神圣的先知从天而降，为您服务！我的朋友们，千百年来传承下来的美德和勇气，除了为你们服务，别无他求！我们有各种信仰，但为数最多的当数服务的信仰。我们最高的先知不过是上帝的仆人，我是，你们亦是。即使是宗教象征，我们也选择了一颗卫星，并向月球致敬，因为它只为地球服务，并不假装自己是太阳。"

"我确信，"莱韦森先生一跃而起，得体地笑着喊道，"讲师已经用最雄辩、最有效的方式回答了最后一点。鉴于汽车已经候在门外，等待接送远道而来的女士，我真心认为演讲的进程——"

所有的文艺女士都已经穿戴整齐，脸上的表情各异，有的迷惑不解，有的惊恐不安。只有琼女士还在徘徊，她因难以名状的激动而浑身颤抖。一直无言以对的欣奇走到主席座位前，低声对他说："你必须把所有女士都带走。我不知道发生了什么，但肯定有什么事。"

"怎么？"乔治耐心地重复道，"既然是法律，它在哪里？"

"女士们、先生们，"莱韦森先生以他最讨好的方式说道，"我想我们度过了一个非常愉快的夜晚，而且——"

"不，我们没有，"另一个更难听的声音在房间的一个角落里喊道，"它在哪里？"

"这是我们有权知道的。"遵纪守法的乔治说道，"它在哪里？"

"什么在哪里？"秘书瘫坐在椅子上，近乎发狂地喊道，"你们想干什么？"

遵纪守法的乔治先生转了半圈，朝角落里的人做了个手势，然后说道：

"你的是什么，吉姆？"

"我要一点点苏格兰威士忌。"角落里的人说道。

伊妮德·温波尔女士由于担心琼而稍作逗留，她是除琼外唯一尚未离开的女士。她抓住琼的双腕，紧张地低声说道："哦，我们必须上车去，亲爱的，他们的粗言秽语不堪入耳！"

* * * * *

在海边最潮湿的沙地边缘，两个轮子和四个蹄子留下的印记正被缓缓上涨的潮水慢慢抹去，汉弗莱·庞普之所以把驴车牵到了几乎没过脚踝的水里，就是出于这个原因。

"我希望你现在又清醒了。"庞普有些严肃地对他的同伴说。他是个大块头，走起路来很沉重，甚至有些谦卑。他的佩剑在腰间来回摆动，"老实说，把旧招牌插在那个铁皮棚子前简直太蠢了。我一般不这样跟你说话，船长，这个郡里还能帮你脱困的人也就只有我了。但是，去那里吓唬女士们——自从'主教蠢事'之后，这里再也没有发生过这么愚蠢的事情了。在我们离开之前，你都能听到女士们的尖叫声。"

"早在我们离开之前，我就听到了比这更糟糕的声音，"大块头头也不抬地说道，"我听到其中一个人的笑声……天啊，你是不是觉得我不该听到她的笑声？"

对话陷入沉默。"我并不想把话说得太难听，"汉弗莱·庞普说道，语气中带着英国式坚不可摧的善良——这种善良是英国人的根，也许还能拯救英国人的灵魂，"但事实上，我一直在为如何摆脱当前的处境而烦恼。你比我勇敢，你看，我承认我对我们俩的处境心惊胆战。如果我不知道去往迷失隧道的路，我现在应该还很害怕。"

"知道去往什么的路？"船长第一次抬起他红色的脑袋问道。

"哦，你知道'再无艾维伍德'迷失隧道的事情吧？"庞普漫不经心地说，"为什么提它，我们小时候都在找它。只是我碰巧发现了它而已。"

"请宽恕我这个流亡者吧。"达尔罗伊诚恳地说，"我不知道究竟是忘了这件事，还是记住这件事对他的伤害更大。"

庞普先生沉默了一会儿，然后比平时更严肃地说道："好吧，伦敦来的人说，必须竖起标语牌、立起雕像、发起捐款、编纂墓志铭——天知道还有什么——来纪念那些标新立异的人。但是，只有那些对自己方圆四十英里的土地了如指掌、人脉很广、知道哪些人是聪明的人才能标新立异，但这些人在成功之前却不得不藏起来。在哈格比的吉尔的支持下，布恩医生（Dr. Boone）坚决反对科利森医生（Dr. Collison）和疫苗接种。他的治疗挽救了六十名患天花的病人，而科利森医生的治疗则杀死了九十二名没有患天花的病人。不过，布恩不得不保持低调,因为他的女患者都长了胡子。这是治疗的结果,但他并不想纠结于这个结果。还有老阿瑟院长(Dean Arthur),他发现了气球,如果气球的发现能归功于人类的话。他发现气球存在的时间远远早于气球被发现的时间。但当时人们对这种事很怀疑,尽管有牧师在,但巫师的生意还是复苏了,这让他不得不在一份文件上签字,以说明他是从哪里产生这个想法的。按理说,当你们俩都在胡思乱想的时候,你不会愿意在一张纸上签字,说你是从村里人那里得到了那个想法,但因为他是个诚实的绅士,所以他只能签这个字,可怜的老院长。然后是杰克·阿林汉姆(Jack Arlingham)和潜水钟,但这些你都记得。好吧,制造这条隧道的人也是一样,他是艾维伍德家族中一个疯狂的人。船长,有很多人都在伦敦的大广场上立了雕像,因为在他们的帮助下,人们制造了铁路列车。有很多人因为对蒸汽船的发现做出了贡献,而在威斯敏斯特大教堂(Westminster Abbey)里留下了自己的名字。可怜的老艾维伍德一下子就发现了这两件事,因此不得不加以控制。他有一个想法,即让一列火车直接冲入海中,变成一艘蒸汽船。按照他的设想,一切似乎都没问题。但他的家人觉得这件事很丢脸,甚至不愿提及这条隧道。除了我和邦奇·罗宾逊(Bunchy Robinson),没人知道它在哪儿。我们马上就要到了。他们把石头都扔到这一边，在那边建起茂密的种植园，但我之前骑着一匹赛马走过这里，我把它从切普斯托上校（Colonel Chepstow）的比赛中救了出来，所以我想我能驾驭这头驴。老实说，我认为从卵石坞逃过一劫之后，只有在这里我们才是安全的。毫无疑问，这里是世界上最适合咱暂避风头、重新开始的地方。我们到了。你可能以为你没办法躲在那个石头后面，但其实可以。事实上，你已经这样做了。"

达尔罗伊有些困惑地发现自己绕过了一块岩石的拐角，进入了一个长长的黑洞或甬道，黑洞的尽头是一个非常昏暗的绿色开口。他听到身后传来驴的蹄声和朋友的脚步声，转过头去却什么也看不见，只能看到一片漆黑，就像在封闭的煤窖里。他再次转身，走向那个暗淡的绿色开口，欣喜地看到它变得越来越大、越来越亮，就像一块大翡翠，直到他来到一片树林中。这些树木大多很瘦小，却长得密密麻麻，紧挨着隧道的洞口，很显然，这个地方肯定会被森林遮住，被人遗忘。透过树丛中的光芒星星点点、随风颤抖，分不清现在究竟是黎明时分，还是月上枝头。

"我就知道这里有水，"庞普说道，"他们在修建隧道时，没办法防止石造部分渗水，老艾维伍德还拿水平仪砸了水利工程师。这里有点隐秘，后面又有大海，等奶酪吃完了，我们应该能弄到点什么别的东西吃，反正驴什么都能吃。

顺便说一句，"他有些尴尬地补充道，"但我想，船长，不到万不得已，我们最好别喝朗姆酒了，我这么说您应该不会介意吧。这是英国最好的朗姆酒，也可能是最后的朗姆酒，如果这些疯狂的游戏还在继续的话。保持这种'手边有酒，想喝就喝'的感觉，这对我们有好处。现在这桶酒几乎还是满的。"

达尔罗伊伸出手，与对方握了握。"驼峰，"他认真地说道，"你说得对。这是对人性的神圣信任，我们只有在庆祝伟大胜利时才会用它款待自己。为了表达这一点，我现在要举杯庆祝我们对莱韦森和他的镀锡会堂的辉煌胜利。"

他喝干了一杯，然后坐在酒桶上，似乎要把美酒的诱惑都抛诸脑后。他那双深邃的蓝眼睛似乎越来越深地扎进了眼前树木洒下的翠绿暮色之中，许久之后，他才再次开口说话。

最后他说："我想你提到过，驼峰，你的一个朋友——我想是一位名叫邦奇·罗宾逊的先生——也是这里的**常客**。"

"是的，他认识路。"庞普回答道，牵着驴走向一片最合适的牧草地。

"你觉得，罗宾逊先生有可能赏脸到访吗？"船长问道。

"除非黑石监狱的看守太大意让他溜出来。"庞普回答说。他把奶酪搬到了隧道的拱门里。达尔罗伊仍然用手托着方下巴，望着神秘的小树林发呆。

"船长，你似乎心不在焉啊。"庞普说道。

"最深刻的思想总是平淡无奇。"达尔罗伊说道，"这就是我相信民主的原因，我比你更相信民主。而其中最深刻的共性就是'虚无缥缈'（vanitas vanitatem），它不是悲观主义，反而恰恰是悲观主义的对立面。正是因为人类总做无用功，所以我们觉得人类肯定是一个神。我想起了这条隧道，想起了那个可怜的老疯子在这片草地上转来转去，看着隧道修建的样子。他的灵魂与未来同在。他看到整个世界沧海桑田，海上到处都是他的新船队，而现在，"达尔罗伊的声音变了，断断续续地说，"现在这里变成了驴的牧草地，安静得很啊。"

"是的。"庞普应道，表示他知道船长还在考虑的其他事情。船长继续出神地说道：

"我想到了历史上记载的另一位艾维伍德勋爵，他也有过远大的理想。无论如何，那都是一个伟大的愿景。虽然这个人自命清高，但他确实很勇敢。他还想在东西方之间开辟一条隧道，使印度帝国更加英国化，实现他所说的英国东方化。我现在就在想，一个疯子清醒的理智和勇敢的意志，是否足以冲破并推动这条隧道。而此时此刻，一切似乎都表明事情会这样推进。又或者说，你们英国的活力和经济增长是否真的足以最终落实这些设想，而不是像这样任其荒废，掩埋在英国的森林中，被英国的大海冲刷殆尽。"

他们之间再次陷入沉默，只有动物进食时发出的轻微声音。达尔罗伊说得没错，那里非常安静。

但那天晚上，卵石坞并不平静：《取缔闹事法》(*Riot Act*)被宣读了，看到外面有招牌的人和没看到外面有招牌的人争执不休。第二天早上，或许有孩子和科学家在寻找贝壳和其他海边常见的物品时，发现了莱韦森的外衣碎片和波纹状铁皮建筑的碎片，并好生研究了一番。

高级批评与希布斯先生

卵石坞有一份本地的晚报,名叫《卵石坞环球报》(*The Pebblewick Globe*)。几乎是在招牌消失的同时,该报的编辑就出了一期报纸,公布了招牌消失之谜,这事他能吹一辈子。在接下来的争吵中,广告夹心人①发现,他们所携带的刻着字的大木板对他们起到了不小的保护作用,使他们免于遭受前后左右不分青红皂白的拳打脚踢。

消失的酒吧
卵石坞的童话故事
特别报道

在惊诧不已的加吉和他的一众同情者眼中,这份报纸对所发生的事情,或者说似乎发生了的事情的描述尽管断章取义,但基本符合事实。"本镇的木匠乔治·伯恩(George Burn)同为酿酒师杰伊(Jay)先生和格宾斯(Gubbins)先生

---

① 英语中用 sandwich men 形容身体前后挂着广告牌、在街头游行的人。

服务的拖车工塞缪尔·格里普斯（Samuel Gripes），以及其他一些家喻户晓的居民，在路过西海滩上新建的、用于各种娱乐活动的建筑，即人们所称的小环球大厅时，看到大厅外立着一个现在非常罕见的老式酒馆招牌，于是理所当然地认为这个地方还保留着卖酒的执照，而这附近的许多地方最近都被吊销了这个执照。然而，大厅里面的人似乎矢口否认此事。当一行人（经过一些令人遗憾的场面后，没有人丧生）再次来到海滩上时，发现酒馆招牌已被毁坏或被盗。各方都相当清醒，而且大家确实没有机会动什么手脚。真相有待进一步调查。"

但这一相对真实的记录是地方性的、自发的，这在很大程度上要归功于编辑偶然的诚实。此外，晚报往往比早报更诚实，因为晚报是由工资低、工作多的下属匆忙写成的，没有时间让更瞻前顾后的人去纠正和修饰。到第二天早报出来的时候，招牌消失的故事已经略有不同，但明眼人仍能察觉这一变化。在世界上发行量最大、影响力最广的日报上，这个问题被交给了一位名叫希布斯·然则（Hibbs However）的绅士，在非新闻界人士看来，他的名字好像只有名没有姓。他的所有公开批评动辄都要加上近乎复杂的小心翼翼，话总是说得很周全。这一特质像开玩笑一样如影随形，以至于所有的内容都离不开连接词，离不开"但是""然而""虽然"

之类的词语。随着他的薪水越来越高（因为编辑和老板都喜欢这样的事情），老朋友越来越少（因为最慷慨的朋友也不能对毫无荣耀和感染力的成功无动于衷），他越来越看重自己作为一个外交家的价值，越来越在乎自己是不是总是说正确的话。不过，他的咬文嚼字并非百利而无一害，因为最终他的外交辞令变得太过于面面俱到，以致于令人难以理解。认识他的人不难相信他说的话是正确的，是委婉的，是可以挽回局面的，但他们却很难搞清楚他到底说了什么。他早年天资聪慧，善于玩弄现代新闻业最糟糕的伎俩之一——对问题避重就轻，好像问题的重要部分可以暂时搁置，而把问题的不重要部分当成正事大谈特谈。因此，他会说："无论我们如何看待对贫困儿童进行活体解剖一事的是非对错，我们都会同意，无论如何，这种活体解剖只能由资质完善的从业人员进行。"但是，在外交生涯的晚期和低谷时期，他似乎更倾向于忽略相关主题的重要部分，转而按照他自己的某种畏畏缩缩、难以捉摸的联想去处理一些毫不相干的主题。就像人们对画家说的那样，晚年他脾气很古怪，他很可能会说："无论我们如何看待对贫困儿童进行活体解剖一事的是非对错，进步人士都知道，这无疑是梵蒂冈的影响力正在衰退。"据说，美国总统在新奥尔良（New Orleans）被一个疯子射出的子弹打伤后写了一段话："总统度过了一个美好的夜晚，他的状况大有好转。然而，刺客并不像最初猜测的那样是德国人。"从此，他的绰号就不胫而走。人们目不转睛地盯着那些奇怪的连词，直到他们被逼疯，恨不得一枪崩了自己。

然而，希布斯是个身材瘦高的男人，头发直而微黄，言行举止看起来温文尔雅，暗地里却傲慢无礼。他在剑桥时曾是莱韦森的朋友，他们都骄傲地自诩为温和的政治家。但是，如果你的帽子被一个最近自称为"遵纪守法者"的人从鼻子上砸下来，如果你不得不拽着燕尾服逃命，或者有一群比你精力更充沛的人抄起波纹状铁皮建筑上不规则的屋顶碎片扔向你，逼得你上蹿下跳，那么你就会发现你萌生出了不符合一个温和政治家形象的情绪。希布斯·然则已经就卵石坞事件撰写了一篇简短社评。如果说这篇社评说了什么有用的内容，那就是它大致揭示了故事的真相。和往常一样，他模糊地转向这个方向的动机是复杂的。他知道这家报社的老板是一个身家百万的灵异爱好者，因此只要发表了这个不可思议的故事，总会有所收获。他知道，至少有两个为这个故事做证的富裕工匠或小商人是"一派人"的坚定支持者。他也知道，艾维伍德勋爵必须受到温和但克制的制约，因为艾维伍德勋爵属于"另一派人"。没有什么比让报社暂时采纳一篇有理有据的报道更温和或克制的办法了，因为这篇报道来自外部，肯定不像许多报道那样是在办公室里凭空捏造出来的。鉴于种种考虑，希布斯·然则终于写出了一篇或多或少有据可查的文章。这时，J.莱韦森秘书突然出现在副主编的房间里，他的衣领被扯烂了，眼镜也摔坏了。于是，希布斯先生与他进行了一次长时间的私下谈话，这让希布斯在很大程度上改变了主意。当然，他并没有重新写一篇文章，他并不是那种会一板一眼地推倒重来的人。他对原来的文章进行了删改，使之超越了他过去所写的最令人困惑的文章，而这篇文章至今仍被那些喜好到处搜罗文学拙著的文人雅士所珍视。

事实上，文章一开头还是人们熟悉的那个腔调："对于'木制招牌本身是否道德'这个老生常谈的争议问题，无论采取比较宽松的观点，还是比较先进的观点，我们都会认为，在卵石坞发生的一幕对大多数（尽管不是所有）涉事人员来说都是非常不光彩的。"在此之后，粉饰之词就退化成了对无关话题的一锅乱炖。这篇文章可圈可点。读者可以从中窥见希布斯先生对文章主题之外的几乎所有其他主题的看法。下一句话的前半句非常清楚地表明，希布斯先生（如果他在场的话）不会积极协助圣巴塞洛缪大屠杀或九月大屠杀。但后半句话同样清楚地表明，由于这两个屠杀已成前尘往事，而且所有阻止它们的努力可能都有点儿为时过晚，因此他对法兰西民族怀有最热烈的友谊。他只是坚称，除了法语，绝不能用其他语言提及他的友谊。用服务员教给游客的语言来说，这应该称作"友好关系"(entente)。用一种人类能理解的语言来说，它绝不能被称为"协议"。从下面这句话的前半部分可以推断，希布斯先生读过弥尔顿[①]（Milton）的作品，至少读过关于彼列之子[②]（sons of Belial）的那段话；从后半部分可以推断，他对劣酒一无所知，更不用说好酒了。再下一句以罗马帝国的腐败开头，以克利福德博士（Dr. Clifford）结尾。然后是对优生学苍白的辩护，以及对征兵制热烈的辩护——这不是真正的优生学。以上是全文的内容，文章标题是"卵石坞的骚乱"。

然而，有相当多的公众写信给这位胡言乱语的领导人，如果我们对这一事实视而不见，那么对希布斯·然则就不太公平了。可以认为，给报社写信的人是一小撮古怪的人，就像大多数左右现代国家的人一样古怪。但至少，与律师、金融家、国会议员或科学界人士不同，给报纸写信的人来自三教九流、遍布英国各地，他们的阶级、籍贯、年龄、教派、性别和精神错乱程度千差万别。在希布斯尘封的旧档案中，他发表这篇文章之后收到的来信仍然值得一读。

[①] 约翰·弥尔顿，英国诗人、政论家，民主斗士，代表作品有长诗《失乐园》《复乐园》《力士参孙》。
[②] 在《旧约》中指的是虚无的人、不信耶和华的人。

英格兰中部人口最稠密地区的一位亲爱的老太太来信说，在这个事件中，可能真的有一艘老船在岸边遇难。"莱韦森先生可能没注意到它，又或者，在大半夜，它可能被误认为是招牌，尤其是被视力有缺陷的人误认为是招牌。这段时间以来，我的视力已经大不如前，但我仍然是贵报的忠实读者。"如果希布斯先生的外交手腕能让他的灵魂保留一丁点儿清醒的话，他一定会因为这样一封信而哈哈大笑，或者泪流满面，或者酩酊大醉，或者遁入空门。事实上，他用铅笔量了量，觉得太长了，放不进笔筒里。

接着是一位理论家，而且是一位不学无术的理论家的来信。理论家为适应新事件而编造新理论本无伤大雅。但是，这位理论家从一开始就提出一个错误的理论，然后把一切都看成佐证这个理论的论据，这才是人类理性最危险的敌人。信的开头就像一颗被扳机射出的子弹。"《出埃及记》[①]第4章第3节不是已经解决了整个问题吗？我在随信附上的一些小册子中解释得一清二楚，而主教或所谓的自由教会牧师们都没有试图回答这个问题。《圣经》中明确指出的杖与蛇之间的联系，在这里也同样清楚。众所周知，那些喝了烈酒的人往往会声称自己看到了蛇。这不是很清楚吗，那些不幸的狂

[①]《出埃及记》和下文的《申命记》都是《圣经》中《旧约》的篇章。

欢者看到的是变形的杆子；另见《申命记》第18章第2节。如果我们所谓的宗教领袖……"这封信长达32页，希布斯认为这封信太长，这也许是有道理的。

还有一位科学人士表示："这难道不是因为大厅的音响效果吗？"他自始至终都不信任波纹状铁皮建筑的音响效果。就连"大厅"（hall）这个词本身（他俏皮地补充道）也常常被那些弯弯绕绕的金属曲线造成的突兀回声扭曲，变得尖锐且简短，甚至听起来完全像是"地狱"（hell）这个词，这还引起了许多神学纠葛和一些警方起诉。鉴于这些事实，他想提请编辑注意一些非常奇怪的细节，这些细节事关所谓的酒馆招牌是否真实存在。值得注意的是，许多证人，尤其是其中最德高望重的证人，不断提到一些本应在外面的东西。在控诉人的证词中，"外面"一词至少出现了五次。当然，经过各种科学类比，我们可以推断，他们所说的"酒馆招牌"（inn-sign）这个少见的短语，其实是"里面"（inside）一词听错了。但人们在讨论建筑物或个人的卫生问题时，自然而然会提到"里面"这个词。这封信的署名是"医科学生"，信中不那么高深的部分被选出来刊登在报纸上。

还有一位非常幽默的人，他在信中说，这起案件根本没有什么莫名其妙或不同寻常的地方。他说他自己经常在走进酒馆时看到外面的招牌，出来时却看不到了。这封信（唯

——封具有文学性的信）被希布斯先生板着脸扔到一边。

这时，一位文质彬彬的绅士走了过来，轻描淡写地提出了一个建议。有人读过赫伯特·乔治·威尔斯[①]（H. G. Wells）关于太空奇想的故事吗？他装模作样、拐弯抹角地暗示，除了他自己，根本没有人听说过这个故事，或许，也没有人听说过威尔斯先生。这个故事说的是，人的脚和眼睛可能会分别处于世界上的不同地方。他的建议有可取之处。希布斯·然则把它和其他信件扔到了一起，这清楚地表明了它的价值所在。

当然，还有一个人称这一切都是狂热的外国人针对英国海岸的阴谋。但是，由于他没有说清楚这些外国人的主要恶行是把招牌贴上去，还是把它摘下来，所以他的发言（其余部分全都在讨论一个意大利雪糕店老板的不当言论，他的观点似乎没有得到充分的论证）就显得不那么有分量了。

最后，也是最不重要的一点是，那些认为可以通过废除造成问题的所有因素来解决他们无法理解的问题的人全都涌了进来。我们都认识这些人。如果一个理发师因为客人换了舞伴，或者要去汉普特斯西斯公园（Hampstead Heath）骑驴，就割断了客人的喉咙，那么总会有人抗议导致这种情况发生

[①] 英国小说家、社会学家、历史学家，与儒勒·凡尔纳（Jules Verne）并称为"世界科幻小说之父"，代表作有《时间机器》《隐形人》《世界大战》等。

的制度。如果废除了理发师，如果销毁了餐具，如果压制了女孩对不完美胡须的反对意见，如果消灭了女孩，如果取缔了荒野和空地，如果禁止了跳舞，如果消灭了驴，这一悲剧就不会发生——但驴恐怕永远不会被消灭。

在这片存在着特定争议的公地上，有很多这样的驴。有人将其作为反对民主的论据，因为可怜的加吉是个木匠。有些人将此作为反对外来移民的论据，因为米塞拉·阿蒙是土耳其人。有些人提议不得允许女士再参加任何地方的讲座，因为她们在这次讲座中造成了一点短暂的阻碍——虽然这完全不是她们的责任。一些人敦促取缔所有度假胜地，一些人敦促取消所有假期。有些人含糊地谴责海边，有些人则更含糊地提议把海整个挪走。所有的人都说，如果用一只强有力的手将石头、海草、奇怪的来访者、恶劣的天气或洗澡机器等一切的一切都一扫而空，那么这件事从一开始就不会发生。所有人只有一个微不足道的弱点，那就是他们似乎对**发生**了什么事没有一点概念。在这一点上，他们并非不可饶恕。没有人知道发生了什么，当然，直到今天也没有人知道，否则就没有必要写这个故事了。没有人会认为这个故事是出于任何动机而写的，它只不过是在讲述一个平淡无奇的事实而已。

希布斯·然则唯一清晰可辨的特质——那种古怪而混乱

的偷奸耍滑，到目前为止确实取得了胜利，因为周报顺着他的调子，多了几分才智，少了几分惶恐。但无论如何，报刊还是跟着他的调子走。越来越清楚的是，人们似乎想要对整个事件做出某种轻率和怀疑的解释，而且整个事件都要点到为止了。

所有较严肃的报纸，尤其是宗教周报，都在以某种轻蔑的态度讨论招牌和波纹状铁皮建筑道德小教堂的故事。不过，低教会派（Low Church）的报纸似乎主要对招牌表示不满，而高教会派（High Church）的报纸则主要对小教堂表示不满。所有人都觉得把招牌和小教堂相提并论很不协调，大多数人都把它当作寓言故事。唯一认为可能发生过这种情况的知识机构似乎只有灵媒教会派（Spiritualist）的报社，而他们的解释并没有让乔治先生感到心悦诚服。

直到将近一年之后，哲学界才感觉到关于这个问题能说的都已经说完了。威奇教授（Professor Widge）著名的《石油-捕鱼现象的历史性》(*Historicity of the Petro-Piscatorial Phenomena*)一文对这一事件及其对自然史和超自然史的影响进行了评价。该文在《希伯特期刊》(*Hibbert Journal*)上发表后，对现代思想产生了深远的影响。大家都记得威奇教授的主要论点，即现代批评家必须一视同仁，对提比里亚湖①（Lake of Tiberias）的奇门异术所采用的批评原则必须与邦克博士（Dr. Bunk）等人对迦南②（Cana）的奇门异术的批评原则一致，教授写道："像平克（Pink）和托舍尔（Toscher）这样高屋建瓴的权威人士现在已经指出，迦南把水变成酒的巫术完全不符合现代研究分析的'宴席主人'的心理，实际上也不符合当时发展阶段的整个犹太-阿拉姆语心理学，而且与相关伦理教师的崇高理想也极不协调。对此，任何思想解放的人都无权表示质疑。但是，当我们的道德成就达到更高的层次时，我们可能会发现有必要将迦南原则应用于叙事中的其他事件和后来发生的事件。当然，这一原则主要是由胡舍尔（Huscher）阐述的，他认为整个事件都不符合史实；而另一种理论，即'葡萄酒并不含酒精，水中天然就含葡萄酒'，则使明斯（Minns）的大名令人眼前一亮。很明显，如果我们对所谓的'不可思议的鱼群'采用同样的替代方法，那么除非我们赞同吉尔普（Gilp）的观点，认为鱼群只不过是人工投放到湖中的［见 Y. 怀斯牧师的《作为世界体系的基督素食主义》(*Christo-Vegetarianism as a World-System*) 一文，文中有力地阐述了这一立场］，否则我们必须根据胡舍尔的假设，断定关于'捕鱼'叙述的所有主张都不具有历史真

---

① 也有译作"提比利亚湖"，应该在以色列。
② 巴勒斯坦北部的一个村庄。

实性。

"即使是最大胆的评论家,在采取这种釜底抽薪的态度时也会感到困难,甚至连普克(Pooke)也不例外,他们声称如此详细的叙述不可能建立在反历史评论家所指的如此轻描淡写的一句话上。普克以其一贯的一板一眼的方式推理,认为根据胡舍尔的理论,'我要使你们成为得人的渔夫[①]'这样一句充满隐喻但至少值得注意的表述,被添油加醋写成了现实事件的编年史,即使在明显是插叙的段落中,也没有提到当渔网从海里(或者更恰当地说,从环礁湖里)拖上来时,在渔网里确实发现了人。

"在现代世界中,任何人在任何问题上对普克的观点表示异议都会显得冒昧,甚至有失品位。但我敢说,这位去年在芝加哥大张旗鼓地庆祝了他的九十七岁大寿的教授,因其学术成就和独特地位而受人敬仰,他也因此无法直观地了解庸人的错误是如何产生的。请原谅我在此提及我所知道的一个现代案例(并非亲身经历,而是通过对所有报道的仔细研究发现的),它与古代根据胡舍尔定律将文本添枝加叶写成

[①] "得人的渔夫"引自《圣经》中的一个故事,在《马太福音》里,耶稣在加利利海边行走,看见西门、彼得、安德烈三个渔夫。三人成为耶稣的门徒,得归正道时的喜悦心情就好像捕获了一大网的鱼一样的喜乐,即"得人如得鱼"。

现实事件的做法有着奇特的异曲同工之处。

"这个案例发生在英国南部的卵石坞。长期以来，该镇一直处于危险的宗教亢奋状态。伟大的宗教天才米塞拉·阿蒙曾在沙滩上向成千上万热情的听众演讲，他的演讲极大地改变了我们对世界上各种宗教的态度。他们的聚会经常被打断，有时被按照最残酷的正统路线进行的儿童礼拜仪式打断，有时被强大的无神论者和无政府主义组织'红玫瑰联盟'（League of the Red Rosette）打断。似乎这还不足以让狂热的旋涡膨胀起来，千禧年主义者[①]（Milnian）和完全堕落后预定论者自古以来的民间争论又在这片命中注定的海滩上爆发了。我们可以顺理成章地猜测，在卵石坞神学氛围日渐浓厚的时候，一些有争议的人引用了'邪恶、没信仰的一代人**寻求神迹**（seek for a sign[②]），可是除了先知约拿的神迹，没有别的神迹会给他们看'[③] 这句话。

"像普克这样的人很难相信这一点，但似乎可以肯定的是，受到这篇经文的影响，英国南部无知的农民到处寻找一个招牌。这里指的是那种古老的客栈招牌，现在人们对这些

[①] 千禧年主义是某些基督教教派正式的或民间的信仰。千禧年是人类倒数第二个世代，是世界末日来临前的最后一个世代。
[②] 此处 sign 是双关，既有"招牌"之意，也有"迹象"之意。
[③] 语出《圣经》的《马太福音》篇章。

招牌的消失喜闻乐见。在他们那些愚钝的头脑里,'先知约拿的神迹'不知怎么就变成了约拿被扔出的那艘船的招牌。他们四处寻找'船的招牌',有一些案例表明,他们像斯梅尔[①](Smail)那样产生了幻觉,并真的看到了'船的招牌'。整个事件与福音书的叙述奇妙地遥相呼应,标志着胡舍尔定律大获全胜。"

艾维伍德勋爵公开赞扬了威奇教授,说他使他的国家摆脱了可能是迷信海洋的束缚。但是,可怜的希布斯确实打出了第一击,这出乎意料的一击打得所有人魂飞魄散。

---

① 《马拉卡佐夫兄弟》里的一个角色。

坎德尔的性格

在艾维伍德勋爵众多的花园、露台、外屋、马厩等地方出没着一条狗，它的名字叫"坎德尔"。艾维伍德勋爵从不叫它"坎德尔"。艾维伍德勋爵几乎发不出这样的声音。艾维伍德勋爵不喜欢狗。当然，他关心和狗相关的事业，但他更关心的是自己作为知识分子的自我尊重和言行一致。他决不允许家里的狗受到虐待，也不允许老鼠受到虐待，甚至不允许人受到虐待。但是，就算坎德尔没有受到身体上的虐待，至少也受到了社会上的忽视，而坎德尔并不喜欢这样。因为比起仁慈，狗更想要陪伴。

艾维伍德勋爵很可能会把这只狗卖掉，并在这之前请教了专家（对于一切他不了解的东西和许多他了解的东西，他总是不耻下问）。他从专家那里得到的信息是，从技术上考虑，这只狗卖不出什么好价钱来，主要原因似乎是它的血统不纯。它是一种杂种斗牛犬，但斗牛犬的血统占比太高了，这一事实似乎压低了它的价格，同时也让它的下巴变得更大。爵爷还形成了一个大致的印象，那就是如果这只狗不能像指针一样追踪猎物的话，那么也可以成为一只不错的看门狗。然而，即使是作为看门狗，它也会因为不幸的游泳天赋和寻回本能而丢人现眼。不过，艾维伍德勋爵的印象很可能有点混乱，因为他此刻可能正在想着麦加的黑石，或者其他诸如此类的话题。因此，这些具有复杂特质的受害者仍然躺在艾维伍德的阳光下，除了那丑陋不堪的长相，并没有显示出这种血统混乱的普遍结果。

你要知道，琼·布雷特女士确实很喜欢狗。这是她的性格使然，也是她的一大悲剧：在一切矫揉造作的掩盖下，她身上朴实无华的本性依然鲜活，她能远远地闻到山楂或大海的气息，就像狗能远远地嗅到它的晚餐一样。她像大多数贵族一样愤世嫉俗，几乎踏入了撒旦之城的边缘；她和艾维伍德勋爵一样不信教，甚至比他更甚。如果她乐意，她同样可以冷眼旁观或目空一切。而在"厌倦"这个伟大的社交天赋方面，她随随便便都能打败他。尽管她巧舌如簧、野心勃勃，但还是和艾维伍德勋爵不一样，她仍然能感受到大自然的气息，而他却完全切断了与自然的联系。对她来说，日出仍然是太阳的升起，而不是一个宇宙仆人顺手打开一盏灯；对她来说，春天意味着乡村的万物复苏，而不仅仅是城里的热闹；对她来说，公鸡和母鸡是每家每户自古以来就有的家禽，而不是亚历山大大帝（Alexander the Great）最近从印度引进的动物（正如艾维伍德勋爵从百科全书中向她证明的那样）。因此，对她来说，狗就是狗，既不是高等动物，也不是低等动物；既不是彰显生命神圣的东西，也不是应该戴上口罩的东西，更不是应该被活体解剖的东西。她知道，不管怎么说都应该为狗提供适当的食物。事实上，阿卜杜勒·哈米德[①]（Abdul Hamid）就为君士坦丁堡的黄狗提供了食物，而艾维伍德勋爵正在为《开明君主》(Progressive Potentates)系列撰写他的生平。她对这只狗没有什么感情，也没兴趣把它变成宠物。她只是很自然地顺手揉了揉它的毛发，然后喊了它一声什么，但她转头就忘了。

正在修剪花园草坪的男人抬起头看了一会儿，因为他从来没见过这只狗有过这样的举动。坎德尔站了起来，摇了摇身子，小跑着走在女士前面，领着她走上铁制的侧梯。碰巧的是，她以前从来没有走过这个楼梯。很可能就是在那时，她第一次对它有了特别的关注，而她的愉悦，就像她从那位土耳其的崇高先知那儿感受到的愉悦一样，带着几分玩味。因为这只复杂的四足动物还保留着斗牛犬的弓形腿，从后面看，让她想起了一个摇摇晃晃、大摇大摆地走向俱乐部的小少校，这画面让她忍俊不禁。

狗带着她爬上铁制楼梯，把她领进了一排长长的房间，

[①] 阿卜杜勒·哈米德二世，1876年至1909年奥斯曼帝国的苏丹和哈里发。

房间一个通向另一个房间。这是她小时候就知道的艾维伍德宅邸废弃翼楼的一部分。这栋翼楼一直大门紧闭、无人照管，可能是因为一些疯狂祖先的幻想给这栋建筑留下了污点，而现任的艾维伍德勋爵认为怀念这位祖先对自己的政治生涯一点儿帮助都没有。但在琼看来，有迹象表明最近有人试图修复这个地方。其中一个空房间里有一个粉刷桶，另一个房间里有一把梯子，两个房间里都各有一根窗帘杆，最后，在第四个房间里有一块窗帘。它孤零零地挂在古老的木制家具上，但却是一块非常华丽的窗帘，布面是一种橙金色，上面有深红色的波浪形条纹。不知怎的，这些条纹似乎暗示着蛇的精神和存在——尽管它们既没有眼睛，也没有嘴巴。

在这一连串数不完的房间里，她走进下一个房间，看到光秃秃的地板上孤零零地放着一个褥榻，上面有绿色和银色的条纹。她坐到上面，一是有点疲惫，二是有点儿故意的意思。因为她隐隐约约记得一个故事，她一直认为这是世界上最有趣的故事之一，说的是一位才刚刚开始学习神学的女士，习惯性地坐在一个类似的物体上休息，事后才发现那是一位圣雄，身上披着东方式的衣服，以匍匐的姿态一动不动地沉浸在狂喜[1]中。尽管她并不指望自己真的坐在一个圣雄

---

[1] 在宗教文化中，狂喜指的是一种意识超脱于自身感知范围的状态，类似于灵魂出窍。

身上，但一想到这一点，她就忍不住想笑，因为这会让艾维伍德勋爵看起来像个傻瓜。她不知道自己是喜欢还是不喜欢艾维伍德勋爵，但她十分肯定自己乐见他出洋相。她刚在褥榻上坐下，一直在她身边小跑的小狗就跟着坐了下来，而且是坐在她的裙边。

过了一两分钟，她站了起来（小狗也站了起来），远远地望着那一个接一个的大房间，在那里，像菲利普·艾维伍德这样的男人忘记了自己不过是一介凡人。这些房间一间比一间更华丽，很明显，正在进行的装饰工作是从另一头开始的。她现在可以看到，长长的走道尽头是一些房间，从远处看就像万花筒的底部。这些房间就像嗡嗡作响的鸟儿刚刚筑成的巢穴，或者是用固定的烟花搭建的宫殿。在这色彩斑斓的大杂烩中，她看到艾维伍德向她走来，黑色的西装和白色的脸庞形成鲜明的对比。他的嘴唇一动一动地，似乎在自言自语，就像许多演说家那样。他似乎没有看到她，她差点儿就下意识地脱口而出道："你真是个睁眼瞎！"

下一秒，他就换了一副模样，以一种有教养的惊喜和相当世故的简洁欢迎她的闯入。琼似乎明白了为什么他的脸看起来不像平时那样容光焕发——因为环境的对比。他的手指上攥着一只色彩鲜艳的亚热带小鸟，就像他的祖先手腕上攥着一只猎鹰一样，而这只小鸟的头、颈部和眼睛的神采都与他格格不入。琼认为，她从未见过一个生物的头颅上有如此活泼的神采，如此具有侮辱性。它那挑衅的眼神和尖尖的鸟冠似乎准备着与五十只野鸡搏斗。难怪（她告诉自己），和这只长着羽毛、色彩华丽的阴沟鹂一对比，艾维伍德那颜色暗淡的头发和冰冷的脸看起来就像一具尸体上的头发和脸。

"您肯定不知道这是什么，"艾维伍德用他最迷人的方式说道，"您可能听无数人谈起过，但不曾真的了解过它到底是什么。这是白头鹎。"

"我还是第一次听说，"琼回答道，"恐怕我从没在意过，我一直以为它像夜莺。"

"啊，是的，"艾维伍德回答道，"但这才是东方特有的、如假包换的白头鹎（*Pycnonotus Hæmorrhous*）。您想的是 *Daulias Golzii*。"

"我想是的，"琼女士淡淡一笑回答道，"真是中邪了。我什么时候才能不想起道利亚斯·高尔斯华绥（Daulias Galsworthy）？是高尔斯华绥吗？"然后，她被同伴温柔肃穆的表情深深触动了，伸出一根手指抚摸着这只艳丽而倔强的小鸟，说道："真是个可爱的小东西。"

被她亲切地唤作"坎德尔"的四足动物完全不同意这种说法。和大多数狗一样，它喜欢在人类沉默的时候陪伴左右，在人们交谈时给予极大的宽容。但是，谈话中对杂种斗牛犬以外的其他动物的关注都会伤害坎德尔先生最敏感、最绅士的感情。它发出一声微弱的咆哮。琼本能地弯下身子，再次揪住了它的毛发，她意识到必须要转移话题，不能再一直夸 *Pycnonotus Hæmorrhous* 了。她把目光转向了重新装修过的翼楼尽头的装饰，因为他们已经来到了这一长串房间的最后一间。走道尽头是一些尚未完工但精致的镶板，木材是白色和彩色相间的，以东方风格镶嵌而成。在一个拐角处，整条走廊的尽头弯成了一个圆形的塔楼，从这里可以俯瞰全景。琼从小就知道这栋房子，她可以肯定之前不是这样的。与此同时，东方风格的木建部分的左下角还留有一条黑色的缝隙，这让她突然想起了一些已经忘记的事情。

"当然，"她说道（在享受了审美上的盛宴后），"那里以前有一个楼梯，通向旧的厨房花园，或者旧的小教堂什么的。"

艾维伍德严肃地点了点头。"没错，"他说道，"您说得对，它确实通向中世纪小教堂的废墟。事实上，这导致了一些事情的发生，近来我觉得这些事对家族来说完全不值得称道。那些关于隧道失败的丑闻和玩笑（你母亲可能跟你提过），恐怕对我们在郡里的形象没有任何好处。由于那只是一块临海的荒地，因此我把它围起来，任其荒掉。但我把这里的房间尽头封起来是出于另一个原因。我希望您能来看看。"

他带着她来到新建筑尽头的圆角塔楼,眼前的美景让琼的内心抑制不住对未来的畅想。五扇敞开的窗户设计成轻盈精致的萨拉森样式,透过窗户可以看到秋季公园和森林的古铜色、铜色和紫色,还有大海的孔雀蓝色。目光所至既没有房屋遮挡,也没有任何生物。虽然她对这边的海岸很熟悉,但她知道自己正从一个全新的视角眺望着艾维伍德宅邸的新景观。

"您会写十四行诗?"艾维伍德说道,声音里流露出她从未听过的情感,"打开这些窗户时,您最先想到的是什么?"

"我知道您的意思。"琼沉默了一会儿后说道,"历史经常重演……"

"是的,"他说,"这就是我的感受……茫茫大海、遗世仙境、深海莫测。"

又是一阵沉默,狗在圆形塔楼的房间里嗅了一圈又一圈。

"我希望的是,"艾维伍德用低沉而奇异的语调说道,"我希望这就是房子的尽头。我希望这是世界末日。难道您不觉得这才是东方艺术的真正魅力所在吗?它的着色总是游走于边缘,就如破晓薄云和幸福之岛。您知道吗,"他把声音压得更低了,"它对我有一种魔力,让我觉得自己好像不在此处,远在天边;好像一个迷途的东方旅行者,众人遍寻不见。当我看到白色中透出柠檬黄的绿色珐琅时，我感觉自己仿佛矗立于千里之遥。"

"您说得没错，"琼有些惊讶地看着他说，"我自己也有过这种感觉。"

"这门艺术，"艾维伍德如梦初醒，继续说道，"确实乘着清晨的翅膀，栖息在大海的最深处。他们说它不包含任何生命形式，但我们肯定可以读懂它的字母表，就像读懂上帝长袍边缘上由日出日落写下的红色象形文字那样轻而易举。"

"我以前从没听您说过这些。"琼女士说道，并再次抚摸了一下这只东方小鸟鲜艳的紫色羽毛。

坎德尔先生忍无可忍了，显然，它对塔楼房间和东方艺术不屑一顾。但看到琼的注意力再次转移到它的对手身上时，它便小跑着来到更长的那个房间，找到了木建部分上的缝隙。这个缝隙很快就会被木板封住，但现在仍然通向一个乌漆麻黑的旧楼梯，于是它"嘎嘣嘎嘣"地跑下楼梯。

艾维伍德勋爵轻轻地把小鸟放在女孩的手指上，然后走到一扇敞开的窗前，微微把身子探出窗外。

"看这里，"他说，"这不正表达了你我的感受吗？这不就是应该挂在世界最后一面墙上的那种童话般的房子吗？"

他示意她到窗台边去，窗台外挂着空鸟笼，笼子是用黄铜或其他黄色金属制成的，非常漂亮。

"这真是巧夺天工，"琼女士看着笼子惊呼道，"这简直就是《一千零一夜》(*Arabian Nights*)里描述的画面。这就像是一座巨大的精灵之塔，塔尖直抵月亮，有一位被施了魔法的王子被悬挂在黄昏之星上的金色宫殿里。"

在她朦胧但活跃的潜意识中，有什么东西在蠢蠢欲动，就像一阵寒意或异样，就像我们模模糊糊地知道变天了，或者遥远而不为人注意的音乐突然停止了。

"狗跑哪儿去了？"她突然问道。

艾维伍德转过身来，眼神温和而灰暗。

"这里有狗吗？"他问道。

"有的。"琼·布雷特女士说道。她把鸟还给了他，他又小心翼翼地把鸟放回笼子里。

* * * * *

她提到的那只狗确实从黑暗蜿蜒的楼梯上走了下来，来到了太阳底下，来到了花园里一个它从未见过的地方。事实上，这些日子以来也没有其他人见过这个地方。这里杂草丛生，乱七八糟，唯一的人工痕迹是一座古老的哥特式小教堂的残垣断壁，废弃的砖瓦上缠绕着无数的荨麻，真菌拾墙而上，留下斑斑点点。其中大部分真菌只是把灰色的碎石变成了青铜色或棕色，但有些碎石，尤其是在离房子最远的一侧，则染上了橙色或紫色，鲜艳得几乎可以用来做艾维伍德勋爵的东方装饰。接着，它的目光游移到另一个地方，看到那些精雕细刻、支离破碎的圣徒或大天使雕像上爬满了血红色或金色的毒菌，就像在喂养竞相滋生、朝生暮死的寄生虫，如一个寓言似的引人遐想。但是，坎德尔先生从来没有把自己当作一个寓言家，它只是跑进了灰绿色的英国丛林深处。它对蒺藜和荨麻怨声连连，就像城里人对人群的拥挤怨声载道一样。但它继续向前走，鼻子贴着地面嗅，好像已经闻到了它感兴趣的东西；而且，它确实闻到了一种气味，除了在特殊场合，它对这种气味的兴趣远远超过了对其他狗的兴趣。穿过年岁久远、密布丛生的紫色蓟草形成的最后一道屏障，它来到了一片较为开阔的半圆形地方，细长的树木零零散散地丢在地面上，后面则是一条老隧道的褐色砖拱门。隧道被不规则的栅栏或乱七八糟的木板车床做成的伪装封住，不知为何，看起来颇像哑剧里的茅屋。在这前面，一个穿着破旧射击服的壮汉正站在一个破旧的煎锅前，他把煎锅架在一个忽明忽暗的火苗上，虽然火苗很小，但却散发着浓浓的朗姆酒焦味。在煎锅里，以及在旁边的一个用来摆桌子的木桶顶上，有许多灰色、棕色甚至橙色的真菌，在坍塌的小教堂的石雕天使和石雕龙上也能看到同样的真菌。

"你好，老人家。"穿着射击夹克的人平静地说道，头也不抬地做着饭，"是来拜访我们的吗？那就来吧。"他看了狗一眼，又回到煎锅旁，"如果你的尾巴再短两英寸[①]，你就值一百英镑了。吃过早餐了吗？"

那只狗小跑着来到他身边，开始在他破破烂烂的皮革护腿上嗅来嗅去。那人没有中断他的烹饪，他的眼睛盯着煎锅，两只手也在忙碌着；但他侧身屈膝，好让自己能够抚摸到这只四足动物下颌角下方的神经——正如一些科学人士所认为的那样，抚摸这个地方对狗的刺激就像一根上好的雪茄对人的刺激一样。就在这时，从掩盖着的隧道里传出一个巨大的声音，就像食人魔的声音一样，喊道："你在和谁说话？"

哑剧小屋上方的一扇歪歪扭扭的窗户突然打开了，一个巨大的脑袋直直地伸了出来，吓人一跳，他的头发几乎是猩红色的，蓝色的眼睛像牛蛙一样大。

"驼峰，"食人魔喊道，"你把我的苦口婆心当成耳边风。上个星期，我给你唱了十四首半我自己创作的歌曲，而你却去偷狗。恐怕你已经彻彻底底在走那个什么牧师的老路了。"

"可别这么说，"拿着煎锅的男人不为所动地说，"怀特拉迪牧师在卵石坞开辟了一个很好的兼职，我很乐意效仿

---

①1英寸≈2.54厘米。

他。但我觉得他偷狗的行为愚蠢透顶。他那时候很年轻,从小就很虔诚。我对狗太了解了,不可能偷狗。"

"好吧,"红发的大块头问道,"那你是怎么搞到这样一条狗的?"

"我让它把我偷走了。"正在搅拌平底锅的人说。那只狗确实挺直身子甚至傲慢地坐在他的脚边,仿佛自己是一只拿着高薪的看门狗,早在隧道建成之前就一直在那里。

客厅里的素食主义

在月亮先知下一次正式发表的演讲上，聚集在一起聆听他演讲的听众更加精挑细选，而不像"简单的灵魂"学会中的中产阶级那样鱼龙混杂。布朗宁小姐和她的姐姐麦金托什夫人依然会出席，因为艾维伍德勋爵几乎把她们俩都聘为私人秘书，这让她们忙得不可开交。同样忙碌的还有莱韦森先生，因为艾维伍德勋爵相信他的组织能力；当然还有希布斯先生，因为莱韦森先生相信他的政治判断力，只要他能搞清楚那究竟指什么。莱韦森先生留着一头乌黑的直发，看上去很紧张；希布斯先生留着一头金色的直发，看上去也很紧张。但其他听众更像是艾维伍德自己圈子里的人，或者说是混迹于英伦三岛和欧洲大陆上流金融界的人。艾维伍德勋爵以近乎热情的方式欢迎了一位杰出的外国外交官，而这位外交官不是别人，正是上次在橄榄岛会议上坐在他身边的那位沉默寡言的德国代表。格鲁克博士这次没有穿着他那套沉稳的黑色西装，而是穿上了一套华丽的外交制服，配上了一把剑和普鲁士、奥地利或土耳其的勋章，因为他要从艾维伍德这里前往宫廷参加一个活动。但是，他翘起的红唇、拧成一团的黑胡子和一双茫然的杏眼,就像理发店橱窗里的蜡像那样还是老样子。

先知还改善了自己的着装。当他在沙滩上演讲时,除了那顶土耳其毡帽,他那身行头看起来就像落魄的英国书记员,寒酸却体面。但现在,他置身于既追求感官之乐,又抚慰灵魂之需的贵族之中,再也不会有这种不协调了。他必须是一朵名副其实、新鲜采摘的东方郁金香或莲花。因此,他穿着飘逸的白色长袍,长袍上点缀着橘红色的花格丝线,头上戴着一条淡金绿色的头巾。他必须看起来就像坐着魔毯飞越了欧洲,或者是刚刚从月球上的天堂坠落凡尘。

至于艾维伍德勋爵世界里的女士们,我们在前文已经了解得差不多了。伊妮德·温波尔女士仍然穿着一身华丽的服装,与其说是礼服,不如说是游行时的装束,让她那张一板一眼又小心翼翼的脸庞显得有些不知所措,看起来颇像奥伯利·比亚兹莱[①](Aubrey Beardsley)画笔下的送葬队伍。琼·布雷特女士看起来仍然像一个美丽动人的西班牙人,但她对自己在西班牙的城堡不抱任何幻想。这位身材高挑、意志坚定的女士在米塞拉之前的演讲中拒绝提出任何问题,她被称为杰出的女权主义者克伦普女士(Lady Crump),但她仍然对

---

①19世纪末英国最伟大的插画艺术家之一。

人类致命的问题充满关注。这些问题是言语所不能及的，于是陷入了无言的敌视阶段。在整个过程中，她除了突然的沉默和恶毒的眼神，什么也没做。艾维伍德老夫人穿着最古老、最漂亮的蕾丝，举止优雅、符合礼数，却面如死灰，这在纯知识分子的父母身上经常可以看到。那失落的神色出现在一位母亲脸上比出现在一个孩童脸上更令人动容。

"今天您又有什么高论能给我们助兴呢？"伊妮德女士询问先知。

"我要进行一场——"米塞拉严肃地回答道，"关于猪的演讲。"

这是他真正值得尊敬的淳朴本性的一部分，尽管他从各种断章取义、穿凿附会的文本或符号中编织出一套又一套疯狂的理论，但他从不觉得这有何牵强之处。伊妮德女士忍受着这个奇谈怪论的冲击，脸上仍保持着她与这种人交谈时原则上应有的那种兴致勃勃、津津有味的表情。

"猪，这是一个很大的话题，"先知继续说道，在空中比画出一道道弧线，仿佛在拥抱某个特别有价值的标本，"其中包括很多主题。我觉得很奇怪，基督徒们竟然会因为我们认为猪肉玷污了我们，会因为我们也是'书信之民'中的一员，而冷嘲热讽、大惊小怪。但是，你们基督徒自己肯定也认为猪是一种不洁之物，因为你们在表示鄙视、厌恶时最常用的表达中就有猪。我亲爱的女士,如果你们讨厌一个人,你们会用'猪头'指代,但你们却只字不提更讨嫌的动物,比如鳄鱼。"

"懂了,"女士说道,"说得真妙!"

"如果您被惹恼了,"这位先生受到鼓舞,激动地继续说道,"如果您被——比如说——一位女士的女仆惹恼了,您不会说她是'马'。您不会说她是'骆驼'。"

"啊,当然不会。"伊妮德夫人认真地说道。

"您在英语会话中会说'这位女士的女仆是个蠢猪',"先知继续扬扬得意地说道,"然而,这只伟大而可怕的猪,这只只要您轻声念出它的名字,就会让你所有的敌人黯然失色的怪物,我亲爱的女士,您却允许它离你越来越近。你把这头巨大的猪消化进了自己的身体里。"

伊妮德·温波尔女士听了这段对自己习性的描述,终于有些愣住了。琼暗示艾维伍德勋爵,最好把这位讲师转移到他该待的地方演讲去。艾维伍德领头走进了一间更大的房间,里面论资排辈地摆满了椅子,另一头有一个类似讲台的东西,四面都摆满了桌子,上面摆满了各种点心。一张长桌上(就像在沙漠中为一位过分讲究的印度隐士摆放的桌子)摆满了素食,尤其是东方的素食,这是那个世界奇特的、半真假的热情和好奇心的典型表现。但是,也有相同数量的桌子上摆满野味馅饼、龙虾和香槟，而且取餐的人更多。即使是那个真心实意地认为进入酒馆比进入其他娱乐场所更丢脸的希布斯先生，也无法把艾维伍德勋爵的香槟理解成某种丢人现眼的东西。

不过讨论伟大而可怕的"猪"并不完全是这次演讲的目的，更谈不上是此次会议的目的。艾维伍德勋爵的"白色熔炉"里总是充满了新奇的幻想，这些幻想最终都变成了雄心壮志。他想就东西方的饮食习惯展开一场辩论，并认为让米塞拉以对猪肉或其他粗糙肉类食物的否决作为开场白或许是恰到好处的。他把第二个发言的权利留给了自己。

事实上，先知一开始就说了一些天马行空的话。他告诉听众，他们英国人一直对猪深恶痛绝，认为它是邪恶的神圣象征。他用英国人闭着眼睛画猪的习俗来证明这一点。琼女士笑了，但她自问（最近她对许多现代事物产生了越来越深的怀疑）这是否真的比科学家告诉她的许多事情更稀奇古怪？比如，他们从伴郎这个装点门面甚至是无关痛痒的角色身上发现的抢婚习俗的历史痕迹。

他说，"熏猪腿"[①]（gammon）一词的使用表明了更进一步的启蒙，虽然它仍然表达了对"猪的形象"的厌恶，但不

[①] 这个词既有"熏猪腿"之意，也有"胡说八道"之意。

再是对它的恐惧，而是一种理性的蔑视和不相信。"叽叽，"先知郑重其事地说，然后停顿了很久，"喳喳，胡说八道。"①

琼女士又笑了，但她再次问自己，这是否比她读过的任何一本历史书更牵强。

在《创世纪》第一页的红色原罪和常见的英语单词"ham"（火腿）之间，他又玩起了那令人啧啧称奇的文字游戏。但是，琼又想知道，这是否比她听到的其他事情还要荒唐得多，比如那些从未见过原始人的人讲述的关于原始人的故事。

他说，爱尔兰人之所以要养猪，是因为他们是卑贱的、不洁的种姓，是爱吃猪肉的撒克逊人的农奴。琼认为，这和多年前亲爱的老执事大人对爱尔兰的评价如出一辙。他的话曾让她认识的一个爱尔兰人弹奏 *Shan Van Vocht*②，然后砸了钢琴。

最近几天，琼·布雷特一直心事重重。这一方面是因为在塔楼里的那一幕，她在那里看到了菲利普·艾维伍德从未示人的敏感和艺术的一面；另一方面是担忧母亲的健康状

---

① 引自《一只他想追求的青蛙》（*A Frog He Would A-Wooing Go*）中的英文童谣，原句是"with a rowley-powley, gammon and spinach"，原文的 gammon（熏猪腿）和 spinach（菠菜）都有"胡说八道"之意。

② *Shan Van Vocht* 是1798年爱尔兰联合会起义后流传的一首爱尔兰传统歌曲。

况，虽然性命无虞，却让她在假象中感受到自己在这个世界上是多么的孤立无援。换作以往，面对书桌前的这位疯狂的讲师，她大可一笑而过。但今天，她感觉到有一种奇怪的欲望，想对他进行分析，想象一个人怎么会如此能言善辩，如此深信不疑，却又如此胡言乱语。她仔细地听着，看着放在膝上的双手，开始觉得自己明白了。

这个讲师确实试图证明，在英国历史或文学中，"猪的形象"只有贬义的用法。讲师对英国历史和文学确实非常了解——远比她了解得多，也远比她周围的贵族们了解得多。但她注意到，在每一个例子中，他所知道的都是些零零碎碎的事实。对于每一个例子，他都不知道事实背后的真相。他不了解语言环境。他不了解传统背景。她发现自己就像在写起诉书罗列罪状一样，抽丝剥茧地揭开一个个案件。

米塞拉·阿蒙知道，理查三世（Richard III）被一位18世纪的诗人称为"野猪"，还被一位15世纪的诗人称为"阉公猪"，对此在场的英国人几乎都不知道。但他不知道运动和纹章的惯常联系。他不知道（琼虽然此前从未想过这件事，但她马上就意识到了）根据骑士法则，勇敢且不易被杀的野兽属于高贵的野兽。因此，野猪是一种高贵的野兽，也常见于伟大领袖的饰章上。米塞拉试图说明，理查德是在博斯沃思（Bosworth）吃了冷猪肉之后才被称为猪的。

米塞拉·阿蒙知道，自始至终都没有培根勋爵（Lord Bacon）这个人，而在场的英国人几乎没有一个人知道这件事。这个说法是以讹传讹，真正的称谓应该是韦鲁勒姆勋爵（Lord Verulam）或圣奥尔本斯勋爵（Lord St. Albans）。他有所不知，但琼恰恰知道的是（虽然直到那一刻她才想起来），说到底，头衔只是一种玩笑，而姓氏才是一件严肃的事情。培根是一位绅士，他的名字就是培根，不管他有什么头衔。但是，米塞拉一本正经地试图证明，"培根"[①]是在他不受欢迎时或垮台后对他的辱骂。

米塞拉·阿蒙知道，诗人雪莱（Shelley）有一个叫霍格（Hogg）的朋友，有一次这个朋友深深地背叛了他，而在场的英国人几乎都不知道这件事。他当即试图证明，此人之所以被称为"霍格"，正是因为他背叛了雪莱。实际上，他还援引了另一位诗人的话，此人也生活在那个时代，也被称为"霍格"，以此来佐证前述关于雪莱的论述。但他并不知道他提到的这些人到底是什么样的人，像雪莱家族这样的贵族遵循什么传统，或者像埃特里克牧羊人这样的边民遵循什么传统，而这恰恰是琼一直知道的，只不过她之前不知道自己知道。

[①] Bacon 作人名是译为"培根"，但还有"熏猪肉"的意思。

讲师最后讲了一段关于生铁（pig-iron）和铅锭（pigs of lead）的匪夷所思的黑暗故事，对此琼甚至都不敢细究。她只能说，除非讲师的意思是有一天我们的饮食会变得如此精细，以至于我们直接吃铅和铁，否则她无法想象讲师到底想表达什么。

她问自己：菲利普·艾维伍德会相信这种事吗？就在她这么问的时候，菲利普·艾维伍德站了起来。

他的措辞就像皮特（Pitt）和格莱斯顿（Gladstone）一样，具有一种即兴发挥的古典主义风格；他的言辞就像一支纪律严明的军队在快速前进时一样，轮番上阵，各就各位。没过多久，琼就发现演讲的最后一个阶段，虽然看似晦涩难懂、颠倒黑白，但给了艾维伍德想要的开场白。事实上，她觉得这毫无疑问是他事先安排好的。

"尽管打断您的演讲多有冒犯，"艾维伍德勋爵说道，"但在我印象中，此前我曾有幸在这位受人尊敬的讲师之前发言。我当时提出了一个说法，无论这个说法多么简单明了，但在许多人看来都是自相矛盾的。我曾申明或暗示了这样一种观点，即在一种特殊意义上，穆罕默德的宗教是一种进步的宗教。这种论调不仅有悖于历史传统，也有悖于一般的陈词滥调。因此，如果英国公众需要一段时间才能接受这一观点，那么我并不惊讶，也无可指摘。但是，女士们、先生们，我认为我们今天听到的精彩论述明显缩短了这一进程所需的时间。因为关于'教会对食物的态度'这个问题，就像'教会对饮品的态度'这个更普遍的例子一样，为教会逐步净化的特殊模式提供了一个极好的例子。因为它说明了我斗胆称之为新月原则的原理——向着隐含的、无限的完美永恒发展的原理。

"根据作为其生命力源泉的成长原则，素食主义为我们的本性指出了一条也许尚未完全到达的完美之路。它以鲜明有力的例子说明了食肉的危险。在人类逐渐走出血腥暴力的生存方式的过程中，闪米特人[①]（Semite）起到了带头作用。凭借真正的神秘主义者的本能，他们选择了一种对双方都有吸引力的、符合高级素食伦理的生物，避免了同类相食的盛宴。

"如果断言不同种族所处的道德进化阶段不同无关紧要，那真是愚蠢至极。因此，人们经常说，先知的追随者擅长战争艺术，他们总是与印度那些擅长和平艺术的印度教徒有些并不友好的接触，这些说法并非无稽之谈。女士们、先生们，我们必须一再提醒自己，难道不是因为我们的双手沾满了牛油，导致一个帝国差点葬送在我们手中吗？难道不正是

[①] 闪米特人是由古阿拉伯人、犹太人、迦南人、亚述人、巴比伦人等同源民族构成的群体。

因为我们不听从东方人关于神圣之血不可冒犯的信念，才导致坎普尔[①]（Cawnpore）清井不复、血流成河吗？

"但是，一旦有人提议要求禁食肉类，无论禁止到什么程度，那些憎恨进步理念的人总会问：'怎么把握这个度？牡蛎能吃吗？鸡蛋能吃吗？牛奶能喝吗？'请便。凡是对你所处进化阶段至关重要的，你都可以食用，只要你是在朝着更清晰、更干净的肉体生命理想进化。如果，请恕我直言（他严肃地说），我要说的是，你今天可以吃六打生蚝，但我强烈建议你明天吃五打生蚝。否则，公共或私人礼仪的进步又从何而来呢？原始食人族难道不会对我们在人与兽之间所做的奇怪区分感到惊讶吗？所有的历史学家都对胡格诺派和伟大的胡格诺派王子亨利四世（Henri Quatre）致以崇高的敬意。他希望每个法国人的锅里都有一只鸡，不可否认，这在当时是一个崇高的愿望。但如果我们站在更高的高度，从更长远的角度来看待鸡，也并非对他表示不敬。而这场庄严的发现之旅将交由比纳瓦拉[②]的亨利（Henry of Navarre）还要崇高的人物完成。我将一如既往地推崇那个我们视之为基督教创始人的人物，不管他是不是神话人物。

[①] 印度北部城市，暗示印度民族大起义（也称"印度兵变"），当时起义有三大中心，分别是德里、坎普尔、勒克瑙。
[②] 中世纪时期位于西班牙东北部和法国西南部的王国。

"至于其他人,那些仍在追问我们去往何方的人尚不知进步的意义。如果有朝一日我们能像变色龙那样靠光生存;如果现在我们发现了某种宇宙魔法对我们关闭了,就像我们前不久才发现镭一样;如果我们能把金属转化为肉身,而不用闯入血腥的生命之屋……当我们实现这些目标时,我们就会明白了。我们现在只要达到一种精神上的境界就足矣,至少在这种境界中,我们砍下的活人头颅不会瞪着眼睛责备我们,我们采集的草药也不会像曼德拉草①那样哭诉我们的残忍。"

艾维伍德勋爵重新回到座位上,无色的嘴唇仍在一动一动的。似乎是事先安排好了,莱韦森先生随即起身提出了一项关于素食主义的议题。莱韦森先生认为,这是一个伟大的进步,表明了素食主义信条的进步性;他认为我们在印度兵变中的经历表明,我们在这些问题上太不顾及东方人的感受了;他认为我们必须为未来的进步做好准备。由于他一字不差地复述了艾维伍德勋爵所说的每一句话,不用说,这位贵族事后对莱韦森的精彩发言的魄力和独创性表示了祝贺。

在类似事先商定的信号下,希布斯站起来附议时却有点儿心不在焉。他为自己的少言寡语而感到自豪,他不像布鲁

---

① 又译"风茄",旧时被认为具有魔力。

图斯（Brutus）那样是个演说家。只有在办公室里手握笔杆，置身于参考文献环绕的办公室里，他才能感受到那种含糊不清的责任感，这是他人生中唯一的乐趣。但在今天这个场合，他比往常更活泼：一方面是因为他喜欢待在贵族的宅邸里；另一方面是因为他以前从未品尝过香槟，他觉得香槟似乎很对胃口；还有一方面是因为他在"进步"这个话题中看到了无数个可以借题发挥的机会。

"不管——"希布斯郑重其事地咳嗽了一声，说道，"不管我们如何看待'其他教会与佛教之间存在着令人遗憾的差异'这一陈旧观念，毫无疑问的是，责任在于基督教会。如果自由教会[①]（Free Churches）能放下架子，满足奥帕尔斯坦先生（Messrs. Opalstein）的要求，我们就不会听到这种信仰与另一种信仰之间的旧分歧了。"然而，这让他想起了拿破仑。他对它的价值发表了自己的看法，但他不怕付出任何代价，即使在那里，在那群宾客中。亚洲植被之事虽占用了卫斯理会议（Wesleyan Conference）的一些时间，但还是比它本应占用的时间要短一点。当然，他可不会说这应该怪谁。他们都知道库恩博士（Dr. Coon）的资历。他们都和他一样清

[①] 指在宗教改革运动期间开始回归新约基督教，尤其是由马丁·路德、加尔文及其他欧洲大陆基督教人士所诠释的新约基督教而产生的教会，其中不包括罗马天主教会。

楚，一个比查尔斯·查达（Charles Chadder）更努力的社会工作者从未召集起进步的力量。

但是，那些并非真正轻率的事情可能会被说成是轻率的，也许是因为我们最近已经受够了。谈论咖啡很好，但我们应该记住，所有这些都发生在1891年之前，这并不是对加拿大人的不敬，我们要感谢他们为我们做出的贡献。没有人比他更不想冒犯我们这些规规矩矩的朋友，但他毫不犹豫地说，这个问题是可以问的。虽然从某个角度来看，毫无疑问的是山羊——琼女士在椅子上猛地动了一下，好像突然感到一阵疼痛。事实上，她突然感受到了生命中反复发作的慢性疼痛。她勇敢地面对身体上的疼痛，大多数女人都是这样，即使是家境优渥的女人也不例外。这种不时袭来并撕裂她的痛苦被赋予了各种哲学名称，但没有哪个名称像"厌倦"这样有哲学性。

她觉得自己一分钟也忍受不了希布斯先生了。她觉得如果继续听他讲山羊的事会要了她的命，不管希布斯先生会从哪个角度讨论。她从椅子上滑了下来，不知怎么就晃荡到了拐角处，假装到新翼楼去寻找一张茶点桌。她很快就来到了东方风格的新居室中，现在这些居室已经基本完工。但她并没有吃茶点，尽管在这里和那里还能找到一些放着残羹剩饭的桌子。她摊在一张褥榻上，凝视着空寂无人、小巧玲珑的塔楼房间，在那里，艾维伍德让她感觉到他同样渴求美丽、渴望安宁。毕竟，他也有自己的诗歌——一种从未问世的诗歌，一种更似雪莱风格而非莎士比亚式的诗歌。他对仙女塔楼的评价说得没错，它看起来确实像世界的尽头。它似乎告诉她，最后总会有一些宁静的界限。

她动弹了一下，半站起身，微微一笑。一只模样可笑但熟悉的狗摇摇晃晃地向她走来，她抱着它站了起来。她抬起了头，看到一些在她看来更像是灾难性的东西，简直像是世界末日。

森林里的素食主义

汉弗莱·庞普用一个旧煎锅（这是他在海滩上捡到的）烹饪真菌植物，这很符合他的风格。事实上，虽然他从不标榜自己博览群书，但他确实是某种科学人才，失去他是科学界的一大损失。他是像老一辈吉尔伯特·怀特[①]（Gilbert White）甚至艾萨克·沃尔顿（Isaac Walton）那样的英国自然科学家，他不是像美国教授那样从书本上学习知识，而是像美国印第安人那样从生活中学习知识。一个人作为科学工作者所发现的每一个真理，总是与他作为一个普通人所发现的任何真理有着微妙的不同，因为一个人的家庭、朋友、习惯和社会类型总是在他彻底了解任何事情的理论之前就已经成为既定事实了。例如，在英国皇家学会[②]（the Royal Society）的**晚宴**（Soirée）上，任何一位杰出的植物学家都能告诉你，除了蘑菇和松露，还有其他可食用的真菌存在。但早在他成为植物学家（更不用说杰出植物学家）之前，他就已经开始研究蘑

[①] 第一个现代意义上的观鸟人、博物学家，被誉为"现代观鸟之父"。
[②] 全称"伦敦皇家自然知识促进学会"，又称"英国皇家科学院"，成立于1660年。

菇和松露了。他隐约觉得,这些东西真的可以吃。蘑菇是中等奢侈品,适合中产阶级;松露则是昂贵得多的奢侈品,更适合赶时髦的人。但是,英国的老派自然学家(艾萨克·沃尔顿可能是第一位,汉弗莱·庞普可能是最后一位)在许多情况下确实是从另一端开始的,他们通过经验(往往是最具灾难性的经验)发现,有些真菌有益健康,有些则有害健康,但总体而言,有益健康的真菌占大多数。因此,像庞普这样的人对真菌的恐惧并不会超过对动物的恐惧。他不会先入为主地认为石头上长出的灰色或紫色的东西一定是有毒的,就像他不会先入为主地认为从树林里跑出来的狗一定是疯狗一样。这些真菌他大部分都认得,遇到没见过的真菌,他也会理性地谨慎对待。但对他来说,作为一个整体种族,森林中这些斑斑驳驳、独脚而立的小妖精是对人类友好的生物。

"你看,"他对他的船长朋友说道,"吃蔬菜并没有什么不好,只要你知道有哪些蔬菜,然后能吃多少吃多少。但对于绅士阶层来说,有两种做法会出错。一种情况是,他们从来不用吃胡萝卜或土豆,因为家里什么都有。因此,他们从小就不会像驴那样真正想吃胡萝卜。他们只知道那些适合搭配肉吃的蔬菜。他们知道你吃鸭肉时配着豌豆。当他们变成素食主义者时,他们只能想到没有鸭肉的豌豆。他们知道你在沙拉里加龙虾。当他们变成素食主义者时,他们只能想到没有龙虾的沙拉。但另一种情况更糟糕：即使在这里也有很多不错的人很少吃到肉，在北方这种人更多。但是，一旦有肉吃，他们就会像你知道的那样蹲下来狼吞虎咽。但绅士阶层的麻烦就不一样了。他们的问题是，那些不想吃肉的绅士阶层其实什么都不想吃。那些去到艾维伍德宅邸被称为素食主义者的人，总以为自己可以像一头牛一样每天只靠吃草维生。船长，你和我吃素已经有一段时间了，只要不碰奶酪，我们也没觉得有多难，因为我们能吃多少就吃多少。"

"滴酒不沾没什么难的，"达尔罗伊回答说，"只要不打开酒桶。但我从不否认，总的来说，不喝酒确实让我感觉更好。但这只是因为，只要我愿意，我随时都可以改变自己。而且，现在我反应过来了，"他带着一种奇怪的兽性能量喊道，"如果我要当一个素食主义者，为什么我不能喝酒呢？为什么我不能喝纯素食饮料？为什么我不能以蔬菜的最高形式进食呢？朴素的素食主义者显然应该坚持喝葡萄酒或啤酒，这都是纯素食饮料，而不是像那些传统的肉食者那样，在他们的高脚杯里倒满公牛和大象的血。怎么了？"

"没什么，"庞普回答道，"我在找它，它通常会在这个时候出现。我觉得应该快来了。"

"我真没想到你会是这样的人，"船长回答说，"不过，我要说的是，喝像样的发酵酒简直就是素食主义的胜利。怎么样,这真是一个鼓舞人心的想法!我可以为此写一首歌。比如说——

你会发现我在喝朗姆酒,
就像贫民窟里的水手;
你会发现我像巴伐利亚人(Bavarian)一样喝啤酒;
你会发现我喝杜松子酒,
在最低级的酒馆里,
因为我是个严格的素食主义者。

"怎么说呢,这是一个人人称道、心旷神怡的未来!它不知道有多期待!让我想想,第二节该怎么写?比如说——

于是我清空了酒馆里的葡萄酒,
我试着爬上招牌,
我想把那警察唤作'马里恩',
但他说我不会说话,
他把我摔倒在地,
因为我是个快乐的素食主义者。

"我真的觉得这个想法可能会给人类带来一些启示……

嘿!这就是你在找的吗?"

四只脚的坎德尔比平时晚了整整一分钟才从树林里走出来,心事重重地在汉弗莱的左脚边坐下。

"好孩子,"船长说道,"你似乎对我们很感兴趣。驼峰,我怀疑他的主人没有好好照顾它,虽然我压根不想说艾维伍德的坏话,驼峰,我可不想让他的灵魂有机会指责我的灵魂卑鄙无耻。我想对他公平点,因为我恨他入骨,他夺走了我谋生的一切。但考虑到这所有的事,当我说他永远无法理解动物时,我不认为——我不认为我说的话超出了他的理解范围(因为他的大脑是清醒的)。因此,他也永远无法理解人动物性的一面。他至今还不知道,驼峰,你的视觉和听觉比他好六十倍。他不知道我并非孤军奋战。这就解释了他为什么会找上那些稀奇古怪的人并与他们共事,他看待那些人的方式从来都不像你我看那条狗那样。有一个自称格鲁克的家伙(我想他大抵是得到了艾维伍德的支持)是他在土耳其会议上的同事,本来是代表德国的。我亲爱的驼峰,像艾维伍德这样高贵的绅士是不应该搭理他的。这不是因为他的种族——如果说是人种的话,而是因为他品行不端。他是个粗俗、平庸的黎凡特人[①](Levantine),到处偷听并向警方告

[①] 黎凡特源于拉丁语 levare(升起),指日出之地,在历史上并不是一个精确的地理名称,相当于现代所说的东地中海地区,也就是新月沃地的西部。

密——但你千万别发脾气，驼峰。我恳求你，驼峰，在谈论这种人的时候，一定要控制住自己的脾气。驼峰，你可以借助我刚才向你说明的诗歌来平复情绪。

> 哦，我认识一个叫格鲁克的博士，
> 他的鼻子有个钩子，
> 他的态度也不像雅利安人。
> 所以我用叉子，把我碗里的猪肉都给了他，
> 因为我自己是个素食主义者。"

"如果你真是素食主义者，"汉弗莱·庞普说道，"你最好来吃点蔬菜。白帽子可以凉拌，也可以生吃，但血斑要煮着吃。"

"你说得没错，驼峰。"达尔罗伊说着，坐了下来，一副无话可说的贪婪模样，"我将保持沉默。正如诗人所说——

> 我在俱乐部里默不作声，
> 我在酒馆里默不作声，
> 我在达里恩（Darien）的山顶上默不作声。
> 因为我终其一生，
> 都在用刀把豌豆铲起来，

因为我骨子里是个素食主义者。"

他兴致勃勃地吃了起来,不一会儿就吃了一大堆,向酒桶投去无奈又嫉妒的目光,然后再次站了起来。他从靠着哑剧茅屋的地方拾起酒馆的招牌,把它像长矛一样插在旁边的地上。然后,他又开始唱歌,声音比之前更嘹亮了。

哦,艾维伍德勋爵可以砍树,
他拥有森林和河岸的特权;
他也可以免费登顶,
但是——

"你知道吗,"驼峰也吃完了他的午餐,"我已经听腻了这首曲子。"

"听腻了,是吗?"爱尔兰人愤愤不平地说道,"那我就用更难听的调子给你唱一首更长的歌,唱的是越来越多的素食主义者,你还会看到我跳舞;我会一直跳到你痛哭流涕,把你王国的一半献给我;我还会要求把莱韦森先生的头放在煎锅上。因为,让我告诉你,这是一首源于东方的歌曲,歌颂的是古代巴比伦苏丹的反复无常,他应该在象牙宫殿里、在棕榈树下表演,还有白头鸭在一旁翩翩起舞。"

他开始吟唱另一首更古老的关于素食主义的抒情诗:

尼布甲尼撒二世（Nebuchadnezzar），犹太人的国王，
受苦于新颖的观点，
据说他手脚并用地爬行，
嘴里叼着草，头上戴着皇冠，
高呼"我干什么啊"，等等。

那些走在传统道路上的人，
认为这是上帝的诅咒，
但先驱者总被恶语相向，
就像犹太人的国王尼布甲尼撒二世。

达尔罗伊唱着唱着，竟然开始像芭蕾舞女孩一样手舞足蹈起来，他挥舞着头顶的招牌，庞大的身躯在阳光下显得很滑稽。坎德尔睁大了眼睛，竖起了耳朵，似乎对这些非同寻常的变化很感兴趣。突然，一个惊人的变调使最安静的狗都变了个样，坎德尔以为这个舞蹈是一个游戏，于是开始狂吠，围着表演者转圈，有时还跳到空中，几乎要咬到表演者的喉咙。不过，虽然水手对狗的了解远比不上乡下人，但他

对狗还是有一点了解的(就像对其他东西一样),所以他并不害怕,他唱歌的声音可能会盖过一群狗的叫声。

> 法国人杀死了黑富隆勋爵(Black Lord Foulon),
> 认为这是未来主义者该做的事。
> 他没给他们面包,而是给了青草,
> 所以他们在砍下他的头颅时,将其塞满了草。
> 高呼"我干什么啊",等等。

> 那时他的灵魂得意忘形、终致灭亡,
> 当然,人们总是骄傲地
> 指责一个超越时代的人,
> 就像犹太人的国王尼布甲尼撒二世。

> 缅因冥河[①](Styx)的西蒙·斯卡德(Simeon Scudder),
> 想起了这件事,故技重施。
> 他把上好的草和水装在桶里,
> 送给一千个敲铁轨的爱尔兰人,

[①] 希腊神话中环绕地狱的河。

高呼"我干什么啊",等等。

他们不吃,但把他绑在木桩上,
为了问心无愧,他被涂上柏油,插上羽毛。
但用石头砸死先知已成历史,
就像犹太人的国王尼布甲尼撒二世。

他以一种甚至对他来说都很少见的放荡不羁的姿态,穿过蒺藜,跳进了小教堂残垣断壁四周滋生的杂草丛林。那只狗现在完全相信,这不仅是一场游戏,而且是一次远征,也许是一次狩猎远征,它在他前面狂吠着,沿着自己的狗爪子事先在杂草中开辟好的小路跑去。帕特里克·达尔罗伊还没弄清自己在干什么,甚至还没反应过来自己手里还拿着那块可笑的招牌,就发现自己来到了拐角处一栋细高塔楼敞开的门廊外,在他的印象里,他以前从未见过这栋建筑物。坎德尔倏地跑进里面黑漆漆的楼梯,向上跑了四五步后又竖起耳朵,回头寻找他的同伴。

也许,有些事情对人而言要求太高了。尽管如此,让帕特里克·达尔罗伊拒绝如此古怪的邀请也着实令他为难了。他匆匆忙忙地把他那笨重的木制军旗插在茂密的蓟草丛中,弯着他粗壮的脖子和肩膀走进门廊,然后开始爬楼梯。

里面很黑，他在盘旋而上的石阶上绕了至少两圈后才看到前面有光，那是墙壁上的一道裂缝，在他看来就像康沃尔[①]（Cornish）山洞的洞口一样歪七扭八。这个洞口的位置很低，他好不容易才把自己的身体挤了进去，但那只狗已经熟门熟路地跳了过去，并再次回头看着他。

如果此刻身处任何一个普通家庭的室内，他一定会立刻为自己的胡作非为忏悔，然后打道回府。但他发现自己所置身的环境是他此前闻所未闻、见所未见的，甚至从某种意义上说，他此前不相信世界上能有这样的地方。

他的第一感受是，自己正走在梦中城堡最深处、最隐秘的套间里。所有的房间好像一个接一个地向内打开门，而这正是《一千零一夜》里典型的场景。装饰品的风格也相得益彰，虽然华丽且张扬，但却千篇一律而显得有些呆板。它看起来像是紫色的府邸套着绿色的府邸，而绿色的府邸又套着金色的府邸。造型奇特的门洞或花格上都有波浪形的线条，就像舞动的大海。出于某种原因（他知道自己晕船了），这让他感觉好像这个地方既美丽，又有点邪恶的意味：好像它是个爬满寄生虫的落寞宫殿，令人生厌、扭曲变形。

但还有另一种感觉，他说不清楚，因为这种感觉让他想

---

① 英格兰的一个郡。

起自己不过是天花板或墙壁上的一只苍蝇。这究竟是巴比伦空中花园（Hanging Gardens of Babylon）回到了他的想象中，还是东边挂着太阳、西边挂着月亮的城堡？然后，他想起自己小时候生病时曾盯着一种颇具摩尔风格①（Moorish）的墙纸看，那就像是一排排五颜六色的走廊，空空荡荡的，一直延伸到天荒地老。他还记得，有一只苍蝇正沿着其中一条平行线向前走。在他那孩童般的想象中，苍蝇面前的走廊似乎死气沉沉，但当苍蝇经过时，所有的走廊都活了过来。

"乔治！"他喊道，"我在想，这是不是东西方的真实情况？绚丽的东方提供了冒险所需的一切，唯独没有享受冒险的人。这可以很好地解释了战争的传统。也许这就是上帝所说的欧洲和亚洲。我们装扮角色，他们描绘风景。总之，一条好狗、一把直剑和一个爱尔兰人——世界上最没有亚洲风情的这三样东西迷失在了这看不见尽头的亚洲宫殿里。"

但是，当他顺着这架带有热带色彩的望远镜往下看时，他真切地感受到了《一千零一夜》中的英雄（或者应该说是恶棍？）那种宿命论般的自由。他总是随时准备好应对不测。

---

① 指摩尔人的风格。摩尔人指的是中世纪时期入侵欧洲伊比利亚半岛、西西里岛等地以及西非的穆斯林居民，大多为柏柏尔人，也有阿拉伯人和犹太人。

如果这时角落里一个瓷罐的盖子下面冒出一缕蓝色或黄色弯弯绕绕的烟雾，就好像里面有巫师的油一样，他不会大惊小怪。如果从窗帘下或紧闭的门缝里渗出一串蛇形血迹，或者一个身穿白衣、默不作声的黑人拿着弓弦出来干活，他不会大惊小怪。如果他突然走进一间卧房，房中沉睡着某位苏丹，对他而言苏醒意味着痛苦的死亡，他也不会大惊小怪。然而，眼前的一幕让他大惊失色，这让他终于确信自己只是在大脑的迷宫中徘徊。因为他所看到的，正是他所有梦境中最魂牵梦绕的部分。

事实上，他所看到的比他想象中的任何事物都更适合出现在东方最深处的密室中。在血红色和橘红色的软垫上，躺着一位美艳绝伦的女子，她的肤色深得几乎可以与阿拉伯人媲美，她很可能就是阿拉伯故事中的公主。但事实上，让他心动的并不是她与此情此景是否协调，而是她的格格不入。他的大脚突然停了下来，不是因为对这张脸陌生，而是因为熟悉。

狗跑得更快了，沙发上的公主热情地欢迎它，托住它的小短腿把它抱起来。然后她抬起头，一下子僵住了。

"真主啊，"东方旅行者和蔼地说道，"愿您长生不老，或者像女士们说的那样永葆青春。宗教领袖已经派他最不称职的奴隶给您带回了一条狗。由于收集月球上最大的十五颗钻石的工作暂时耽搁，他不得不把这只没戴任何项圈的狗送过来。对延误负责的人将立即被用龙尾拍死——"

女士脸上的惊恐之色还未褪去，他又继续絮絮叨叨。

"总之，"他说道，"以先知的名义，狗。我说，琼，我希望这不是一场梦。"

"这不是梦，"女孩这才开口说道，"我也不知道我是否希望这是梦。"

"好吧，"梦中人据理力争地争辩道，"如果不是一个梦，或者一个幻象，那你又是什么？这些房间又是什么？如果它们不是梦境，或者说是噩梦，那又是什么呢？"

"这是艾维伍德宅邸的新翼楼，"被称作琼的女士艰难地开口说道，"艾维伍德勋爵把它们布置成了东方风格，他正在里面进行一场最有趣的辩论，为东方素食主义辩护。我只是出来透透气。"

"素食主义者！"达尔罗伊突然喊道，颇有些无理取闹的愤怒，"那张桌子看起来可不太像素食主义。"他指了指其中一张狭长的桌子，几乎所有的房间中央都摆有这种桌子，上面摆满了精致的冷盘和昂贵的葡萄酒。

"他是个思想开明的人，"琼喊道，她似乎正处于某种情绪的边缘，可能要发脾气了，"他不能指望那些从没吃过素的人突然开始吃素。"

"现在倒开始吃素了，"达尔罗伊平静地说道，走过去看了看餐桌，"我说，你的素食主义朋友们似乎在香槟酒上打了一个漂亮的洞。说起来你可能不相信，琼，我已经一个月没碰你们所说的酒了。"

他一边说，一边往一个用来装干红葡萄酒的大酒杯里倒满了香槟，然后一饮而尽。

琼·布雷特女士直挺挺地站着，但浑身战栗。

"这样做真的不对，帕特，"她喊道，"哦，别傻了——你知道我不在乎酒，我什么都不在乎。但你不请自来，闯进他家，他却毫不知情。这可不像你。"

"他会知道的，好吧，"大块头低声说道，"我知道一杯香槟到底要多少钱。"

他用铅笔在桌上的票据背面写了几个字，然后小心翼翼地在上面放了三先令。

"这是你对菲利普做的最过分的一次，"琼女士脸色煞白地喊道，"你和我一样清楚，无论如何他都不会收你的钱的。"

帕特里克·达尔罗伊站在原地看了她几秒钟，他那张宽阔而异常坦然的脸上露出了一种让她百思不得其解的表情。

"说来也奇怪，"他最后以一种心平气和的语气说道，"说来也奇怪，对菲利普·艾维伍德过分的明明是你。我认为他完全有能力让英国四分五裂或改朝换代，但我发自内心地认为他这个人向来说到做到。更重要的是，我认为越是独断专行，越是信口开河，他就越会信守诺言。除非你明白他可以虔诚地信仰一个定义，甚至是一个新的定义，否则你永远无法理解这样一个人。他对最后一刻加入的议会法案修正案的感觉，就像你对英国或你母亲的感觉一样。"

"哦，别咬文嚼字了！"琼突然喊道，"难道你看不出来这有多么令人震惊吗？"

"我只是想让你明白这一点，"他回答道，"艾维伍德勋爵清楚地告诉我，他亲口说过，我可以去任何一个外面挂着公共招牌的地方买发酵酒。他不会搬石头砸自己的脚。如果发现我在这儿，他很可能会以其他罪名把我关进监狱，比如盗窃、流浪什么的。但他怪不到香槟头上。他也会收下那三先令。我将为他值得称道的言行一致而向他致敬。"

"你说的，"琼说道，"我一点儿都听不懂。你从哪条路过来的？我怎么才能把你弄走？你好像还不知道自己在艾维伍德的宅邸里。"

"你看，门外有一个新名字。"帕特里克一边淡定地说，一边把这位女士带到他进来时的走廊尽头，走进了尽头的塔楼房间。

跟着他的提示，琼女士探出窗子向外仔细看了一下，那只紫色的小鸟就挂在金灿灿的笼子里。紧接着，在半封闭的楼梯口外,矗立着一个木制的客栈招牌,招牌一动不动、悄然无声,仿佛已经存在了几个世纪。

"在'老船'的招牌前一切如故,你看,"船长说,"我能为这位淑女提供点什么吗?"

他的手微微一动,做出好客的姿态,有一种厚颜无耻之感,琼女士强忍着笑意,面色有点失常。

"好吧,亲爱的,我又逗你发笑了。"帕特里克大大咧咧地喊道。

他像一阵旋风一样把她揽在怀里,然后像一阵风一样从仙女塔楼上消失不见,只留下她茕茕独立,用手撩着她那乱蓬蓬的黑发。

隧道之战

琼·布雷特从塔楼里经历的第二次"私人谈话"中回来时,她的真实感受恐怕没有人会知道。但她浑身上下充满了那种"说做就做"的强烈本能,她清楚地意识到达尔罗伊在艾维伍德勋爵的**菜单**背面用铅笔写下了字。天知道他写了什么,而且就她那不信神明的脾气,就算她知道此事只有天知地知,也不能就这么算了。她迅速回到餐桌旁,裙子发出窸窸窣窣的声音。但是,当她走近餐桌时,她的裙摆飘得更轻了,脚步也放慢了下来,就像往常那样。因为站在桌旁的人是艾维伍德勋爵,他正低垂着眼睑静静地读着卡片,完美地衬托出他那张椭圆形的长脸。他很自然地放下卡片,看到琼,对她露出了他那最招人喜欢的微笑。

"您也出来了,"他说,"我也是,天气实在太热了,什么都做不了。格鲁克博士正在发表一场非常精彩的演讲,但我却无法驻足聆听。您不觉得我这东方风情的装饰很成功吗?一种素食主义的设计,不是吗?"

他带着她在走廊上走来走去,一会儿指着装饰方案中柠檬色的新月,一会儿指着深红色的石榴,面色如常,以至于他们两次经过辩论大厅敞开的大门时，琼都能清楚地听到外交官格鲁克的声音在说：

"的确，我们对猪肉不洁的认识主要来源于犹太人。我对犹太人没有偏见，但我的家族以及普鲁士所有贵族和军人家庭中普遍都有这种偏见。我认为我们普鲁士贵族的一切都要归功于犹太人。犹太人给了我们古老的条顿人①(Teutonic)坚韧的美德，给了我们高雅的气质，给了我们智力上的优势，而这些——"

当艾维伍德勋爵滔滔不绝、兴致勃勃地讲着装饰中的孔雀尾巴，或者一些更奢华的东方版本的希腊钥匙时，就渐渐听不到身后的声音了。但当他们第三次经过门口时，他们听到了低沉的掌声和散会的声音，人们涌了出来。

艾维伍德镇定自若，迅速伸出手牢牢地抓住了他想要找的人。他用手扣住了莱韦森，吩咐了几句，但显然他吩咐莱韦森去做的这件事他们两人都不喜欢。

"如果爵爷坚持的话，"她听到莱韦森低声说，"我当然会亲自去，但是爵爷眼下有很多事情要处理。如果还有其他人——"

只要菲利普·艾维伍德勋爵不瞎，他就会看到莱韦森秘

---

① 古代日耳曼人中的一个分支，后世常以条顿人泛指日耳曼人及其后裔，或是直接以此称呼德国人。

书患上了一种非常古老的人类病症，这在所有人身上都是情有可原的，而在一个被人用高帽砸伤眼睛后仓皇逃命的人身上就更加情有可原了。然而，他什么也没看见，只是说："哦，好吧，我找别人吧。你的朋友希布斯怎么样？"

莱韦森跑向希布斯，希布斯正在数不胜数的自助餐桌旁又喝了一杯香槟。

"希布斯，"莱韦森有点儿紧张地说，"你能帮艾维伍德勋爵一个忙吗？他夸你做事周全。是这样的，有个人好像在塔楼下面的空地上晃悠。如果确有此人，那么把他交给警察肯定是艾维伍德勋爵义不容辞的责任。不过，话说回来，那个人可能早就不在那儿了——我是说，他可能是从别的地方，用别的方式把消息送过来的。当然，艾维伍德勋爵不想惊动女士们，不想没有把握就把警察叫来，白白让大家看了笑话。他想让他某个擅长见机行事的朋友去看看那地方——那是个废弃的花园——然后告诉他有没有人在附近。我本想亲自去，但我在这儿走不开。

希布斯点点头，又倒满了一杯。

"但还有一个困难，"莱韦森接着说，"看来他是个聪明的畜生，爵爷说他是个'异乎常人但又危险的人'。他似乎找到了一个很好的藏身之处，就在废弃的花园和小教堂后面，有一条通往沙滩的废弃隧道。这个选择很聪明，你看，如果有人从岸上来,他可以逃进树林里;如果有人从树林里来,他可以逃到岸上。但即使把警察叫来这里,也要花不少时间,而把他们叫到海那边的隧道甚至要花十倍的时间,尤其是在这里和卵石坞之间,有一两个地方的海水漫上了悬崖。所以我们不能打草惊蛇,不然他就会躲起来。如果你在那儿遇到什么人,只要自然地和他攀谈就行,然后带着消息回来。在你回来之前我们不会叫警察。攀谈的时候假装你和他一样在四处乱晃,爵爷希望你的出现看起来像是偶然。"

"希望我的出现看起来像是偶然。"希布斯严肃地重复道。

当发着烧的莱韦森心满意足地闪身离去后,希布斯又喝了一两杯葡萄酒,他觉得自己正在执行一项伟大的外交任务,以取悦一位勋爵。然后,他穿过门洞,逐级而下,不知不觉来到了荒废的花园和灌木丛中。

此时已是傍晚时分,一轮皎洁的明月挂在杂草丛生的小教堂上,小教堂上爬满了斑斑点点的真菌,就像龙身上的鳞片似的。夜晚凉风习习,希布斯先生明显心神荡漾。他发现置身于这般美景中,自己产生了一种说不清、道不明的愉悦感。他看到一朵带点儿褐色斑点的白色真菌,这尤其让他感到愉悦。一想到它应该是白色带褐斑的,他不禁笑了起来。接着他小心翼翼、准确无误地回忆道:爵爷希望我的出现看起来像是偶然。然后，他努力回想莱韦森说的其他一些话。

他开始涉过半人高的杂草和荆棘，穿过小教堂，但他发现这片土地比他预想的更坑坑洼洼、崎岖难行。

他滑了一下，为了自救，他用一只胳膊抱住了哥特式残垣断壁一角的一块残破的天使石像，但这块石像早已松动，在石槽里摇摇欲坠。

一时间，希布斯先生好似在月光下和天使跳起了华尔兹，俨然一副风流不羁的样子。然后，石像翻了个身，他也跟着翻了个身，脸朝下地趴到草地上，嘴里不知道在说些什么。若非情况有变，他可能会在那里趴上一会儿，或者至少在站起来时会遇到一些困难。然而那只叫坎德尔的狗生性好管闲事，跟着他走下了黑暗的楼梯，从门口走了出来，发现他的姿势不太对劲后就开始狂吠起来，好像房子着火了一样。

这引来了一阵沉重的脚步声——从灌木丛更隐蔽的地方传来——一两分钟后，那个红头发的大块头低头看着他，毫不掩饰自己的诧异。希布斯埋在土里的面庞隐隐传出低沉的声音，说道："希望我的出现看起来像是偶然。"

"确实如此，"船长说道，"需要我扶你起来吗？你受伤了吗？"

他轻轻地把摔倒在地的绅士扶了起来,看起来真的很担心。这一跤让艾维伍德勋爵的代表清醒了一些,他的左脸颊上确实有一道红色的擦伤,这让他看起来比实际情况更狼狈。

"我很抱歉,"帕特里克·达尔罗伊亲切地说道,"来我们营地坐坐吧。我的朋友庞普马上就回来,他是个顶好的医生。"

他的朋友庞普或许是个顶好的医生,也或许不是,但船长本人肯定是个最没效率的医生。他一眼就能看出希布斯到底哪儿摔伤了,但他能力有限,在给希布斯先生于隧道旁的一棵倒下的树上找了个座位坐下后,居然给他倒了一杯朗姆酒(纯粹是自发的好客行为)。

当希布斯先生喝下这杯酒时,他的眼神又清亮过来了,但他醒来时看到的是一个崭新的世界。

"不挽——管我们各志——自有什么西——想法。"他说道,以幽默睿智的表情仰望星空。

然后,他颤颤巍巍地把手伸进口袋,似乎在找他要送的信。他什么也没找到,只找到了他那本老旧的记者笔记本,每当有机会采访时,他都会随身携带这本笔记本。笔记本指下的触感让他灵机一动。他拿出本子说道:

"您怎么看待素食主义,庞普上校?"

"我觉得它没什么意思。"被冠上这个费解的称呼的人瞪着眼睛回答道。

"可以说，"希布斯翻开笔记本，欢快地问道，"可以说，长期以来，你一直是个坚毅的素食主义者吗？"

"不，我只进过一次'监狱'，"达尔罗伊克制地回答，"我希望出来后能过上更好的生活。"

"希望过上更好的生活，"希布斯喃喃地说，用铅笔写不了字的那一头急急忙忙地书写，"那您认为对于真正坚毅的素食注意——主义者来诉——说，最好的蔬菜是啥——什么呢？"

"蓟草，"船长爱答不理地说，"但我不太了解蓟草，你知道的。"

"艾维乌——伍德勋爵是个坚毅的素食注意——主义者，"希布斯先生说道，装模作样地摇着头，"艾维乌——伍德勋爵说，要机智。跟他说话要自然。我就是这样。我就是这么做的。自然地跟他说话。"

汉弗莱·庞普牵着驴穿过树林中较开阔的地方，这头驴刚享用了向坚毅的素食主义者推荐的食物，狗也跳起来跑向他们。庞普也许是世界上最有礼貌的人，什么也没说。虽然有一丝惊讶，但他的眼睛已经接受了另一个事实，这个事实也与饮食不无关系，但达尔罗伊在用朗姆酒款待希布斯时没有注意到。

"艾维乌——伍德勋爵说,"这位新闻外交官喃喃地说,"艾维乌——伍德勋爵说,'攀谈的时候假装你在四处乱晃。'就是这样。这就叫机智。这就是我必须做的——就像我只是在闲逛一样攀谈。去隧道另一头的路很长,有大海和悬崖。别语——以为他们会游泳。"他又拿起笔记本,徒劳地寻找着铅笔,"很好的通信题次——材。警迟——察会游泳吗?"

"警察?"达尔罗伊在一片死寂中说道。狗抬起头,但酒馆老板却没有抬头。

"去艾维乌——伍德是一回事,"这个外交官分析道,"把警察带到海滩另一头是另一回事。做一件事没用,另一件事也卜——不做。做另一件事没哟——用,另一件事也卜——不做。希望我的出现看起来像是偶然。嗯嗯呃呃!"

"我去给驴套上挽具。"庞普说道。

"他会穿过那扇门吗?"达尔罗伊问道,他朝他们面向隧道那头的粗木板入口做了个手势,"还是要我一下子把它都砸烂?"

"他肯定会过来的,"庞普回答道,"我做那扇门的时候就想到了。我想我会先把他带到隧道安全的那一头,然后再把他弄醒。你能做的最好的事情就是拔起一棵树苗把门挡住,这样可以拖延一两分钟。不过,我想我们很快就会收到警告。"

他牵着驴走向马车,小心翼翼地给驴套上挽具。和所有懂得古老的健康之道的聪明人一样,他知道最后一次的机会应该是悠闲的,这样才能让人头脑清醒。然后,他牵着整套装备穿过隧道的临时木门。好奇的坎德尔当然紧随其后。

"请原谅,我得拔一棵树,"达尔罗伊礼貌地对他的客人说,就像一个人向另一个人伸手要火柴一样。就这样,他像在橄榄树岛那样,连根拔起一棵幼树,把它扛在肩上,就像赫拉克勒斯[①](Hercules)扛着棍棒一样。

* * * * *

在艾维伍德宅邸,艾维伍德勋爵向卵石坞警察局致电了两次。他很少像这样忍受拖沓,虽然他从不说多余的话来表达不耐烦,但他会在不需要走路的时候不停地走路来表达不耐烦。在得到大使的消息之前,他还不会派人去找警察,但他认为,如果能与一些他相识的警察当局者进行初步交谈,可能会让事情有所进展。看到莱韦森蜷缩在角落里,他转过身来,猝不及防地说道:

---

①古希腊神话中最伟大的英雄,一位半神,力大无穷,常用的武器是棍棒。

"你必须去看看希布斯出了什么事。如果你在这里还有其他事情要做,我批准你可以不做。否则,我只能说——"

这时,电话铃响了,这位不耐烦的贵族以少见的迅捷赶去接这通姗姗来迟的电话。除了照办,莱韦森根本无计可施,否则就会被解雇。他快步向楼梯走去,只在希布斯驻足过的那张桌子前停了一下,"咕咚咕咚"喝了两杯同样的葡萄酒。但是,希布斯先生放荡奢华的社交动机与莱韦森先生无关。莱韦森先生喝酒并不是为了取乐。事实上,他甚至不知道自己在喝什么。他的动机要简单而真诚得多,若用法律术语来形容,他的这种情绪可以简单粗暴地描述为身体上的恐惧。

当他小心翼翼地爬下楼梯,在灌木丛中四处寻找他的外交官朋友时,他有点紧张,但绝不为难自己去冒险。他什么也看不到,什么也听不见,只有一种遥远的歌声在指引着他,随着他越来越接近,歌声也越来越响亮。他听到的第一句歌词好像是——

再也没有牛奶
对我私宅的污染,
更甚于野蛮人的野马奶对我私宅的污染。
我就要喝波特酒和雪利酒,

因为它们非常非常

非常非常非常素食主义。

莱韦森不知道究竟是多么大的嗓门、多么可怕的声音才能唱出这些歌词，但他有一个非常奇怪甚至感觉不妙的怀疑，那就是他确实知道那个加入合唱并放声高歌的声音，不管如何改变，那个声音有些颤抖但颇为美妙，歌词是这样的：

因为他们太素了，

非常非常非常素食主义。

恐惧冲昏了他的头脑，他胡乱猜测发生了什么事。他如释重负地喘了一口气，意识到他现在有了很好的借口，带着警告回到家里。他像兔子一样撒腿就跑，从树林里传来的巨大声音仍在耳边回响，就像狮子在咆哮。

他发现艾维伍德勋爵正在和格鲁克博士以及代理人布尔罗斯先生商量，而布尔罗斯先生那双青蛙般的眼睛似乎还没有从英国大街小巷里关于飞行招牌的童话故事中回过神来。不过，说句公道话，布尔罗斯先生比艾维伍德勋爵现在的大多数顾问都要勇敢和务实。

"恐怕希布斯先生是一时疏忽，"莱韦森结结巴巴地说，"恐怕他——恐怕那个人正在逃跑，爵爷。您最好叫警察来。"

艾维伍德转向代理人。"你去看看发生了什么事，"他淡淡地说，"等我通知了他们，我就亲自来。再叫几个仆人拿着棍棒什么的上来。幸好女士们都睡了。你好！请问是警察局吗？"

布尔罗斯走向灌木丛，由于种种原因，他穿过灌木丛的难度比手舞足蹈的希布斯要小。月亮已经变得异常明亮，整个场景就像洒下一层银色的月光。在这个清晰的光照中，他看到了一个五大三粗的男人：他满头竖起的红发，一只胳膊下夹着一个巨大的奶酪圆桶，另一只手则伸出一根粗大的食指对着一只狗摇晃，而那只狗正在和他交谈。

代理人认出眼前就是招牌神秘事件中提到的那个人，他的职责和愿望就是在交谈的时候抓他个现行，以防他最后溜之大吉。但有些人即使想礼貌也礼貌不起来，布尔罗斯先生就是其中之一。

"艾维伍德勋爵，"他突然说道，"想知道你到底想干吗？"

"不过，不要陷入一个常见的误区，坎德尔，"达尔罗伊对着那只狗说，那只狗难以捉摸的眼睛紧紧盯着他的脸，"不要认为'好狗'这个词是非黑即白的。狗的好坏是由人类文明创造的有限的职责体系所决定的——"

"你在这里干什么?"布尔罗斯先生问道。

"一只狗,我亲爱的坎德尔,"船长接着说,"它既不像人那么好,也不像人那么坏。不,我还得更进一步。我要说的其实是,狗不可能像人一样愚蠢。蠢人不可能完全达到像狗一样的水平——就像有些人不完全干人事。"

"回答我,你这个家伙!"代理人咆哮道。

"这就更可悲了,"船长接着说,坎德尔似乎被他的独白吸引住了,全神贯注地听着,"更可悲的是,这种精神上的缺陷有时在好人身上也会出现。不过,我想这种缺陷出现在坏人身上的例子也不少,至少不相上下。比如,那个站在距离我们几英尺远的地方的人,既愚蠢又邪恶。要非常小心,坎德尔,记住,我们对他的任何负面评价都应该基于他的**道德**缺陷而不是**心理**缺陷。如果我在任何时候对你说:'去追他,坎德尔'或者'抓住他,坎德尔',请你自己在心里明确,我有权这样做完全是因为他**邪恶**,而不是因为他**愚蠢**。他是个蠢货,但这并不能成为我现在这样用逼真的语调对你说'抓住他,坎德尔'的理由——"

"让它走开!"布尔罗斯先生边喊边后退,因为坎德尔正向他走来,它血统中斗牛犬的部分就像面旗帜一样显而易见。"如果布尔罗斯先生觉得爬树,甚至爬到招牌柱子上是个好办法,"他接着说,因为代理人已经紧紧抓住了"老船"的柱子,这根柱子比周围那些纤细的树木都要粗壮,"你要盯紧他,坎德尔,我毫不怀疑,你要不断提醒他,是他的**邪恶**,而不是他可能草率认定的**愚蠢**,使他爬到了这么高的地方丢人现眼——"

"你们这些人,早晚会生不如死,"代理人说,此时他像猴子一样紧紧抓住木制招牌,而坎德尔则在下面饶有兴致地看着他,"你们中有人会看到一些东西。爵爷和警察来了,我估计。"

"早上好,爵爷。"达尔罗伊说道,艾维伍德穿过灌木丛向他们走来,在强烈的月光下,他显得比以往任何时候都苍白。这似乎是他的命运,他那完美无瑕、苍白的脸庞总是与更丰富的色彩形成鲜明对比。即使是现在,走在他身后的格鲁克博士那身华丽的外交官制服也衬得他的脸色更苍白。

"我很高兴见到您,爵爷,"达尔罗伊神态庄重地说道,"和代理人打交道总是很尴尬,尤其是对代理人来说。"

"达尔罗伊船长,"艾维伍德勋爵更加严肃庄重地说,"很遗憾我们又以这样的方式见面了,这不是我想看到的。我应该告诉你,警察马上就到。"

"也是时候了!"达尔罗伊摇着头说,"我这辈子从没见过这么丢脸的事。当然,很遗憾这是你的朋友干的,我希望警察能避免让艾维伍德宅邸见报。不过我可不会支持法律对穷人和富人区别对待，如果一个人都喝成这样了，但仅仅因为酒是在您的宅邸喝的就能完全逍遥法外，那将是一种莫大的耻辱。"

"我不明白你的意思。"艾维伍德说道，"你在说什么？"

"他为什么那样了？"船长回答道，他和蔼地指了指离隧道墙一两码远的一根倒下的树干，"警察来找的就是这个可怜的家伙。"

艾维伍德勋爵看着隧道旁那根他以前从未留意过的森林圆木，在他苍白的眼睛里，也许是第一次流露出一种简单的诧异。

在圆木的上方出现了两个一样的物体，他盯着看了好一会儿才辨认出那是一双皮鞋的鞋底，那鞋底迎着他的目光，似乎在征求他对解决这件事的意见。这是希布斯先生唯一能被看得见的部分，他从他的林间座位上倒了下去，似乎对自己的新处境很满意。

勋爵戴上了那顶让他看上去老了十岁的夹鼻眼镜，用尖锐而冷峻的口吻说道："这都是些什么乱七八糟的？"

他的声音对忠实的希布斯来说，唯一的作用就是让他在空中无力地挥动双腿，以表示对封建上级的认可。他显然认为自己根本站不起来。于是达尔罗伊大步走到他身边，拽着他的衬衫领子把他拉了起来,然后把一瘸一拐、两眼充血的他带到了众人面前。

"您不会想让一大群警察送他去警察局的。"船长说道,"很抱歉,艾维伍德勋爵,恐怕您再让我视而不见也没用了。我们承担不起这个责任。"他无可奈何地摇了摇头,"庞普先生和我,我们一直都有一栋体面的房子。'老船'在英国各地都很有名——事实上,在很多不同的地方,甚至在最奇怪的地方,人们都觉得它是一幢安静的家庭式房子。在'老船',没有人游手好闲。如果你觉得你可以把那些狂欢的人都送来的话——"

"达尔罗伊船长,"艾维伍德简单地说,"您似乎误解了什么,我认为如果不解释清楚反而有失体面。不管这些离奇的事件意味着什么,也不管这位先生的情况如何,当我说警察要来的时候,我的意思是他们是冲着你和你的同伙来的。"

"找我!"船长惊讶地叫道,"为什么,我这辈子从没做过任何坏事。"

"你卖酒违反了《艾维伍德法案》第五条。"

"可我有招牌啊,"达尔罗伊激动地叫道,"您亲口告诉我的,只要我有招牌就没事。哦,看看我们的新招牌!'迅捷代理的招牌'。"

布尔罗斯先生一直保持沉默,他觉得自己的身份有点尴尬，希望他的雇主能够离开。但艾维伍德勋爵抬起头看着他，还以为他闯进了一个怪物星球。

当他慢慢恢复过来时，帕特里克·达尔罗伊轻快地说："您看，一切都无懈可击、合法合规。您不能以'我们没有招牌'为由就把我们抓起来，因为我们有一个特别逼真的招牌。您也不能把我们当作流氓或流浪汉抓起来。您能看见我们有谋生手段。"他用扁平的大手拍打着腋下的大奶酪，奶酪桶发出击鼓一样的声音。"显而易见，可以感觉到，"他补充道，突然把它拿出来，几乎拿到艾维伍德勋爵的鼻子下面，"戴着爵爷的眼镜，用肉眼也能看出来。"

他突然转身，冲开身后寂静无声的大门，把大奶酪扔进隧道，发出了雷鸣般的响声，最后汉弗莱·庞普先生在远处喊了一嗓子，表示接住了。这是他们留在隧道这一头的最后一件物品，达尔罗伊又转过身来，完全变了一副面孔。

"现在，艾维伍德，"他说道，"您能指控我什么呢？来吧，我有个建议。如果您能帮我一个忙，等警察来的时候，我会老老实实地向他们自首。让我选择我的罪名。"

"我不明白你的意思，"对方冷冷地回答道，"什么罪名？帮什么忙？"

达尔罗伊船长拔出了一直挂在破旧军装上的直剑，细长的剑身在月光下闪闪发光，他用剑直指格鲁克博士——

"把他的剑从当铺老板手里拿走,"他说,"这把剑和我的差不多长,如果您愿意,我们也可以换一把。在那块草皮上给我十分钟。艾维伍德,也许等一会儿我就会被赶出您的地界,从某种程度上说,比起您用弓街巡警[1]给我使绊子,把我赶走能让我这个曾经是朋友的敌人更有价值一点儿,那些爪牙的帮助会让您的每一位祖先都感到羞耻。或者,也有可能等警察来的时候,您能找到什么由头足以逮捕我。"

沉默了许久,不负责任的小精灵又在达尔罗伊的脑海中一闪而过。

"布尔罗斯先生会站在高高在上的宝座上为您主持公道的。"他说道,"我已经把我的荣誉交给希布斯先生了。"

"我必须拒绝达尔罗伊船长的邀请,"艾维伍德最后用一种奇怪的语气说道,"这不是因为……"

他还没说完,莱韦森就飞快地穿过灌木丛,吼道:"警察来了!"

达尔罗伊喜欢把好戏都留到最后一刻,他拔出了牌子,像甩掉熟透的果子一样甩掉了还挂在上面的布尔罗斯,然后一头钻进了隧道里,狂吠的坎德尔紧随其后。连艾维伍德都还没来得及赶上(他是一行人中反应最快的一个),达尔罗伊

---

[1] 1748年,亨利·菲尔丁组织的伦敦乃至世界上第一支专业警察部队,主要由公共资金支持。

就已经撞开了木门，用木钉把门闩上了，他甚至没时间拔剑出鞘。

"把这扇门撞开，"艾维伍德勋爵平静地说，"我发现他们还没装完车。"

在他的指示下，布尔罗斯和莱韦森不情不愿地抬起希布斯掉下来之后腾出的树干，把它当作大木槌撞了三下门。门撞开后，艾维伍德勋爵立刻冲了进去。

一个声音从隧道的另一头轻声呼唤着他。从那恐怖的黑暗中传出一个如此人性的声音，让人既放松懈怠又毛骨悚然。如果菲利普·艾维伍德真的是个诗人，而不是和诗人截然相反的唯美主义者，他就会知道，英国的一切历史和人民都在洞穴里诉说着他们的神谕。然而，他只听到了一个被警察通缉的酒馆老板的声音。只不过就连他也停顿了一下，看起来确实听得入迷。

"爵爷，我有话要说。我为人老实，从未与激进分子为伍。我想让您看看您对我做了什么。您偷了我的房子，好像那房子是您的一样。您让我变成了一个脏兮兮的流浪汉，而我曾是一个在教堂和市场上都受人尊敬的人。现在您又要把我送到我可能要吃牢饭或寸步难移的地方。我斗胆问一句，您觉得我会怎么想？您以为您去伦敦找议会里的大臣们摆平此事，带回来一大堆文件和长篇大论，就能改变您的所做所为吗？在我看来，您就是个又坏又残忍的主人，和那些被上帝惩罚的人没什么两样，和那些在圣林里被狡猾歹徒杀死的乡绅瓦尼（Squire Varney）没什么两样。牧师常说，人们可以向强盗开枪，我想告诉爵爷，"他恭恭敬敬地说道，"我有枪。"

艾维伍德立刻走进了黑暗中，说话的声音因某种情绪而颤抖，但无人知道这种情绪从何而来。

"警察来了，"他说道，"但我会亲自逮捕你。"

一声枪响从隧道里传来，久久未能平息。艾维伍德勋爵的双腿弯了下来扭成一团，他的膝盖上方中了一枪，倒在了地上。

几乎就在同一时刻，有人喊了一声，伴随着一声吠叫，宣告马车已经装车完毕出发了。它甚至比刚来时还多了点什么，因为在车开动的一瞬间，坎德尔已经跳上了车，它笔直地坐在里面，神情庄重，赶都赶不走。

被人类遗忘的生物

尽管艾维伍德勋爵的伤势引起了轩然大波，警察也很难找到上岸的路，但如果不是因为一个奇怪的意外，飞行酒馆的逃犯几乎肯定已经被抓获了，而这个奇怪的意外恰好也是艾维伍德关于素食主义的大辩论引起的。

艾维伍德勋爵之所以这么晚才有所察觉，主要是因为听了一篇很长的演讲（琼恰好没听到这篇演讲），而这篇演讲刚好就是在她听到格鲁克博士的一些结论性意见之前发表的。演讲者当然是个怪人。大多数出席会议的人以及几乎所有的发言者，都有这样或那样的怪癖。但他是一个家财万贯、家世显赫的怪人，是一位议员、一位太平绅士[①]，是伊妮德女士的亲戚，是一位在艺术和文学界享有盛誉的人。总之，他是一个可以随心所欲变换社会角色的人，一会儿是个革命家，一会儿又是个讨嫌鬼。多里安·温波尔（Dorian Wimpole）最初在自己的阶级之外为人所知是因为"鸟之诗人"这个别出心裁的头衔。他的诗集将不同鸣鸟的不同音

[①] 太平绅士制度缘起于16世纪前，是英国创立的一套旨在维护社会秩序的司法辅助制度，英文全称 Justice of the Peace，简称 J.P.，又译"治安法官"。

符或叫声扩写成这些鸟类哲学家的奇妙独白，着实标新立异、文采斐然。不幸的是，他属于那种对自己的幻想很较真的人，在他原本合理的奢侈行为中，玩笑的成分太少了。因此，在他的晚期作品中，当他试图通过证明空中飞禽是比人类或类人猿更高级的生物来解释"天使的寓言"时，人们觉得他的方式有点太上纲上线了；当他对艾维伍德勋爵的"和平之路"（Peaceways）模范村计划提出修改意见，敦促村里的房屋都应该像鸟巢一样挂在树上，称这种建筑风格更卫生时，许多人遗憾地认为他失去了以前谈笑风生的风格。但是，当他的诗歌超越了鸟类的范畴，充斥着对所有动物的猜测性心理描写时，他的意思就变得晦涩难懂了，苏珊女士（Lady Susan）甚至将其称为他的低谷期。因为他滔滔不绝地写下想象中的赞美诗、情歌和低等动物的战歌，却不加任何解释，读起来就更让人不适了。因此，如果有人想找一首适合在客厅欣赏的普通歌曲，就会看到题为《一首沙漠情歌》（*A Desert Love Song*）的诗，开头是——

她抬头仰望星空，
她的双峰傲然耸立着。

乍一看，对这位女士的赞美似乎令人吃惊，直到读者意识到田园诗中的所有人物都是骆驼。或者,如果他开始写一首题为《向民主前进》(The March of Democracy)的诗,并在第一行中写道——

> 同志们,前进不止,
> 用你的牙齿紧紧咬住地板和门。

读者可能会对这样的群众政策产生怀疑,直到他们发现,这首诗应该是一个能言善辩、胸怀大志的老鼠为他种族的社会团结而写的。艾维伍德勋爵曾差点因为《饮酒歌》(A Drinking Song)诗句中喧闹的现实主义而与他的诗友发生争执,直到有人仔细地向他解释说,诗里的酒指的是水,节日里的宾客指的是野牛。他通过年轻雌海象的感受表达对完美丈夫的憧憬,这是深思熟虑和富有启发性的。但毫无疑问,任何切身经历过这种感受的人都会对他的憧憬提出许多修改意见。在十四行诗《母爱》(Motherhood)中,他笔下年轻的蝎子坚贞不渝、令人信服,但不知为何又不那么可爱。不过,平心而论,我们不应忘却,他在处理最棘手的问题时有自己的原则,他宣称诗人不应该忘记尘世间的任何生物。

他和他的表兄一样,金发碧眼,留着白胡子,一双明亮的蓝眼睛总是心不在焉的。他的穿着非常讲究，看似漫不经心，实则一丝不苟，棕色天鹅绒外套，戒指上的图案是埃及人崇拜的一种野兽。

他演讲时出口成章、娓娓道来、滔滔不绝，内容都是关于牡蛎的。一些人道主义者在其他方面恪守素食主义，却坚持认为如此简单的生物可以被视为例外，他对此表示强烈抗议。他说，人类即使在最悲惨的时候，也总是试图把宇宙中的某一个居民驱逐出去，忘记他们应该记住的某一种生物。现在看来，这种生物就是牡蛎。他长篇大论地讲述了牡蛎的悲剧，他的叙述天马行空、栩栩如生，充满了梦幻般的鱼类、匍匐攀爬的珊瑚峭壁、在海边游荡的长着胡须的生物以及深海中墨绿色的海水。

"这是多么可怕的讽刺啊，"他喊道，"这是我们称之为本土动物里的唯一一种低等生物！我们谈论它时（仅针对它而言），就好像它是这个国家的土著。而实际上，它是宇宙中的流亡者。还有什么能比虚弱无力的两栖动物永恒的狂热更可怜呢？还有什么比牡蛎的眼泪更可怕？大自然用坚不可摧的外壳封住了它。对人类来说，这个被人类遗忘的生物，恰恰有一个不能被遗忘的理由。因为寡妇和俘虏的眼泪最终会像孩子的眼泪一样被擦去，它们就像清晨的薄雾或洪水过后的小水潭一样消失了。但牡蛎的眼泪是珍珠。"

这位"鸟之诗人"听了自己的演讲后非常激动,散会后,他怒目睁眉地走向早已等候多时的汽车。司机微微松了一口气。

"现在,开回家。"诗人凝视着月亮说道,脸上一副灵感充沛的表情。

他非常喜欢乘车,因为乘车能给他带来灵感。那天他一大早就乘车出门,牺牲了一点睡眠。在与艾维伍德这样的文人雅士交谈之前,他几乎没有和任何人说过话。他好几个小时都不想和任何人说话。他思绪万千。他在天鹅绒外套外面套了一件皮毛大衣,但他任由它敞开着,早已忘记了明月皎洁的夜晚有多冷。他只意识到两件事:他的汽车开得很快,他的思绪转得更快。他感觉到了一种上帝视角般的愤怒。他似乎和每一只在树林上空加速或旋转的鸟儿一起飞翔,和每一只在树林中跳跃翻滚的松鼠一起飞翔,和每一棵在气浪中摇摆并承受住气浪的树木一起飞翔。

然而,不一会儿,他向前倾了倾身子,轻轻敲了敲车前的玻璃,司机突然挺起肩膀,猛地刹住了车轮。多里安·温波尔刚刚在路边清澈的月光下看到了一些东西,这些东西既吸引了他传统的这一面,也吸引了他传统的另一面。这些东西既吸引了"温波尔",也吸引了"多里安"。

两个看起来衣衫褴褛的人,一个穿着破旧的绑腿裤,另一个穿着看起来像某种奇装异服的剩余部分，一头狂野的红发看起来像假发似的，他们停在树篱下，显然是在给驴车装货。车轮旁边的路面上至少有两个圆圆的、粗糙的圆柱形物体，看起来有点儿像桶，还有一根松垮垮的木杆，放在他们旁边的路上。事实上，那个穿着旧绑腿裤的人刚刚给驴喂过食、喂过水，现在正在优哉游哉地调整驴身上的挽具。但是，多里安·温波尔自然不会这么想。他心中涌起一种感觉，觉得自己全知全能，超越了诗人的境界。他是一位绅士、一位地方执法官、一位议员、一位太平绅士，等等。在他担任太平绅士期间，以这种冷酷无情和无知的方式对待动物是忍无可忍的，尤其是在艾维伍德最新的法案颁布之后。他大步走到那辆停着的马车前，说道：

"你们超载了，这辆车被没收了。你们必须跟我去警察局。"

汉弗莱·庞普大吃一惊、苦恼得很，一时间不知道该如何作答，他对动物很好，也一直试着对绅士们好一点，尽管他曾开枪打中了一位绅士的一条腿。他向后退了一两步，眨巴着棕色的眼睛盯着这位诗人、驴、木桶、奶酪和倒在路上的招牌。

但达尔罗伊船长很快恢复了他的民族气质，他向诗人兼地方执法官大大地行了一个夸张的鞠躬礼，并愉快地以厚颜无耻的腔调说:"毫无疑问,您对驴感兴趣?"

"我对人们遗忘的一切事情都感兴趣,"诗人带着一丝自豪回答道,"但主要是像这样最容易被遗忘的事情。"

不知怎的,从头两句话中,庞普意识到这两位古怪的贵族在不知不觉中已经认出了对方。不知为何,这种无意识的相认似乎显得他更格格不入。他穿着破旧的靴子,在洒满月光的路上掀起了一点灰尘,最后走过去和司机聊天。

"下一个警察局离这里远吗?"他问道。

司机回答了一个音节,最接近的拼写似乎是"dno"。庞普还尝试了其他的拼写,但这些拼写的意思让人感到不知所云。

可这个缩写是这样的简单粗暴,让精明敏感的庞普先生不由得看了看那人的脸。他看到后脸色变得惨白,这不仅仅是月光的影响。

本着英国人特有的笨拙和细腻,庞普又看了看那个人,只见他一只胳膊重重地靠在车上,而且胳膊还在颤抖。他了解自己的同胞,知道无论他说什么,都必须做出漫不经心的样子。

"我希望这里离你住的地方不远了,你一定累坏了。"

"哦,见鬼!"司机说道,朝路上吐了口唾沫。

庞普同情地沉默不语,温波尔先生的司机却语无伦次,仿佛置身于另一个地方。

"该市——死的,美女们,哦,不成,没有早餐吃。该市——死的午饭,艾维伍德,没有午饭。该市——死的,大晚上,砸——在外面等辣——那么久,他好啊,齿——吃蛋糕,祸——喝香槟。然后还有那头噜——驴。"

"你想说的是,"庞普用非常严肃的语调说,"你今天没吃东西吗?"

"哦,不是!"这个伦敦佬回答道,好像快死了一样阴阳怪气地,"噢,当然不是。"

庞普又溜达回到路上,左手拿起奶酪,把它放在司机旁边的座位上。然后,司机把右手伸进衣服上一个奇形怪状的宽松口袋,抽出一把大折刀,耀眼的月光在刀刃上晃了两下。

司机盯着奶酪看了好一会儿,手里的刀在颤抖。然后,他开始砍奶酪,在白惨惨的光线下,他脸上的喜悦几乎令人毛骨悚然。

庞普在对付这些事情上都很有一套,他知道,就像吃一点食物垫垫有时能避免醉得不省人事一样,一点引起兴奋的食物有时也能避免猝不及防又危险的消化不良。不让他吃奶酪几乎是不可能的。给他喝一点朗姆酒要好得多,尤其是他手上的这种上等的朗姆酒,这比他在任何目前仍获准营业的酒馆里能找到的任何东西都要好。他又走过马路，拿起放在奶酪桶旁边的小酒桶，然后用自己的方式，从酒桶里倒出酒，倒满了他口袋里的小杯子。

但是，这个伦敦佬一看到这个，眼睛立刻亮了起来，眼神既恐惧又渴望。

"但伊不怎——能这么做，"他嘶哑着嗓子低声说道，"这个地发——方，没有医生的信，也没有招牌，什么都没有，这是凡——犯法的。"

汉弗莱·庞普先生又一次走回大路，当走到那里时，他第一次犹豫了。但从那两个疯疯癫癫的贵族在路上争执不休和装腔作势的态度可以看出，他们现在眼里除了对方，什么都不会注意到。他从路上捡起那根松动的柱子，拿到车上，滑稽地把它竖立在酒桶和奶酪之间的空隙里。

这小小的一杯朗姆酒在可怜的司机手中摇晃着，就像之前他拿着那把大折刀一样，但当他抬起头来，真真切切地看到头顶上的木制招牌时，他似乎并没有壮起胆来，反而更像是从深不可测的大海中拽出了一些被遗忘的勇气。那的确是被人们遗忘的勇气。

他看了一眼周围凄凄楚楚、乌漆麻黑的松林，一口喝下了那一小杯金黄色的液体，仿佛那是仙酿一般。他一声不响地坐着，然后，慢慢地，他的眼睛里开始闪现出一种呆滞的神采。汉弗莱·庞普那双棕色的、警惕的眼睛正带着某种焦虑甚至恐惧的神情注视着他。司机看上去就像一个被施了魔法或石化了的人,但他突然开口说话了。

"那个混账!"他说,"我要给踏——他点颜涩——色看看。我要叫踏——他好坎——看。我要给踏——他看一些踏——他意想不到的同——东西。"

"什么意思?"酒馆老板问道。

"为什么,"司机突然很冷静地回答道,"我要给踏——他来点小毛噜——驴。"

庞普先生看起来有点慌。"你认为,"他小心翼翼地说,"甚至连一头小毛驴都不能托付给他吗?"

"哦,是的,"那人说道,"他对驴很友好,我们也要对驴友好。"

庞普仍然一脸疑惑地看着他,似乎不明白他的意思。然后,他同样焦急地看着马路对面的另外两个人,但他们还没说完。尽管他们在其他方面都不一样,但在针锋相对地摆事实、讲道理时,他们都会忘记了眼前的一切,把阶级、争吵、时间、地点和物理事实等都抛诸脑后。

因此,当船长一开始就轻描淡写地表示这毕竟是他的驴时(因为是他花了高价从一个修补匠手里买来的),温波尔就把警察局忘得一干二净——恐怕连驴车也忘了。他脑子里只有一个想法,那就是必须破除对个人财产的迷信。

"我一无所有,"诗人向外挥挥手,"我一无所有,但从某种意义上来说,我又无所不有。这一切都取决于财富或权力究竟是用于造福,还是反对宇宙的更高目的。"

"有道理,"达尔罗伊回答道,"那您的汽车又是如何服务于宇宙的更高目标的呢?"

"它帮助我,"温波尔先生一脸骄傲而言简意赅地说,"创作我的诗歌。"

"如果它能用于某种更高的目的(如果可以的话),如果某种新的目的偶然出现在宇宙的头脑中,"对方问道,"我想它就不再是您的财产了。"

"当然,"多里安一本正经地回答,"我不会抱怨。当你在宇宙天平上贬低驴的地位时,它就不再是你的了,对此你也没有资格抱怨。"

"您凭什么认为,"达尔罗伊问,"我想贬低它?"

"我坚信,"多里安·温波尔严厉地回答道,"你想骑在它身上(因为船长确实曾经好几次开玩笑似的伸出大腿骑在驴身上),难道不是吗?"

"当然不是,"船长一脸无辜地回答道,"我从不骑驴。我害怕它。"

"怕一头驴!"温波尔难以置信地喊道。

"怕后人拿我与它做比较。"达尔罗伊说道。

停顿了一会儿,温波尔冷冷地说:"哦,好吧,我们已经超越了那些比较。"

"这没什么难的。"爱尔兰船长回答,"一个人能轻轻松松地比被钉死在十字架上的人活得更久,真是妙不可言。"

"在这种情况下,"另一个人面无表情地说,"我认为被钉死在十字架上的是毛驴。"

"何出此言,您一定是画了那幅古罗马的驴被钉死在十字架上的漫画,"帕特里克·达尔罗伊有些惊奇地说道,"您穿得真得体,您看起来真年轻!当然,如果这头驴被钉在了十字架上,那么它一定是没有被钉死的。但您确定吗?"他非常严肃地补充道,"您知道如何把驴从十字架上解救下来吗?我向您保证,这是人类最稀有的技艺之一。全都是技巧问题。您知道,这就像医生治疗罕见疾病一样,需要用到这种技巧的时候不多。虽然从宇宙的更高目的来看,我不适合照顾这头驴,但在把它转交给您的时候,我仍然感到有一丝责任感。您能理解这头驴吗?它是一头心思细腻的驴,是一头内心复杂的驴。我怎么能肯定,您才认识它这么一会儿,就能理解它的每一点喜怒哀乐呢?"

一直坐在松树阴影下像狮身人面像一样一动不动的小狗坎德尔,蹒跚着走到路中间,然后又走回来了。当听到轻微的旋转摩擦声时，它就跑了出去；当声音停止时，它又跑了回来。但是，多里安·温波尔还沉浸于他的哲学发现中，根本没注意到狗或车轮。

"无论如何，我都不会坐在它的背上，"他骄傲地说，"但如果只是骑到它背上，也没什么大不了的。你把它交给唯一能真正理解它的人就足够了，这个人上至飞禽、下至走兽，即使是最微小的生物也不会置若罔闻。"

"这是个非常奇怪的家伙，"船长焦急地说，"它讨厌各种奇奇怪怪的事物。比如说，它受不了汽车，尤其是那种静止不动时还会发出刺耳声响的汽车。他不太介意毛皮大衣，但如果你在里面穿一件棕色天鹅绒外套，它就会咬您。您还得让它避开某些人。我想您应该没见过他们，他们总认为年收入少于两百英镑的人都是酒鬼，残忍不仁，却认为年收入超过两千英镑的人都是在主持末日审判（Day of Judgment）。如果您能让我们亲爱的驴远离这些人——等等！等等！等等！"

他真的慌了神，转过身去追那只狗，那只狗追着汽车跳了进去。船长也跟着狗跳了进去，想把它拉出来。但他还没来得及这么做，就发现汽车跑得太快了，根本没办法跳下车。他抬头一看，只见"老船"的招牌像一面刚毅的旗帜竖立在车头，庞普带着他的酒桶和奶酪，稳稳地坐在司机旁边。

这件事对他造成的震撼和冲击虽远甚于其他人，但他还是摇摇晃晃地站了起来，向温波尔喊道：

"您把它交给了正确的人。我从来没有对马达残忍过。"

在魔幻松树林的月光下，多里安和驴站在那儿面面相觑。

对于神秘的心灵来说，如果它是一种心灵的话（并非总是如此），没有什么能比诗人和驴更令人印象深刻、更具象征意义了。驴是一头货真价实的驴。诗人也是一位货真价实的诗人，无论多么遵纪守法，他有时都可能被误认为是另一种动物。驴对诗人的兴趣永远不得而知。诗人对驴的兴趣是完全真实的，甚至在树林里那猫头鹰般的隐秘下，在那场糟糕透顶的私人访谈中，这种兴趣也是真实的。

但我想，如果诗人能看到在他那消失的汽车的驾驶座上，司机那张惨白、凝重、疯狂的脸，那么就连他也会幡然醒悟。如果看到了，他也许就会记住某种动物的名字，也许甚至会开始了解这种动物的本性——这种动物既不是驴，也不是牡蛎，而是人类一直认为最容易忘记的动物——从人类在伊甸园里忘记上帝的那一刻起。

汽车俱乐部之歌

当汽车飞快地穿过枞树林和松树林黑银相间的仙境时,达尔罗伊不止一次地把头伸出侧窗,对司机表示抗议,但司机不为所动。最后,他只好问司机要去哪里。

"我要胡加——回家,"司机用一种难以辨认的声音说道,"我要胡加——回家找我麻——妈。"

"她住在哪里?"达尔罗伊问道,他从没用这么忐忑的语气说过话。

"怀尔斯,"那人说,"但自从我出生以来就没见过踏——她。但她会来的。"

"你必须意识到,"达尔罗伊艰难地说,"你可能会被逮捕,这是那个人的车。这么说吧,他被扔在后面,什么吃的也没有。"

"阿——他有那头噜——驴,"那人咕哝道,"让这王八蛋吃踏——他的噜——驴肉吧,配着蓟草酱吃。如果踏——他像我一样,额——饿得要死。"

汉弗莱·庞普打开与车尾相隔的玻璃窗,转过身来,曲肘向后,肩膀后靠,和他的朋友说话。

"恐怕，"他说，"他现在说什么也不会停下来。他就像穆迪（Moody）的姑妈一样疯了，就像他们说的那样。"

"他们这么说的吗？"船长焦急地问，"他们在伊萨卡从没这么说过。"

"老实说，我觉得你最好别管他，"庞普说道，一副什么都看透了的表情，"他们说他开车不小心时，就会像公子哥莫顿（Mutton）那样把我们连人带车撞进苏格兰特快（Scotch Express）里。我们稍后可以想办法把车送回艾维伍德。说真的，我觉得让那位绅士和一头驴一起待一晚也没什么坏处。我跟你说，那头驴可能还会教他一些东西。"

"他的确否认私有财产原则，"达尔罗伊一边沉思一边说道，"但我想他指的是固定在地面上的普通房子。像这样带轮子的房子，他也许会认为是更永久性的财产。但我怎么都想不明白。"他又一次疲惫地用手掌抚摸着自己宽阔的前额，"你有没有注意到，驼峰，那些人真正奇怪的地方是什么？"

汽车在庞普松弛的沉默中继续向前行驶，爱尔兰人又说了一遍：

"那个穿得像只猫的诗人还不错。艾维伍德勋爵并不残忍，但他没有人性。那个人不是没有人性，他只是很无知，就像大多数有教养的人一样。但他们的奇怪之处在于，他们总是想把事情简单化，却从不想把复杂的事情搞清楚。如果他们必须在牛肉和腌菜之间做出选择，他们总是放弃牛肉；如果他们必须在草地和汽车之间做出选择，他们就放弃草地。你知道他们为什么这么做吗？这些人只会放弃那些别人也能享受得到的东西。如果你去和一个戒酒的百万富翁共进晚餐，你不会发现他取消了**开胃菜**或五道菜，甚至咖啡。他取消的是波特酒和雪利酒，因为穷人和富人一样都喜欢这些。再进一步，你就不会发现他取消了银制的叉子和勺子，但他取消了肉，因为穷人喜欢吃肉——只要他们还能弄得到。再进一步，你不会发现他取消了花园或豪华的房间，因为穷人根本享受不到这些。但你会发现他夸耀早起，因为穷人还能享受睡眠。这是他们唯一能享受的东西。没人听说过现代慈善家会放弃汽油或仆人队伍。没有，没有！他放弃的一定是一些简单而普遍的东西。他会放弃牛肉、啤酒或睡眠——因为这些享乐会提醒他，他只是一介凡人。"

汉弗莱·庞普点了点头，但还是什么也没回答。四仰八叉的达尔罗伊声音转了一个弯，带着一种雀跃的轻浮，他通常只有在回忆他创作的一些歌曲时才会表现出这种轻浮。

他说道："已故的曼德拉贡先生（Mr. Mandragon）就是这样，作为一个来自西部的虚张声势、憨厚淳朴的民主人士，他在英国贵族社会中一直很受欢迎，直到他不小心登上美国的领土时，不幸被六名男子装进沙袋带走，这六名男子的妻子被私家侦探枪杀了。

百万富翁曼德拉贡先生,他滴酒不沾、没有结婚,
他受不了复杂的生活,他过着简单的生活。
他拿着扩音器,用男子汉那样简单的语调点他
的午餐。
他把所有的汽车都用来拉选票,还有二十部电话;
此外,他还有一台顶好的机器,
真是小巧精致极了,
中间有一百个滑轮和曲柄,
铁制的,总是很干净。
在他活着的每一天,把他从健康的床上拉起来,
给他洗脸、刷牙、刮胡子、穿衣服,让他过上
简单的生活。

曼德拉贡先生文质彬彬、西装革履,
所有最懂得精致的美国报纸都这么说。
头发和帽子一尘不染,外套一尘不染,
双腿套着裤子,脚上穿着靴子。
而不是像人们想象的那样,
一身虎皮,满是条纹和斑点,

头戴孔雀帽,尾巴直立,
猩红色束腰外衣上插着向日葵——
这可能会效果显著,
还能满足那渴望美酒、美人的弱者的自尊心。
但曼德拉贡先生的名声和酒杯掩盖了他简单的生活。

我很高兴地说,百万富翁曼德拉贡先生死了。
他在火葬场的棚子里享受了一场安静的葬礼,
他躺在那里,毛茸茸的、软绵绵的、灰头土脸的,当然也很精致,
他本可以和亚当以及全人类一起腐烂,供养花朵和果实。
或者被嗜血的熊吃掉,
或者被烧死在高高的木塔上,
像异教徒那样被冲天的火焰焚烧,
甚至和我们坐在一起吃饭,
用小折刀愉快地吃着两便士的朗姆酒和奶酪,
但这些对于追求简单生活的人来说,是奢侈的迷失。

庞普先生多次试图打断这歌声，但就像阻止汽车前行一样白费力气。事实上，愤怒的司机似乎被后座激情澎湃的歌声激起了更大的斗志。庞普再次发现，与其不让他唱，还不如和他好好说话。

"好吧，船长，"他友好地说，"我不太同意你的看法。当然，你可以像可怜的汤普森（Thompson）那样轻信外国人，但你也可以反其道而行之。莎拉姨妈就是这样损失了一千英镑。我跟她说了好几次，他不是黑人，可她就是不信。当然，如果他是奥地利人，那就会得罪大使了。在我看来，船长，你对这些外国小伙子不太公平，姑且拿这些美国人来说吧！你可以猜到，有很多美国人去过卵石坞。但这些美国人中，没有心眼坏的，没有讨人嫌的，也没有犯蠢的，更没有谁是我不喜欢的。"

"我知道，"达尔罗伊说，"你是说从来没有一个美国人，不喜欢'老船'。"

"我想我是这个意思，"酒馆老板回答道，"而且不知怎的，我觉得'老船'可能也喜欢美国人。"

"你们英国人真是非同一般，"爱尔兰人突然冷不丁地这么说，"我有时觉得你们终究会渡过难关的。"

又一阵沉默之后，他说："你总是对的，驼峰，我们不应该这样想美国佬（Yankees）。有人认为，绝大部分真正的美国人都是爱尔兰裔。"

庞普仍然沉默不语,船长过了一会儿又继续说:

"同样地,一个人,尤其是像我这样一个小国的人,很难理解身为一个美国人的感受,尤其是在国籍这个问题上。我可不想写美国国歌,还好我也不大可能被授予这项使命。要是我写不出美国爱国歌曲那可太丢人了,这个秘密我到死都不会说出来。"

"那就写一首英国歌吧。"庞普沉稳地说道,"可能写得还不如美国国歌呢,船长。"

"你个英国人,真是个该死的暴君,"达尔罗伊愤愤不平地说道,"英国人唱的歌我就算再喜欢,也比不上你对那条狗唱的歌的喜欢。"

汉弗莱·庞普先生严肃地从口袋里掏出一张纸,上面写着杂货店老板的罪恶和悲哀,他又从众多口袋里的一个中摸出一支铅笔。

"你好,"达尔罗伊喊道,"你是要试着写一首坎德尔之歌吗?"

听到自己的名字,坎德尔竖起了耳朵。庞普先生有点不好意思地微微一笑。达尔罗伊对他以前的文学尝试表示钦佩,他暗暗为此感到骄傲。他对诗歌这种游戏有一些天生的领悟力,就像他对所有游戏一样。他读的书虽然不成体系,但他读的可不都是土气或低俗的。

"有一个条件，"他不好意思地说，"你要为英国人写一首歌。"

"哦，好吧，"达尔罗伊叹了一口气，这确实表明他并不是不情愿。"我想，在事情停止之前，我们必须做点什么，而这个游戏似乎也没什么不好的。'汽车俱乐部之歌'。听起来很有贵族范儿。"

他开始用铅笔在口袋里的一本小书——威尔逊（Wilson）的《夜神》(*Noctes Ambrosianæ*)——的扉页上写写画画。不过，他时不时地抬起头来，看着庞普和狗，两者间的互动让他觉得很好玩，导致耽误了自己的写作。因为"老船"的主人坐在那里吮吸着铅笔，用捉摸不透的眼神注视着坎德尔先生。他时不时地用铅笔轻轻地挠挠棕色的头发，然后写下一个字。而那只叫坎德尔的狗则有着一种奇特的犬类天性，要么能明白发生了什么事，要么厚颜无耻地假装明白发生了什么事。它直立着身子，歪着头，好像在为自己的肖像画摆姿势。

就这样，虽然庞普的诗有点长（经验不足的诗人写出来的诗通常都有点长），而达尔罗伊的诗虽然很短（因为结尾太匆忙），但长诗比短诗还早一会儿写完。

因此，这首被世人所熟知的《没有鼻子》(*No Noses*) 首次问世，或许应该称为《坎德尔之歌》(The Song of Quoodle)才对。其中部分歌词如下：

> 他们不是没有鼻子，
> 夏娃的堕落之子，
> 即使是玫瑰花香，
> 也不是他们所想的那样，
> 但却比心灵透露的更多，
> 也超出了人们的想象。

> 他们不是没有鼻子，
> 他们甚至无法分辨
> 大门何时紧闭，黑暗何时笼罩，
> 在一个犹太人包围的公园，
> 甚至连摩西律法（Law of Moses）
> 也允许你偷偷地闻一闻。

> 水清香的味道，
> 石头勇敢的味道，
> 露水和雷声的味道，
> 还有埋在地下的老骨头，

这是他们犯下的错,

如果放任不管,就会出错。

冬日森林的风,

无香花朵的芬芳,

新娘装扮的气息,

陷阱和警告的气息,

周日清晨的气息,

都是上帝赐予我们的。

　　　*　　　*　　　*　　　*　　　*

坎德尔在此透露了

坎德尔能做的一切,

他们不是没有鼻子,

他们不是没有鼻子,

上帝只知道

人类的无知。

这首诗的结尾也显示出仓促的痕迹,现在的编辑(除了实话实说,没有其他目的)不得不承认,其中的部分内容是在船长的批评下补充的,甚至(在后来更热闹的时候)由"鸟之诗人"自己润色了内容。实际上,这首关于狗的现实主义歌曲的一大特色是帕特里克·达尔罗伊先生一开始的"汪汪汪"大合唱,但马上就被坎德尔先生学了去,而且表演得更成功。面对这一切,达尔罗伊在朗读他那首短得多的诗歌时,遇到了一些真正的困难,他的诗歌是关于他想象中的英国人可能会有的感受。事实上,他朗读时的声音非常粗糙和含糊,就像一个抓不住问题重点的人。现在的编纂者(除了实话实说,没有其他目的)必须承认,诗歌的内容如下:

圣乔治(St. George)为英格兰而战,
　　在杀死龙之前,
他从一个大酒壶倒出一品脱英格兰麦芽酒
　　一饮而尽。
因为尽管他很快穿戴整齐,
　　穿上苦行衣或锁子甲,
但除非你给他麦芽酒,
　　否则给他吃蛋糕不安全。

他是英格兰的圣乔治,
　　他英勇地解救了

被龙当成晚饭的女士,

　　把龙绑在树上。

但既然为英格兰而战

　　他知道英格兰意味着什么,

除非你给他培根,

　　否则不能给他豆子。

圣乔治为英格兰而战,

　　当我们穿上盔甲,

将手持他所持的护盾,

　　前面还有战斗十字架。

虽然他是个快乐的伙伴

　　很高兴能来用餐,

除非你给他葡萄酒,

　　否则给他吃坚果不安全。

"这首歌很有哲理,"达尔罗伊郑重地晃着头说道,"充满了深思。我真的认为,就英国人而言,这就是事情的真相。你的敌人说你愚蠢,而你却夸口称这不合逻辑——这是你们做的唯一一件真正愚蠢的事情。就好像有人曾声称能通过"二加二等于五"创造一个帝国或任何东西一样;又好像有人因为什么都**不懂**而变得更强——如果那只是小猫或化学的话。但这**就是**驼峰你真实的写照。你们英国人的艺术细胞非常丰富，所以你们会联想，就像我在歌里说的那样。但万事万物都有其相伴相生的另一面。你们无法想象一个村庄没有乡绅和牧师，或者一所大学没有港口和老橡树，因此你们获得了保守民族的美誉。但这只是因为你们敏感，驼峰，而不是因为你们愚蠢，也不是因为你们不愿意放弃一些东西。当他们说你们喜欢妥协时，他们告诉你们的是谎言和奉承，驼峰。我告诉你，驼峰，每次真正的革命都是妥协。你们以为沃尔夫·托恩[①]（Wolfe Tone）或查尔斯·斯图尔特·巴涅尔[②]（Charles Stuart Parnell）从不妥协吗？但正因为你们害怕妥协，所以爆发不了革命。如果你真的要彻底改造'老船'——或者牛津——你就必须下定决心接受什么、舍弃什么，那会让你心碎的，汉弗莱·庞普。"

他面红耳赤、神色凝重地盯着前方，阴沉着脸补充道："我们的这种审美方式，驼峰，只有两个小缺点，我现在向你解释一下。第一个缺点正是让我们在这个奇怪的装置里横冲直撞的原因。当你所创造的美丽、平滑、和谐的东西由一

[①] 爱尔兰共和主义之父，1798年爱尔兰反抗运动领袖。
[②] 19世纪后期爱尔兰民族主义领袖、自治运动领导人、英国国会议员（1875—1891）。

种新的类型、新的精神来运作时,那么我告诉你,对你来说,生活在孔多塞①(Condorcet)和西耶斯②(Sieyès)的千篇一律的宪法之下比这要好千百倍。当英国的寡头政治由一个没有英国头脑的英国人掌管时,你们就会有艾维伍德勋爵和所有这些噩梦,而这些噩梦的结局只有上帝才能猜到。"

汽车在后面扬起了几道尘土,他说得更加阴沉了:

"我和蔼可亲的先生,还有一个缺点就是,如果有一天,你在地球上四处游荡时,来到了大西洋上的一座岛屿——比方说,亚特兰蒂斯③(Atlantis)——它不接受你**所有的**漂亮画作,而你又不能什么都给它——**那么**,你可能会决定什么也不给。你们会在心里说:'也许他们很快就会饿死。'而你们也会因为那个小岛,成为地球上所有王子中最装聋作哑、最邪恶歹毒的一个。"

天已经亮了,庞普几乎凭直觉就能知道英国的疆界,他甚至可以透过暮色看出,他们正要驶离的小镇边陲看起来不同以往,这是在西部边境可以看到的那种边陲。司机关于他母亲的那句话可能只是音乐厅里的一个玩笑,但他暗地里肯定是朝着那个方向开去的。

---
① 18世纪法国启蒙运动时期最杰出的代表之一。
② 法国大革命时期的政治理论家、活动家。
③ 传说中拥有高度文明发展的古老大陆、国家或城邦之名。

白茫茫的晨曦照亮了灰色的石板路,就像牛奶洒了一地。几个早起的劳工一大早就疲惫不堪,比大多数人在晚上更累,他们似乎对朝霞无动于衷。最后两三栋房子看起来累得站都站不稳,似乎让船长又一次陷入了昏昏欲睡的状态。

"众所周知(或者至少有想到过),理想主义者有两种:一种是把现实理想化的人,另一种是把理想变成现实的人(很少)。像英国人这样有艺术气息和诗意的人,通常都属于把现实理想化的那一类。我在一首歌中表达了这一点——"

"不是的,真的,"酒馆老板抗议道,"现在真的,船长……"

"我已经用一首歌表达了这一点,"达尔罗伊态度坚决地重复道,"现在只要一闲下来、周围一变得吵闹或者别的什么情况,我就会唱出这首歌——"

他停住了,因为飞翔的宇宙似乎也停住了。冲锋的树篱停了下来,仿佛受到了号角的挑战。奔跑的森林僵硬地矗立着。最后几栋摇摇欲坠的房屋突然立正。因为汽车本身发出了一声手枪射击般的响声,这让所有的比赛都停了下来,就像听到了发令枪响似的,只不过在其他比赛中这意味着开始。

司机慢慢地爬了出来,绕着车身摆出各种悲惨的姿势。他打开了车厢里许多意想不到的门窗,又是摸,又是拧,又是摸的。

"先生,我必须尽全力回到那个灌木葱——丛去。"他用一种他们以前从未听过的沉重而沙哑的语调说道。

然后,他环顾了一下长长的树林和最后几栋房屋,似乎咬紧嘴唇,就像一个犯了大错的伟大将军。他的眉毛似乎一如既往的黑,然而,当他再次开口说话时,他的声音比平常沉闷的调子又低沉了许多。

"你看,情况有些不妙,"他说道,"即使在最好的情况下,如果我还能回去的话,那也很难办。"

"回去,"达尔罗伊瞪着他那双深沉的蓝眼睛重申道,"回去哪儿?"

"好吧,泥——你看,"司机理直气壮地说,"我就是想让踏——他知道开车的是我不是踏——他。只是运气报——不好,我把踏——他的车弄坏了。好吧,如果**你们**能一直坐在踏——他的车上——"

帕特里克·达尔罗伊船长飞快地跳下了车,一个踉跄差点儿摔倒在地上。那条狗紧随其后,狂吠不止。

"驼峰,"达尔罗伊低声说,"我已经知道了你的所有事。我知道那个英国人一直困扰我的是什么了。"

沉默了一会儿,他说:"那个法国人说得没错(我忘了他是怎么说的了),你到特拉法尔加广场(Trafalgar Square)游行是为了摆脱你的脾气，而不是为了摆脱你的暴君。我们的朋友已经做好了反抗的准备，匆匆离开了。静坐造反对他来说太难了。你读过《笨拙》①(Punch)吗？我相信你肯定读过。庞普和《笨拙》几乎是维多利亚时代仅有的幸存者。你还记不记得有一幅画，讲的是一个老掉牙的笑话，画中两个穿得破破烂烂的爱尔兰人拿着枪，躲在石墙后面等着射杀一个地主。其中一个爱尔兰人说地主迟到了，还说：'我希望这个可怜的森——绅士没出什么意外。好吧，我和那个爱尔兰人很熟，但我想告诉你一个关于他的秘密。他是个英国人，千真万确。"

司机气喘吁吁地退回到车库门口，车库就在送奶工的房子的隔壁，中间只隔着一条又黑又窄的小路，看上去比门缝大不了多少。不过，它肯定比看上去的要大，因为达尔罗伊船长就是从这条巷子里消失的。

他似乎向司机招了招手，这个工作人员想都没想就立刻跟了上去。接着，那个工作人员几乎是心虚地又走出来，摸了摸帽子，把散乱的文件塞进口袋。然后，这个工作人员又从他所谓的"灌木葱——丛"里回来了，胳膊上拎着更大一袋散乱的东西。

---

① 英国老牌讽刺漫画杂志。

汉弗莱·庞普先生饶有兴致地观察着这一切。这个地方虽然偏僻，但显然是驾车者的**集结地**（rendez-vous）。否则，就不会有一个人高马大、全身上下裹得严严实实的驾车者走过来跟他说话。这位高个子驾车者更不会把类似的围巾和护目镜等令人讨厌的伪装捆成一包递给他。最不可能的是，无论这个驾车者多么高大，都会在帽子和护目镜后面对他说："戴上这些东西，驼峰，然后我们去牛奶店。我在等车。哪辆车，我亲爱的求真者？为什么我要买这辆车给你开。"

这位悔不当初的司机，在经历了几番波折之后，终于找到了他离开主人和驴时的那个月光下的小树林。但是他的主人和驴都不见了。

多里安的七种情绪

那天晚上，那只永恒的疯子之钟亮得就像一枚银便士，可能真有什么小精灵在眷顾。它不仅让希布斯先生领悟了狄奥尼修斯①（Dionysius）的奥秘，让布尔罗斯先生了解了他祖先的树栖习性，而且就在一夜之间让"鸟之诗人"多里安·温波尔先生产生了显而易见、不可多得的变化。他和雪莱一样，既不愚蠢，也不邪恶，只是因为生活在一个缺乏直接触感、不真诚的世界里，习惯于诉诸语言而不是实实在在的事物，所以才变得不切实际。他从没有想过要饿死他的司机，只是没有意识到，仅仅是遗忘了司机就会造成更严重的精神谋杀。但是，当他与驴和月亮独处了一个又一个小时，他经历了一连串汹涌澎湃、变幻莫测的心绪——他那些知书达理的朋友会把这种心绪描述为情绪。

我得很遗憾地说，他的第一种情绪是黑色的、强烈的仇恨。他对司机的冤屈一无所知，只能认为司机是被那个虐待驴的恶魔收买或恐吓了。但是，温波尔先生当时对司机

---

① 古希腊历史学家、修辞学家。

的折磨，远远超过庞普先生对驴的折磨，因为没有一个理智清醒的人会讨厌动物。他踢了踢路上的石头，把它们踢飞进了森林，恨不得把司机当石头踢。路边的蕨类植物被他连根拔起，好像在拔司机的头发一样——虽然二者毫无相似之处。他用拳头打那些树，我猜是因为这些树似乎最能让人联想到司机的身形和表情，但他又放弃了，因为他发现在这场较量中显然是一边倒，树反而占了上风。但是，他在整片树林、整个世界的一草一木都看到了司机的某种影子，他四面出击。

善于思考的读者能意识到，温波尔先生已经在他所谓的宇宙尺度上迈出了相当大的一步。如果不能真心实意地爱一个人，那么就真心实意地恨他，尤其是当对方是一个穷人，与你之间的差别仅在于社会的隔阂时。谋杀司机的欲望至少承认他还活着。许多人的灵魂之所以闪烁起第一道民主的白色曙光，就是因为他想找根棍子打管家。汉弗莱·庞普先生对地方八卦了如指掌，据他所说，梅里曼乡绅（Squire Merriman）曾拿着马枪追着他的图书管理员跑过了三个村庄，从那以后，他就成了一个激进分子。

他的愤怒也只是让他松了一口气，接着他很快又进入了第二种更积极的沉思状态。

"这些该死的猴子一直这样，"他喃喃自语道，"他们把驴称为一种低等动物。他会骑驴吗？我倒想看看驴骑在他身上的样子。老好人。"

当他轻拍驴的时候，这头耐心的驴温和地看着他，多里安·温波尔突然惊讶地发现，他真的很喜欢这头驴。在他潜意识的更深处，他知道自己以前从未喜欢过动物。他写的关于神奇生物的诗都很真诚，也很冷漠。当他说他喜欢鲨鱼时，他的意思是他认为没有理由讨厌鲨鱼，这就够了。无论有多少理由躲避鲨鱼，都没有理由讨厌鲨鱼。如果你把螃蟹放在水缸里，或者放在十四行诗里，它也不会有什么坏处。

但他也意识到，他对动物的热爱已经转了个弯，开始从另一端发挥作用。这头驴不是怪物，而是他的伙伴。它之所以可爱，是因为它离他很近，而不是因为它离他很远。牡蛎之所以吸引他，是因为它和人完全不一样，除非留胡子也算一种男性的虚荣。这种幻想并不比他之前的幻想更无厘头。他曾幻想，珍珠的永恒暗示了一种女性的虚荣心。但是，在神秘的松树林中，在那令人抓狂的不眠之夜中，他发现自己越来越被这头驴吸引，因为它比周遭的任何事物都更像一个人，因为它有眼睛看、有耳朵听——虽然耳朵的发育不太正常。

"既然长了耳朵，那就好好听听吧，"他深情地抓了抓那些长满灰毛的毛茸茸的耳朵说道，"你还没有朝着天堂竖起耳朵吗？你会第一个听到最后的号角①吗？"

那头驴用鼻子蹭了蹭他，就像是人和人之间的一种爱抚。多里安不禁纳闷，牡蛎是如何爱抚彼此的呢？他周围的一切美轮美奂，但却没有人性。只有在怒火刚升起的时候，他才真真切切地从一棵高大的松树上看出一个来自肯宁顿（Kennington）的前出租车司机的轮廓。树木和蕨类植物没有灵活摇摆的活生生的耳朵，也没有可以转动的温和的眼睛。他又拍了拍驴。

不过，驴已经让他与这幅风景融为一体。在他的第三种心情中，他开始意识到这幅风景是多么美丽。再仔细一看，他不确定它是否真的如此没人性。相反，他觉得它的美至少有一半是人性的美，那树林后面月亮西沉的光环之所以可爱，主要是因为它就像早期圣人柔和的金色光环，而幼树毕竟是高贵的，因为它们像处女一样昂首挺胸。他的脑海中不时浮现出一些他并不完全熟悉的想法，尤其是他此前听说过的"上帝的形象"。他越来越觉得，从驴到路边的那个码头和蕨类植物，所有这些事物都因为与其他事物有相似之处而变得高贵和神圣。它们仿佛是婴儿的画作——是大自然在她的第一本石头素描本上所画的狂野、粗糙的素描。

---

①末日号角，《圣经》中预言，在世界末日到来之前，会有一系列的天使吹响号角，宣告上帝的审判和世界的终结。

他躺在一堆松针上，欣赏着月亮沉到松林后逐渐暗下来的松林。没有什么比真正密不透风的松树林更深邃、更奇妙的了。在那里，近处的树木与更朦胧的树木相映成趣，银色与灰色交相辉映，灰色与黑色相得益彰。

这时候，他拿起一根松针若有所思，而这纯粹是为了好玩和消磨时间。

"想想坐在松针上的感觉！"他说道，"不过，我想这就是古老传说中夏娃在伊甸园里用的那种松针吧。是啊，古老的传说也是对的！想想坐在伦敦所有的松针上的感觉！想想坐在谢菲尔德所有的松针上的感觉！想想坐在任何一根松针上的感觉，除了天堂的松针！哦，是的，古老的传说真实不虚。上帝的松针比人类的地毯还要柔软。"

看着那些奇奇怪怪的小动物从绿色的林帘下爬出来，他感到一阵愉悦。他提醒自己，在古老的传说中，这些动物像驴一样温顺，也像驴一样令人发笑。他想起亚当给动物起的名字，他对一只甲虫说："我应该叫你巴杰（Budger）。"

蛞蝓令他感受到了极大的乐趣，蠕虫也是如此。他对它们产生了一种新的、现实的兴趣，这是他以前闻所未闻的。实际上，这种兴趣就像一个人对地牢里的老鼠所产生的兴趣一样。任何一个被五花大绑、不得不看着这些小东西打发时间的人都会产生这种兴趣，尤其是蠕虫类的生物，它们要隔很长时间才会爬出来。然后他发现自己耐心地等了好几个小时，就是为了享受看见它们时的乐趣。其中有一只特别吸引他的注意，因为它比大多数虫子都要长一些，而且似乎正转头向驴左前腿的方向爬去。此外，它还有一个可以转动的头，而大多数蠕虫都没有。

多里安·温波尔不太了解《自然史》的具体内容，只不过他曾经为了写一篇招人喜欢的村歌（vilanelle）而从百科全书中获得了一些非常全面的信息。但是，由于这些信息完全是关于鬣狗为什么会笑的猜测，因此对现在的情况没什么帮助。虽然他对《自然史》了解不多，但也知道一些。他知道，蠕虫一般没有头，尤其不应该有一个像铲子或凿子一样的方形扁平的头；他知道，在英国的乡间，有一种爬行动物的头部就是这种形状，尽管它并不常见。总之，他该知道的都知道了。于是他大步跨过马路，用锋利而野蛮的鞋跟狠狠地踩在那怪物的脖子和脊背上，把它踩成了三块黑色的碎片，它们在变得僵硬之前还蠕动了一下。

然后，他如释重负般地叹了口气。驴的腿差点儿就被咬了，它看着被踩死的蝰蛇，眼中始终保持忧郁温和的神色。就连多里安自己也看了很久，带着他无法捕捉也无法理解的感情，好一会儿才想起他一直把这片小树林比作伊甸园。

"甚至在伊甸园里。"他最后说,如菲茨杰拉德[①](Fitzgerald)般的话到了嘴边却没说出口。

就在他绞尽脑汁地研究这些话和想法的时候,他的身边和身后发生了一件事:一件他写过一百遍、读过一千遍,但在此生中还未曾一见的事。它在广阔的树叶间微弱地闪烁着,洒下珍珠般朦胧的光芒,远比迷离的月光更加神秘。它似乎穿过林地的所有门窗,苍白而沉默,但信心十足,就像一个在幽会的人,很快,它的白袍上出现了金色和猩红色的丝线:它的名字叫"清晨"。

在过去的一段时间里,所有的鸟儿都在为"鸟之诗人"歌唱,声音嘹亮却未能打动他。但是,当这位吟游诗人真正看到喷薄的日光从树林和道路上破晓而来时,他受到了某种奇特的影响。他惊讶地站在原地凝视着它,直到它完成了普照大地的使命。松果、卷曲的蕨类植物、活生生的驴和死翘翘的毒蛇几乎都像它们在正午或在拉斐尔前派[②](pre-raphaelite)的画作中一样鲜明。这时,第四种情绪像晴天霹雳般向他袭来,他大步走过去,牵起驴的缰绳,好像要牵着它走。

---

①20世纪美国作家、编剧,代表作《了不起的盖茨比》。
②一个由19世纪英国画家组成的艺术团体,风格近似拉斐尔之前的14—15世纪意大利画家。

"见鬼的,"他喊道,声音欢快得就像刚从偏远村庄传来的鸡鸣声,"不是每个人都杀过蛇的。"然后他又反思道,"我打赌格鲁克博士从来没杀过蛇。来吧,小毛驴,我们去冒险吧。"

除暴安良是所有乐趣的起点,甚至是所有闹剧的开始。现在,蛇被杀死了,所有的荒郊野岭看起来都欢呼雀跃。他的文学圈子里有一种谬论,就是把所有的自然情感都冠以文学之名。但也可以说,他已经从梅特林克[①](Maeterlinck)的情调中走出来,进入惠特曼[②](Whitman)的情调;又从惠特曼的情调中走出来,进入史蒂文森[③](Stevenson)的情调。当他在南方的海域寻找亚洲的镀金鸟或紫色水螅虫时,他还不是一个伪君子;当他只想沿着一条普通的英国道路进行滑稽的冒险时,他也已经不是一个伪君子了。如果他的第一次冒险就是最后一次冒险,那将是他的不幸,而不是他的过错,只能说太匪夷所思,没什么好笑的。

朦胧的清晨已在暖阳下变成了淡蓝光,点缀着粉红色的

[①] 莫里斯·梅特林克(1862—1949),比利时剧作家、诗人、散文家,1911年获得诺贝尔文学奖,象征派戏剧的代表作家,代表作有《青鸟》《盲人》等。

[②] 沃尔特·惠特曼(1819—1892),美国著名诗人、人文主义者,创造了诗歌的自由体,代表作品是诗集《草叶集》。

[③] 罗伯特·史蒂文森(1850—1894),苏格兰随笔作家、诗人、小说家、游记作家、新浪漫主义代表。

小云朵，想必这就是"猪会飞"故事的由来。草丛中的昆虫欢快地鸣叫着，每条绿色的舌头似乎都在说话。只有那些能助长这出虚张声势的喜剧的物体，才能打破四面八方的天际线。有一座风车，可能是乔叟①（Chaucer）笔下的米勒住过的风车，也可能是塞万提斯②（Cervantes）笔下的战士冲刺过的风车。那里有一个古老铅制教堂的尖塔，罗伯特·克莱夫③（Robert Clive）可能曾登上过它。远处的卵石坞和海边有两根残缺不全的木桩，汉弗莱·庞普至今仍宣称，这两根木桩曾是一个没建起来的儿童秋千的支架，但游客们总是认为这是古时绞刑架的遗迹。在这样欢乐的环境中，多里安和驴在路上轻快地走着也就不足为奇了。这头驴让他想起了桑丘·潘沙（Sancho Panza）。

直到响起汽车喇叭的鸣笛声，随后警笛大作，接着地面因停车而微微一震，一只大手重重地落下、紧紧地抓在他的肩上，他才从对白色道路和风的这种沸腾的遐想中醒来。他抬起头，看到的是一身警务督察的警服。他并不在意那张

---

① 杰弗雷·乔叟（1340/1343—1400），英国小说家、诗人，主要作品有诗体小说集《坎特伯雷故事集》。
② 米格尔·德·塞万提斯·萨维德拉（1547—1616），西班牙小说家、剧作家、诗人，代表作《堂吉诃德》。
③ 罗伯特·克莱夫（1725—1774），被本国人认为是大英帝国最伟大的缔造者之一，而在殖民地人民眼中却是罪恶的强盗。

脸。第五种（或者说出乎意料的）情绪，也就是俗人所说的"惊愕"，降临到了他的身上。

他绝望地看着突然停在对面树篱下的汽车。坐在方向盘前的男人挺直腰板、面无表情，多里安都怀疑他是不是还在和另一个警察对视。但后面的座位上却坐着一个截然不同的身影，这个身影让他更加困惑，因为他觉得自己肯定在哪里见过。这个人身材瘦长，溜肩，衣衫不整，但却让人觉得这身衣服平时应该是整洁的；这个人有一头亮黄色的头发，其中一绺直直地竖起来，高高扬起，就像他最喜欢的经文中的小角。另一撮头发以一种醒目但刺眼的方式横披下来，遮住了左眼，就像"眼中有梁"[1]这个寓言的字面意思那样。不管眼里有没有梁，这双眼睛看起来都有点不知所措，而这个人总是紧张兮兮地一遍又一遍地系好领带。这个名叫希布斯的人，直到这会儿才从完全陌生的经历中恢复过来。

"有何贵干？"温波尔问警察。

他一脸的无辜和震惊，或许还夹杂着其他什么表情，这显然让这位巡管有些拿不定主意。

"好吧，和这头驴有关，先生。"他说道。

"你是想说我偷了这头驴吗？"这位贵族愤愤不平地喊

---

[1] A beam in one's eyes，字面意思是"眼中的梁木"，比喻"自己有缺点，正人要先正己"，出自《新约·马太福音》。

道,"行啊,真是疯了!一群小偷偷了我的豪华轿车,我冒着生命危险救了他们该死的驴一命,而**我**却要因为偷窃被抓起来。"

这位贵族的衣服可能比他的舌头更能说明问题,警官放下了手,看了看手里的一些文件,然后走到对面,询问车里那位衣冠不整的绅士。

"看起来好像就是那辆马车和那头驴,"多里安听到他说,"但他的着装似乎与你对你看到的那些人的描述不符。"

现在,希布斯先生对他看到的那些人的回忆是极其模糊和荒诞的,他甚至分不清哪些事情是自己做过的,哪些事情只是他梦到的。如果实话实说,他就会描述一种绿色的森林梦魇,在这个梦魇中,他发现自己被一个身高约12英尺、头发是猩红色火焰、穿着很像罗宾汉的食人魔控制着。但是,一直以来他都习惯于"保持一团和气",这使他不愿意告诉任何人(甚至他自己)他对任何事情的真实想法,实话实说,就像吐痰或唱歌一样不自然。眼下他只有三个目的和坚定的决心:一、不承认自己喝醉了;二、不让艾维伍德勋爵可能要盘问的人跑掉;三、不能让自己聪明机智的名声毁于一旦。

"你看,这个人有一套棕色的天鹅绒西装,还有一件皮毛大衣,"巡管继续说,"在我从你那里得到的笔记中,你说那个人穿着一身制服。"

"当我们说**制服**的时候,"希布斯先生皱着眉头、开动脑筋说道,"当我们说制服的时候,当然,我们必须做出一些区分,有些朋友和我们的看法不太一样,你懂的,"他温柔宽厚地笑了笑,"也许我们有些朋友不喜欢把它叫做**制服**。但是,当然,比如,不是警服。哈!哈!"

"我希望不是。"警官没好气地说道。

"所以——在某种程度上——无论如何,"希布斯终于使出了他拿手的文字游戏,说道,"在黑暗中,那身制服可能是棕色的天鹅绒西装。"

对于这个有用的提示,巡官有些纳闷。"但那时有一轮明月,就像白炽灯一样亮。"他抗议道。

"是——的,是——的,"希布斯高声叫道,语气很急促,但又拖长了腔调,"是——的,当然,全都弄脏了。鲜花和其他东西——"

"但你看,"巡官说道,"你说过主犯的头发是红色的。"

"是金发!金发!"希布斯一边说,一边郑重其事地轻轻挥了挥手,"偏红、偏黄、偏棕色的那种头发,你知道的。"接着,他摇了摇头,用这个词所能表达的最严肃的语气说道,"条顿人,纯种的条顿人。"

巡官开始感到有些奇怪,就算艾维伍德勋爵倒下后乱成了一团，也不该派这样一个莫名其妙的人来指导他办案。事实是，莱韦森再一次用他惯常的行色匆匆掩饰了自己的恐惧。他发现希布斯坐在一张桌子旁，旁边有一扇开着的窗户，头发蓬乱，睡眼惺忪，正在用某种药剂让自己振作起来。他发现希布斯的头脑已经以一种迟钝的方式清醒过来，于是毫无顾忌地趁着他还没搞清楚情况，在第一次追捕中把他和警察一起打发走。他认为，即使是一个半清醒的醉汉，也能认出像船长这样的人。

不过，虽然这位外交官的醉意还未散去，但是他那奇怪的、柔软的恐惧和狡猾已经醒了。他相当肯定那个穿着皮毛大衣的人与这个谜团有关，因为穿着皮毛大衣的人通常不会牵着驴到处闲逛。他害怕得罪艾维伍德勋爵，同时也害怕在警察面前露出马脚。

"您大可自行定夺，"他严肃地说道，"为了公众的利益，你应该有很大的自由裁量权，这是非常正确的。我想，目前你完全有权力阻止这个人逃跑。"

"**另外**一个人呢？"警官双眉紧锁问道，"你认为他逃走了吗？"

"另外一个人，"希布斯重复道。然而，他透过半合的眼睑看着远处的风车，仿佛这是在一个已经很微妙的问题中蒙上了一个新的细微的阴影。

"好了，真见鬼，"警官说道，"你必须搞清楚到底是两个人，还是一个人。"

渐渐地，一片灰色的恐怖在希布斯的脑海里扩散开来，他意识到这正是他搞不清楚的。他一直听说，也从漫画报纸上读到过，醉汉会"看到重影"，当他们看到两根灯柱时，其中一根（正如高级评论家所说）纯粹是不存在的。他知道自己没有经验，喝醉可能会让他误以为在那个梦境般的冒险中有两个人，而实际上只有一个人。

"两个人，你知道的——一个人，"他带着一种阴郁的漫不经心说道，"好吧，我们可以稍后再去调查他们到底有几人，他们的人数不可能很多。"说到这里，他坚定地摇了摇头，"绝无可能。就像已故的戈申勋爵①（Lord Goschen）常说的那样，'我们可以用统计方法来证明他们想证明的一切'。"

这时，马路另一边的人打断了他们的对话。

"我还要在这里等你和你的戈申多久，你个蠢货。"那个"鸟之诗人"情绪激动、一字一顿地说道，"再让我等下去不如给我一枪！来吧，驴，让我们祈祷下次冒险更美好。这些都是你们驴族的劣等标本。"

他再次抓住驴的缰绳，迅速地从他们身边走过，几乎是

---

① 乔治·乔基姆·戈申，第一代戈申子爵(1831—1907)，英国德裔政治家和金融家。

在催促驴快跑。

不幸的是,这种对自由的鲁莽追求,恰恰让巡官那摇摆不定的智慧做出了错误的判断。如果温波尔再多站一两分钟,这位官员也不是傻瓜,他可能会完全不相信希布斯的说法。事实上,双方发生了扭打,每个人身上都挂了彩,最后,多里安·温波尔阁下连驴带人被押送到了村子里。村子里有一个警察局,里面有一间临时牢房,他在牢房里还经历了第六种情绪。

不过,他的控诉既铿锵有力,又令人信服,而且他的大衣毫无疑问是真皮大衣。经过一番盘问和交涉,他们同意下午把他带到艾维伍德宅邸,那里有一位地方执法官,因为腿上中了一枪已经丧失了行动能力,子弹刚刚才被取出来。

他们发现艾维伍德勋爵躺在一张紫色的褥榻上,他那东方风格的居室里摆满了中式拼图。他们进来时,他一直目不斜视,仿佛在以罗马人的冷静自持期待着一个公认的敌人的到来。但是,正在照顾病人的伊妮德·温波尔女士却发出了一声尖锐的惊呼,下一刻,三位表亲便面面相觑。人们几乎可以猜到他们是一家人,都是金发(按照希布斯先生狡猾的定义)。但其中两个金发贵族表示惊讶,一个金发贵族只是愤怒。

"我很抱歉,多里安,"艾维伍德听完了整个故事说道,

"这些狂热分子恐怕什么事都干得出来,他们偷了你的车,你愤怒是理所当然的——"

"你错了,菲利普,"诗人断然否认,"他们偷了我的车,我倒是一点儿也不愤怒。我愤怒的是这个蠢货,"他指着严肃的希布斯,"还有那个蠢货,"他又指了指巡官,"是的,还有**你**这个蠢货,岂有此理,"他直指艾维伍德勋爵,"我坦白地告诉你,菲利普,如果真像你说的那样,有两个人一心要粉碎你的计划,让你生不如死,那么我很乐意把我的车交给他们使用。现在我要走了。"

"你会留下来吃晚饭吗?"艾维伍德满不在乎地问道。

"不了,谢谢,"消失的吟游诗人说道,"我要去镇上。"

《多里安·温波尔的第七种情绪》在皇家咖啡厅盛大谢幕,主要由牡蛎组成。

议会中的诗人

在身兼议员、太平绅士等多职的多里安·温波尔令人哭笑不得地进进出出折腾时，琼女士正从那个塔楼房间里那扇变戏法一样的窗子向外张望。毫不夸张地说，这个房间现在不仅诗情画意，而且是菲利普·艾维伍德宅邸最偏僻的角落。走失的小狗坎德尔经常出入的那个破洞和黑色楼梯早已被封死，并用一堵工艺精湛的东方风格墙壁封得严严实实。在所有的图案中，艾维伍德勋爵有一个原则一以贯之，那就是不能出现任何动物的图案。但是，就像所有头脑清醒的教条主义者一样，他也充分意识到他的教条所允许的一切自由。他用太阳、月亮、太阳系和恒星点缀着的银河作为装饰，用几颗彗星装饰漫画浮雕，把艾维伍德的这个偏僻角落照亮了。艾维伍德一如既往，把事情做得非常漂亮。如果塔楼的所有窗户都拉上孔雀窗帘，那么对一个像希布斯那样不胜酒力的诗人来说，几乎会以为自己是在星光璀璨的夜晚眺望大海。（更重要的是）即使是米塞拉（那位思想家），恐怕也会陷入偶像崇拜而称月球是活生生的动物。

但是，琼从真实的窗户望出去，看到的是真实的天空和大海，她对天文图案壁纸的思考并未超过对其他壁纸的思考。她闷闷不乐地向自己提出了一个问题，这个问题她已经问了自己一千遍，但始终未能下定决心——这是要在抱负和回忆之间做出最后的抉择。天平上有一个沉重的砝码：野心可能会实现，而记忆却无法重来。自从撒旦成为这个世界的王子以来，在同样的天平上，同样的砝码已经出现过无数次了。但是，黄昏的星辰在古老的海边越来越耀眼，它们也像钻石一样需要称量。

就像以前在同样的沉思阶段，她听到身后传来伊妮德·温波尔女士的裙摆发出的唰唰声，那裙摆声从没有像今天这么急促过，除非事态严重。

"琼！请一定要来！我相信，除了您，没人能说得动他。"琼看着伊妮德女士，意识到她快哭出来了。

伊妮德的脸色变得有些苍白。"菲利普说他现在就要去伦敦，可他现在腿脚又不便，"她带着哭腔说道，"他不让我们泄露半个字。"

"但怎么会这样呢？"琼问道。

伊妮德女士完全无法解释这一切究竟是怎么发生的，所以只能暂时由作者给出交代。事实很简单，艾维伍德在沙发上翻杂志时，偶然看到了一份来自中部地区的报纸。

"土耳其的新闻，"莱韦森先生战战兢兢地说道，"在背面。"

但艾维伍德勋爵继续看着报纸上没有土耳其新闻的那一面，他低垂着眼睑，眉头不自觉地皱了起来，就和琼在塔楼旁找到他时，他看着船长留下的消息那样神情凝重。

那页报纸只报道了外省一些零七碎八的事情，上面有这样一段话："卵石坞之谜再现。据报道，消失的酒馆重现人间。"下面用较小的字体印着：

来自威丁顿（Wyddington）的一则几乎令人难以置信的报道宣布，在威丁顿这个小地方，神秘的"老船"招牌再次出现在众目睽睽之下，尽管科学调查人员早已将其归入古老的乡村迷信范畴。根据当地的说法，威丁顿的奶牛场老板西蒙斯先生（Mr. Simmons）当时正在店里挤牛奶，两名驾车者闯了进来，其中一人要了一杯牛奶。他们身穿驾驶服，遮得严严实实的，戴着深色护目镜，防水衣领翻了起来。因此，除了其中一人身材异常高大，西蒙斯先生对这两个人没有任何印象。不一会儿，身材高大的那个人又走出店门，从大街上拎回来一个可怜人，我们经常能在最繁华的城市里见到这样的流浪汉，他们衣衫褴褛，四处游荡，整夜沿街乞讨，甚至不把警察当一回事。这个人肮脏不堪，疾病缠身，那个身材高大的驾车者希望为他提供一杯牛奶，西蒙斯先生起初是拒绝的。然而，西蒙斯先生最终还是同意了，随后立即被一件事惊呆了，对此他毫无疑问有权发牢骚。

身材高大的驾车者对流浪汉说："可是，伙计，你的脸都青了"，然后向矮一点的那个驾车者打了一个手势，后者似乎随即拧开了一个圆柱形的行李箱还是木箱来着，那似乎是他唯一的行李，接着从里面倒出几滴黄色的液体，不慌不忙地滴在那个衣衫褴褛的人的牛奶里。后来发现那是朗姆酒，西蒙斯先生的埋怨可想而知。然而，这个身材高大的驾车者却热情地为自己的行为开脱，显然他有一种狂妄的想法，认为自己是在行善。"怎么了，我发现那个人快要晕倒了，"他说道，"如果你把他从木筏上救起来，他一定会被冻得病倒；如果你把他从木筏上救起来，你一定会给他朗姆酒——是的，圣帕特里克，如果你是个该死的海盗，事后一定会让他走木板[1]。"西蒙斯先生很有尊严地回答说，他不知道木筏是怎么回事，也不允许在他的店里说这种话。他还说，如果他允许他们在自己的店里喝酒，就会被警察起诉，因为他没有挂招牌。驾车者做出了令人吃惊的回答："但是你确实挂了招牌，你这个快乐的老头。你以为我找不到'老船'的招牌吗，你个狡猾的人？"现在，西蒙斯先生完全确信他的来访者已经喝醉了，他拒绝了别人热情递给他的一杯朗姆酒，走到店外四处寻找警察。他惊讶地发现警官正在驱散一大群人，而这些人正抬头盯着他身后的某个物体。他环顾四周（他在证词中说）："毫无疑问，他看到了英国过去很常见的一种低矮的客栈招牌。"他完全无法解释这个东西为什么会出现在他的经营场所外，而由于这个东西无疑使驾车者的行为合法化，警方也无法对此采取任何行动。

后来，这两名驾车者大摇大摆地乘坐一辆小型二手双座汽车离开了小镇，没有受到任何骚扰。关于他们的目的地没有留下任何线索，只有一件事值

---

[1] 走木板（walk the plank）是西方海盗文化的一种说法，据说海盗会让俘虏蒙着眼睛走上伸出船外的木板，但并没有证据表明这种说法。现代引申出"被迫放弃"之意。

得一提。他们在等待第二杯牛奶时,其中一人似乎注意到了一个形状陌生的牛奶罐,这当然就是医生们现在非常推荐的高山牛奶(mountain milk)。那个身材高大的驾车者(他似乎对现代科学和社会生活的方方面面都非常无知)问他的同伴这是从哪里来的,得到的回答当然是:这是在"和平之路"模范村生产的,由杰出的慈善发明家米多斯医生(Dr. Meadows)亲自监督。听了这个回答,这个看起来非常没有责任心的高个子竟然买下了整整一罐,他一边把罐子夹在胳膊下,一边说,这能帮助他记住地址。

后来,我们的读者一定很高兴听到"老船"招牌的传说再次屈服于有益身心的科学怀疑论。我们的代表到达威丁顿时,那帮搞恶作剧的人(不管他们是什么人)早就离开了;但他里里外外地搜查了西蒙斯先生商店临街的一面,我们可以向公众保证,没有任何所谓招牌的痕迹。

艾维伍德勋爵放下报纸,看着墙上富丽堂皇、蜿蜒曲折的刺绣,那神情就像一位伟大的将军看到了能一举摧毁敌人的机会,如果他也能将之前所有的作战计划付之一炬的话。

他那苍白而古典的轮廓就像浮雕一样纹丝不动，但任何一个了解他的人都会知道，他的大脑就像一辆早已突破限速的汽车一样飞速运转着。

然后，他转过头说道："请告诉希克斯，半小时后把那辆长款的蓝色汽车开过来，那辆车能放得下一张沙发。还有，吩咐园丁砍一根四英尺九英寸长的杆子，在杆子上装一个横梁，做成拐杖。我今晚就去伦敦。"

莱韦森先生惊讶得下巴都要掉下来了。

"医生说您要静卧三个星期，"他说道，"我能否冒昧一问，您这是要去哪里？"

"威斯敏斯特的圣斯蒂芬大教堂（St. Stephens）。"艾维伍德回答道。

"当然，"莱韦森先生说道，"我可以替您捎个口信过去。"

"你可以捎个口信，"艾维伍德表示同意，"但恐怕他们不会允许你发表演讲。"

过了一两分钟，伊妮德·温波尔走进了房间，她想劝他改变主意，但他心意已决。在琼跟着伊妮德女士走出塔楼时，看到菲利普拄着一根用花园木棍做成的拐杖站在那里，她的内心生出一股前所未有的钦佩之情。当他被搀扶着下楼时，当他被扶着坐进舒适度有限的车厢里时，她确实感觉到在他身上有某种东西，能够配得上他的家族传承，配得上拥有这样的山丘和大海。她在他身上感受到了上帝不知从何处吹来的风,这就是所谓的意志,这也是人类存活于世唯一的理由。在发动机启动时微弱的嘟嘟声中,她仿佛听到了成百上千的号角声,这些号角声可能会召唤她的祖先和他的祖先投身第三次战争。

至少从战略意义上讲,这些虚构的军事荣誉并非徒有虚名。艾维伍德勋爵确实已经看清了眼前的全局,他迅速制订了应对计划,行事之果决不逊色于拿破仑。现实情况在他面前铺陈开来,他的脑子就像拿着铅笔一样抽丝剥茧、一一标记。

第一,他知道达尔罗伊可能会去模范村。那正是他要去的那种地方。他知道,就达尔罗伊那德行,他在那样的地方几乎不可能不惹是生非。

第二,他知道,如果他在这个地点错过了达尔罗伊,那么很可能就再也没有机会了。达尔罗伊和庞普先生都很聪明,不会再留下任何蛛丝马迹。

第三,他仔细研究了路线和时间,猜测他们开着那辆破车不可能在两天左右的时间里到达这么偏僻的地方,也不可能在三天以内做任何决定性的事情。这让他刚好有时间掉头。

第四,他意识到,那天达尔罗伊抡起招牌把警察砸进沟里，无异于是在拿着《艾维伍德法案》(*Ivywood Act*)打自己的脸。艾维伍德勋爵认为，而且这很可能切中了要害，只要把老招牌限制在少数几个精挑细选的、稀奇古怪且无关紧要的地方，其他地方一律禁止使用这种艺术象征，他就可以在这片土地上杜绝发酵酒。这种安排正是所有此类立法或有意或无意所想要实现的。招牌可以成为统治阶级给予本阶级的法外开恩。如果一位绅士想要获得和波希米亚人一样的自由，他将畅通无阻；而如果一位波希米亚人想要获得和一位绅士一样的自由，他将寸步难行。因此，艾维伍德勋爵认为，那些只能卖酒的老招牌会逐渐减少，最后变成一些奇闻逸事，就像在新森林①里还能找到的审计麦芽酒②(audit ale)或蜂蜜酒一样。这种步步为营很有政治头脑。但百密一疏的是，它并没有考虑到枯木可能会到处跑的情况。只要他的飞贼还能随心所欲地竖起他们的招牌，那么结果是给民众带来快乐还是失望就都无关紧要了。因为无论哪种情况，都意味着丑闻或暴乱不断。如果说还有什么能比"老船"的出现更糟糕，那肯定就是它的消失。

他意识到，他自己的法律每次都让他们逃过一劫，因为

---

① 地处英国南部地区。

② 在 *Gradus ad Cantabrigiam* 这本字典中提到，英国剑桥大学在审计学院的账目会后，将举行宴会，席间提供最好的麦芽酒，被称为"审计麦芽酒"。

地方当局在现场采取行动时犹豫不决，不知是否该拿下这个现在如此独一无二，因而令人印象深刻的象征。他意识到必须修改法律。必须立即修改。如果可能的话，必须在逃犯逃离"和平之路"模范村之前进行修改。

他意识到今天是周四。在这一天，议会中的任何普通议员[①]都可以提出任何被称为"无争议"的私法法案[②]（private bill），只要没有议员大惊小怪，法案无须经过分组表决就可直接通过。他意识到，不可能有议员会对艾维伍德勋爵的法案所做的改进大惊小怪。

最后，他意识到，只要稍做改进，就可以解决整个问题。修改该法案的措辞（他对这些措辞信手拈来，就像快乐的人对歌词朗朗上口一样）"凡是拥有此类招牌的营业场所，均可销售含酒精的液体"，改为"凡是含有酒精的液体，须事先在营业场所内保存三天，方可出售"，只要改几个字就行了。如此轻微的修改，议会别说拒绝通过了，就连审查都犯不上。"老船"和"已故"伊萨卡国王的革命将被彻底粉碎。

毫无疑问，正如我们所说的那样，这个人的思维方式有些拿破仑的气质，早在他看到威斯敏斯特塔楼上发光的大钟之前，这个出色甚至指定能成功的计划就已经大功告成了，

[①] 不担任大臣的议员。
[②] 仅涉及私人、社团或公司利益的法案。

他知道自己来得及。

也许不幸之处在于，就在同一时间，或者不久之后，另一位同样级别的绅士，间接地也是同一个家族的人，离开了摄政街（Regent Street）的餐厅和皮卡迪利大街（Piccadilly）的闹闹哄哄，优哉游哉地在白厅（Whitehall）游荡，在圣斯蒂芬大教堂高耸的塔上看到了同样巨大的金色妖精的眼睛。

"鸟之诗人"和大多数唯美主义者一样，对真实的城市知之甚少，就像他对真实的乡村知之甚少一样。但他记得有一个吃晚饭的好地方，当他路过一些用石头建成的、看起来像亚述人[①]（Assyrian）石棺的大冷饮俱乐部时，他想起自己是其中许多俱乐部的会员。因此，当他坐在河边远远地看到那个被错误地描述为伦敦最好的俱乐部时，他突然想起自己也是那个俱乐部的人。他一时想不起自己是南英格兰哪个选区的，但他知道，只要他想，就能走进那个地方。他可能不会说得这么直白，但他知道，在寡头政治下，一切都取决于人的情面而非权利主张、取决于名片而不是选票。他已经有好几年没有靠近过这个地方了，因为他一直与一位著名的爱国者搭档，这位爱国者在一家私人疯人院里接受了一项重要的政府任命。即使在他最愚蠢的时候，他也从未假装对现代

[①] 主要生活在西亚两河流域北部(今伊拉克的摩苏尔地区)的一支闪族人。

政治抱有任何敬意,并急急忙忙地把他的"领袖"和疯狂爱国者的"领袖"列入精挑细选的人类遗忘的生物名单里。他曾在众议院就大猩猩的话题做了一次长篇大论的演讲,然后发现自己的发言与本党背道而驰。不管怎么说,那个地方有点儿不好描述。就连艾维伍德勋爵也不去,除非是为了办一些在别的地方办不了的事情——那天晚上就是这种情况。

艾维伍德是所谓的礼节性贵族,他是下议院的议员,而且所在党目前是反对党。不过,虽然他很少来下议院,但他对下议院的情况一清二楚,他也因此不敢走进会议厅。他一瘸一拐地走进吸烟室(虽然他不抽烟),买了一支不需要的香烟和一张急需的便条纸,给一位政府成员写了一封简短而谨慎的便条,他知道这位议员现在肯定在下议院。把便条送上去后,他就开始等待。

外面,多里安·温波尔先生也在等待,他倚在威斯敏斯特桥①(Westminster Bridge)的护栏上,望着河面。他开始与牡蛎融为一体,这种融为一体的感觉比他以前想象中的更加庄严和坚实,他也开始与一种严格意义上的素食饮料融为一体,这种饮料拥有一个高贵如繁星闪烁的名字——努依红葡萄酒(Nuits)。他对一切都感到心平气和,甚至对政治也是

---

①一座位于英国伦敦的拱桥,跨越泰晤士河,连接了西岸的威斯敏斯特市和东岸的兰贝斯。英国国会、大本钟及伦敦眼等名胜分列于桥的两端。

如此。这是一个神奇的傍晚时分，千家万户红色和金色的灯光已经照亮了河边，看起来就像妖精的灯光，但日光仍在一片寒冷和微妙的绿色中不肯落幕。他在河边感受到了一种强颜欢笑的忧伤，这两位英国人——画家透纳[①]（Turner）和诗人亨利·纽博尔特[②]（Henry Newbolt）——通过描述老船的白色木头像幽灵一样消逝表达了这种忧伤。他就好像刚从月球上坠落重返人间似的。他不仅是一位诗人，也是一位爱国者，而爱国者总是多愁善感的。然而，他的忧伤中掺杂着一种永恒不变又毫无意义的信念。即使在现代，当一个英国人在不经意间看到威斯敏斯特或矗立着圣保罗神庙的那个高地时，也很少会感受不到这种信念。

> 当神圣的河流静静流淌，
> 当神圣的山丘巍然屹立，

他喃喃自语，就像是小学生在哼唱里吉洛斯湖（Lake Regillus）的民谣。

[①] 约瑟夫·马洛德·威廉·透纳（1775—1851），英国学院派画家的代表，西方艺术史上最杰出的风景画家。
[②] 维多利亚时代的英国诗人。

当神圣的河流静静流淌，

当神圣的山丘巍然屹立，

骄傲的傻老头和笨蛋们，

他们对自己的谎言不以为意。

在被诅咒的最高法院里。

那里的人们在有毒的房间里互相戴帽子，

房间里的窗户比地狱里的还少，

他们仍将有此等荣耀傍身。

麦考莱（Macaulay）的这种风格被他知书达理的朋友们称为**自由诗体**（vers libre），也就是摆脱了正式格律桎梏的诗歌，这让他如释重负，他漫步走向议员入口，走了进去。

他不像艾维伍德勋爵那样经验丰富，他漫步走进下议院会议厅，在一张绿色的长椅上坐下，一开始他还以为议院没有开会。然而，他渐渐地从椅子上的人影中分辨出大约六个或八个昏昏欲睡的人形，并听到一个带着埃塞克斯[①]（Essex）口音的衰老的声音在说话，平铺直叙、没头没尾、断句不明：

……除非照章办事并试图按流程提出我完全不

---

① 英格兰东南部的郡。

希望考虑这项建议我也不认为这位议员会赌上他的声誉以那些与我共事的人无疑认为是错误的方式提出这项建议就我个人来说如果他想解决石板铅笔这一重大问题采取如此草率和革命性的路线可能无法阻止他背后的极端分子将其应用于含铅铅笔虽然我应该是最后一个给这场辩论增加热度激情和个性的人如果我能帮助的话。但我必须承认在我看来这位议员本人在某种程度上鼓励了这种热度和个性他现在无疑悔不当初我不想把话说得太难听当然您议长先生也不会允许我使用辱骂性的措辞但我必须面对面地告诉这位尊敬的议员与我交谈的巡视者与这次讨论无关我应该是最后一个人……

多里安·温波尔刚要起身离开,突然被眼前的一幕吸引住了:有人悄悄走进议院,把一张纸条递给了那个眼皮耷拉的年轻人。此时此刻,他正在首席财政委员席位上管理着整个英国。看到他走出去,多里安产生了一种病态的甜蜜的希望(正如他在早期的诗歌中所说的那样),希望能发生一些有意义的事情,于是他几乎是兴冲冲地跟了出去。

这位孤独而昏昏欲睡的大不列颠总督走进了自由神殿的教堂地下室下层,拐进了一间公寓,温波尔惊讶地看到他的表兄艾维伍德坐在一张小桌旁,身边挂着一根大拐杖,就像高个子约翰·希尔弗①(Long John Silver)一样镇定自若。那个眼皮耷拉的年轻人在他对面坐下,他们进行了一番谈话,当然温波尔什么也没听到。他退到隔壁的一个房间,在那里他设法买到了咖啡和利口酒。这是一种极好的利口酒,他已经忘了是什么味道了,尽管他喝了不止一杯。

不过,他已经找了一个好位子坐下,艾维伍德出来的时候不可能不经过,他耐心地等待着可能发生的事情。唯一让他觉得奇怪的是,时不时有铃声同时在几个房间响起。每当铃声响起,艾维伍德就点点头,好像他也是电气机械的一部分。每当艾维伍德勋爵点点头,那个年轻人就像登山运动员一样转身飞奔上楼,不一会儿又回来继续谈话。当铃声第三次响起时,诗人开始注意到,铃声响起后,能听到其他房间的许多人都跑上楼来,回来时的脚步就没那么急促,透露出完成任务后的轻松感。然而他有所不知的是,这个就是代议制政府的职责,正是通过这种方式,坎伯兰(Cumberland)或康沃尔②(Cornwall)的声音才能传到英国国王的耳朵里。

突然,这个昏昏欲睡的年轻人猛地站了起来,又一次大步走了出去,这次不是因为铃声响起。当他离开桌子时,诗

---

① 小说《金银岛》里的大反派"独脚水手"。
② 坎伯兰是英格兰西北部的一个郡,康沃尔是英格兰西南部的一个郡。

人不小心听到他边说边在用铅笔记录着什么:"酒精须事先在营业场所内保存三天,方可出售。我想我们能做到,但你半小时内不能来。"

说罢,他又飞快地跑上楼去,当多里安看到艾维伍德挂着他那根乡村的大拐杖费力地走出来时,他的惊愕和琼如出一辙。他从私人餐厅的一张桌子上跳起来,用胳膊肘碰了碰对方说:

"菲利普,我要为我今天下午的无礼向您道歉。说实话,我很抱歉。松树林和监狱都会考验一个人的脾气,但我不该没意识到这些都不是您的错。我不知道您今晚会进城来,您的腿还不方便。您不能这样折腾自己。坐一会儿吧。"

在他看来,菲利普那张阴沉的脸似乎缓和了一些,但除非他这样的人能对自己的伙伴掏心掏肺,否则永远没人知道他到底缓和了多少。可以肯定的是,他小心翼翼地把自己的重心从拐杖上转移开,在表弟对面坐了下来。这时,他的表弟敲了敲桌子,发出晚餐铃声一样的声音,并喊道:"服务员!"好像他正坐在拥挤的餐厅里似的。然后,在艾维伍德勋爵发牢骚之前,他说:

"能见到您真是太好了。我猜您是上来演讲的。**我可得**听听。我们的意见并不总是一致的,但是,上帝啊,如果说文学界还有什么好东西的话,那就是报纸上报道的您的演讲了。您的结尾是'死亡和失败的铁门最后一次合上'——为什么您一定要回到斯特拉福德(Strafford)做最后一次演讲时才讲出这样的话呢?让我听听您的演讲吧!我在楼上有个座位,您知道的。"

"请自便,"艾维伍德急忙说,"但我今晚不会发表什么演说。"他看着温波尔脑袋后面的墙壁,眉头越来越紧。当然,对他迅雷不及掩耳的天才计划来说,务必要确保下议院对他就法律的小小改动不发表任何意见。

一位侍者在附近徘徊,恭候差遣,艾维伍德勋爵的出现和状态让他印象很深刻。但由于这位高贵的跛子坚决拒绝任何酒水,他的表弟便体贴地自己多喝了一点,然后继续说了起来。

"我想是跟您对酒馆的处理有关吧。我想听您谈谈这件事。也许我自己来说吧。我一整天都在想这件事,昨晚也想了很久。现在,如果我是您,我想对议会说:首先,你们能废除酒馆吗?你们现在的**影响力**大到可以废除酒馆了吗?不管这样做是对是错,从长期来看,你们阻止得了干草贩子喝麦芽酒吗,你们甚至都阻止不了我喝这杯查特酒[①](Chartreuse)?"

---

① 法国查特修道院僧侣酿制的黄绿色甜酒。

侍应听到这句话，再次走近，但没有听到下一步的吩咐；或者说，他听到的吩咐不是他能够应付得了的。

"还记得那个助理牧师吗，"多里安心不在焉地对侍应摇了摇头，说道，"还记得高教会派那个懂事的小助理牧师吗，他在被要求进行禁酒布道时，讲的是'请不要让我们在洪水中被淹没'。的确，的确，菲利普，您脚下的水比您知道的还要深。**您要废除麦芽酒！**您要让肯特郡①（Kent）忘记啤酒花枝杆，让德文郡②（Devonshire）忘记苹果酒。酒馆的命运将在楼上那个闷热的小房间里盖棺论定！您听好了，它的命运和您的都不是在酒馆里决定的。您听好了，英国人不会像在审讯中审判其他尸体那样审判您——不会在普通酒馆里审判您！您听好了，真正被忽视、被关闭、被当作瘟疫之屋一样忽略的客栈不是我今晚喝酒的客栈，而这仅仅因为它是君王大道③（King's highway）上最糟糕的客栈。您听好了，别让我们坐的这个地方，被人说成是水手狂欢或姑娘放荡的酒吧。这就是我要对他们说的，"他兴高采烈地站起来说，"这就是我要说的。您打算怎么办？"他突然激情澎湃地喊道，

---

① 位于英格兰东南部。
② 位于英格兰南部。
③ 又名"国王大道"，古时近东地区一个极为重要的贸易路线。它从埃及开始穿越西奈半岛到约旦南部的亚喀巴。

显然是在对着侍应说话,"如果被毁掉的招牌不是'老船'的招牌,而是狼牙棒和手杖的招牌,用一家历史悠久的酿酒厂的话说,如果我们看到您所到之处鸡犬不宁,您打算怎么办。"

艾维伍德勋爵死死地盯着他,一言不发,他那活跃的脑袋中又冒出了一个想法。他知道他的表弟虽然很激动,但一点都没醉;他知道他完全能够发表演讲,甚至还能表现得不错。他知道,任何演讲,无论好坏,都会破坏他的整个计划,让野旅店"春风吹又生"。但是,演说家已经又坐了回去,把杯中的酒一饮而尽,用手拂过眉头。他还记得,一个人如果待在树林里一整夜都没睡,第二天晚上又喝酒,就很容易发生意外,这种意外不是醉酒,而是更健康的意外。

"我想您的演讲很快就要开始了,"多里安看着桌子说,"当然,到时候您会告诉我的。说实在的,我真的不想错过。我已经忘了这里的路怎么走了,我感觉很累。您会告诉我吗?"

"好的。"艾维伍德勋爵说。

房间里静悄悄的,直到艾维伍德勋爵说:

"辩论是最有必要的事情,但有些时候,辩论反而会碍事,帮不了议会政府什么。"

他没有得到任何答复。多里安仍然坐在那里,好像在看着桌子,但他的眼皮已经轻轻地垂了下来——他睡着了。几乎就在同一时刻，快要睡着了的政府成员出现在长厅的入口处，发出了某种疲倦的信号。

菲利普·艾维伍德拄着拐杖站了起来，看了一会儿熟睡的人。然后，他一瘸一拐地走出了长厅，把熟睡的人留在了身后。除此之外，被他留在身后的还有一支没有点燃的香烟，他的荣誉以及属于他父辈的整个英国，还有能够真正将河边的那座高楼与任何一家供水手胡闹的酒馆区分开来的一切。他上了楼，在二十分钟内做完了自己的事情，发表了他唯一一次没有任何口才的演讲。从那时起，他就成了一个赤裸裸的狂热分子——除了未来，什么都满足不了他。

"和平之路"共和国

在温德米尔①（Windermere）附近的一个小村庄里，或者在华兹华斯②（Wordsworth）故乡的某个地方，可以找到一间茅屋，在茅屋里可以找到一位茅屋主人。到目前为止，一切如常，来访者首先会注意到一位神采奕奕甚至有些聒噪的老人，他长着一张苹果脸，留着短短的白胡子。接着，这个人会大声地向来访者提供见他父亲的机会，一个更年长一些的人，白胡子更长一些，但仍然"可以下床走动"。然后，这两位老人就会一起邀请这位新来者享受与一位年过百岁的老爷爷相处的乐趣，而这位老爷爷仍为自己的长寿感到非常自豪。

看来，这个奇迹完全是靠牛奶创造的。三位老人中最年长的一位继续详细地讨论着这个饮食问题。至于其他的，可以说他的乐趣纯粹是算术上的。有些人在计算自己的岁月时会感到沮丧，而他在计算自己的岁月时却充满了少年般的虚荣心。有些人喜欢收集邮票或钱币，而他收集的是日子。报社的人采访了解了他经历过的历史时期，但没有得到任何信

---

① 英国最大的湖泊，位于英格兰西北海岸，被英国人称为"后花园"。
② 威廉·华兹华斯(1770—1850)，英国浪漫主义诗人，曾当上桂冠诗人。

息，只知道他显然在我们大多数人都不再喝牛奶的年纪就已经开始只喝牛奶了。当被问及1815年他出生了没有时，他说就是在那一年，他发现那不是别的什么牛奶，而一定是高山牛奶，就像米多斯医生说的那样。如果你说，在布鲁塞尔（Brussels）城前的海外草地上，他的老同学在那一年获得了神的爱，英年早逝，就算有长命百岁的人生信条，他也理解不了你的意思。

当然，是慈善家米多斯医生发现了这个不会死亡的部落，并在此基础上建立了他伟大的饮食哲学，更不用说"和平之路"的房屋和奶牛场了。他在有钱有势的人中间吸引了许多学生和支持者，可以说，这些年轻人都是在为成为百岁老人、婴儿期老人、胚胎期的九十多岁老人而进行训练。如果说他们像"万人迷弗莱吉贝"[①]（Fascination Fledgeby）等待长出第一根胡须一样欣喜地等待着他们的第一根白发，那未免有些夸张。但如果说他们蔑视女人的年轻貌美、朋友的夜夜笙歌，尤其是蔑视醉生梦死的旧观念，而推崇童年第二春的运动愿景，那倒是千真万确。

"和平之路"的基本规划很像我们所说的"花园城市"：建筑物围成一圈，工作的人在那里工作，中心是一个漂亮的

[①] 狄更斯的长篇小说《我们共同的朋友》中的人物。

装饰性小镇，人们住在外面的旷野上。毫无疑问，这比大城市的工厂系统要健康得多，也可能是米多斯医生和他的朋友们表情安详的部分原因，如果说高山牛奶的辉煌有什么功劳的话。这个地方远离英国的交通干线，居民们几乎与世隔绝，尽情享受着宁静的天空和平整的树林，并充分吸收了米多斯方法和观点中可能有价值的东西。直到有一天，一辆肮脏的小汽车驶进了他们的小镇中央。它停在了岔路口常见的那种三角形草坪旁边，两个戴着护目镜的人下了车，一高一矮地站在草地中央的空地上，好像马上就要变戏法的小丑。事实上，他们的确是小丑。

在进入镇子之前，他们在一条壮丽的山涧边停了下来，山涧水流湍急、汹涌，很快就汇成了一条河。他们没有戴头盔，也没有其他的装备，吃了一点在威丁顿买的面包，喝了一点河水。河水越流越宽，汇入了"和平之路"的山谷。

"我开始喜欢喝水了，"两个骑士中个子较高的一个说，"我以前认为水是一种最危险的饮料。当然，从理论上讲，只有晕倒的人才应该喝水。它对他们确实有好处，比白兰地好多了。况且，你想想看，把上好的白兰地喂给晕倒的人喝，这得多浪费啊！不过，我也没做得那么过分，我不应该非得等医生开了处方才让人喝水。都怪我年轻时过于严苛的道德，都怪我的天真和善良。我曾想，如果我摔倒一次，喝水可能就会成为一种习惯。但我现在看到了水好的一面。当你真正口渴的时候，水是多么美好，它是多么晶莹剔透，汩汩流淌！它是多么有生命力！毕竟，它是最好的饮料，尽管比不上另一种。正如歌中唱的那样：

> 以酒为宴，以水为斋，
> 你的荣誉将屹立不倒。
> 全能上帝的儿女，
> 儿子英勇无比，女儿纯洁无瑕。
> 如果天上的天使，
> 给你带来其他饮料，
> 感谢他的好意，
> 然后把它们倒进水槽吧。

> 茶就像它生长的东方，
> 就像某个黄皮肤的人，
> 风度翩翩，
> 不知罪恶为何物。
> 所有的女人，就像一个后宫，
> 排着队跟着他前行，
> 就像他生长的东方一样，

强壮时,他就是毒药。

茶,虽然是东方人,
至少是个绅士;
可可是个无赖,是个懦夫,
可可是庸俗的野兽;
可可是个无趣的、不忠的、
谎话连篇的、阴暗爬行的无赖和懦夫,
而且很可能会感激,
感谢那个把他打倒的傻瓜。

至于所有多风的水域,
如号角般倾泻而下,
当美酒被城里的酒徒玷污,
当葡萄酒带来红色的毁灭,
和我们时代的死亡之舞,
上天给我们送来了苏打水,
作为对我们罪行的惩罚。

"说真的,这水的味道还真不错。不知道现在是什么年份?"他郑重其事地咂了咂嘴,"喝起来就像1881年的味道。"

"你可以在水里品尝到你想要的任何东西,"个子比他矮的同伴回道,"杰克先生的花样层出不穷,他用那种喝利口酒的小杯子盛了白开水,每个人都发誓说这是美味的利口酒,都想知道从哪里能买到——除了老格芬上将,他说橄榄的味道太浓了。不过,水对我们这一行来说肯定是最好的。"

达尔罗伊点点头,然后说:

"我不知道我做不做得到,如果不是因为看着它很舒服的话,"他踢了踢朗姆酒桶说道,"我觉得我们总有一天会举杯痛饮的。带着它,感觉就像童话故事一样——就好像朗姆酒是海盗的宝藏,就好像它是熔化的黄金。此外,我们还可以和其他人一起享受喝酒的乐趣——我今天早上想到的那个笑话是什么来着?哦,我想起来了!我的那个牛奶罐呢?"

在接下来的二十分钟里,他一直忙着捣鼓他的牛奶罐和木桶。庞普饶有兴趣地看着他,心里越发焦灼。捣鼓完之后,他抬起头,皱起红色的眉头说道:"那是什么?"

"什么什么?"另一个旅行者问道。

"那个!"帕特里克·达尔罗伊船长指着与河流平行的道路上一个迎面走来的身影说道,"我是说,那是干什么的?"

这个"人"留着长长的胡须,头发很长,一直垂到肩膀以下,表情严肃而坚定。没有经验的庞普先生起初以为他穿的是睡袍,后来才知道那是全套山羊毛外衣,没有掺杂一丝破坏美感、干枯毛躁的绵羊毛。他脚上没穿靴子，非常迅速地走到溪流的一个特定的转弯处，然后猛地转过身（因为那人已经完成了保健散步），向着完美的"和平之路"镇走去。

"我猜他是牛奶厂的人。"汉弗莱·庞普厚道地说，"他们好像很生气。"

"我倒不介意，"达尔罗伊说，"我自己有时候也疯疯癫癫的。但疯子只有一个优点，这也是与上帝最后的联系，那就是疯子总是合乎逻辑的。现在，靠喝牛奶为生和留长发之间有什么逻辑联系呢？我们大多数人在还没长出头发的时候都是靠牛奶为生的。这些都是怎么联系起来的呢？甚至连个大纲都没有吗？是'牛奶—水—剃须用水—剃须—头发'这样的关系吗？还是'牛奶—友善—不近人情—定罪—头发'这样的关系？头发太多和靴子太少之间有什么逻辑联系？**会**是什么呢？是'头发—头皮—皮箱—皮靴'这样的关系吗？还是'头发—胡子—牡蛎—海边—蹒跚—没有靴子'这样的关系？是人就会犯错，尤其是当他犯的每一个错误都被称作一种进步的时候——但为什么所有的疯子都得住在一起呢？"

"因为所有的疯子都应该住在一起，"汉弗莱说，"如果你见过在克兰普顿（Crampton）发生的事情，以及农场转出的主意，你就会知道了。这一切都很好，船长，但如果人们能阻止一位重要的客人被埋在农场的粪便里，他们会阻止的。他们会的，真的。"他近乎抱歉地咳嗽了一声，正想捡起话头继续，却看见同伴把牛奶罐和小桶塞回车里，自己也上了车。"你来开车，"他说道，"载我去那些东西住的地方，你知道的，驼峰。"

然而，他们并没有直接抵达它们的市中心，而是又耽误了一下。他们离开河边，跟着那个留着长发、穿着山羊皮长袍的人——他碰巧在村子外围的一座房子前停了下来。两个冒险者出于好奇也停了下来，看到那个人几乎是在一瞬间又出现了，以不可思议的速度办完了事情，他们先是松了一口气；再一看，才发现不是同一个人，而是另一个穿着打扮和他一模一样的人。在好奇心的驱使下，他们耽搁了几分钟，看到许多穿着苏格兰短裙、留着山羊胡子的人在这个地方进进出出，每个人都穿着洁净无瑕的制服。

"这里一定是神庙和小教堂，"达尔罗伊喃喃自语道，"他们肯定是在这里向一头奶牛献祭了一杯牛奶，或者做其他什么事情。好吧，这个笑话很冷，但我们必须等这些人都消停下来。"

当最后一个长发魅影消失在路上时，达尔罗伊从车上跳下来，用蛮力把招牌深深地插入土里，然后轻轻地敲了敲门。

最后两个长发赤足的理想主义者正匆匆地向一个人告别，这个人看起来好像是这个地方的主人。但奇怪的是，虽然处在这个情境中,他唯一可能扮演的角色就是这里的主人家,却与这个身份显得格格不入。

庞普和达尔罗伊一致认为,他们从未见过脸色如此阴郁的人。他的脸是那种红宝石色的,看不出喜怒哀乐,只能看出他不苟言笑。他的胡子又浓又黑,眉毛更浓更黑。达尔罗伊曾在那些丢盔弃甲、被迫屈服的战败者脸上看到过类似的表情,但他完全无法将其与"和平之路"道貌岸然的完美形象联系起来。更奇怪的是,他的生活显然很富裕,他的衣服剪裁得很有运动风格,他家的室内装潢比室外装修至少豪华四倍。

但最让他们感到神秘的,是对于陌生人进入他的私人住宅这件事,对此他并没有表现出一个绅士自然的好奇,反而有一种尴尬而不安的期待。在达尔罗伊急切地道歉和礼貌地询问"和平之路"的方向和住宿情况的过程中,他那像煮熟的醋栗般炙热的视线总是从他们身上转移到橱柜上,然后又移到窗户上,最后他起身去看外面的路。

"哦,是的,先生,非常有益健康的地方,'和平之路',"他透过窗棂说道,"非常……该死,什么意思?非常有益健康的地方,当然,他们也有自己的小对策。"

"他们只喝纯牛奶,是吗?"达尔罗伊问道。

房主用一种相当犀利的眼神看着他,咕哝着说。

"是的，他们是这么说的。"他又走到窗前。

"我买了一些，"达尔罗伊像拍宠物一样拍了拍他的牛奶罐说，他把牛奶罐夹在腋下，好像和米多斯医生的这项发现难舍难分似的，"来一杯牛奶吧，先生。"

那人冒火的眼睛开始因愤怒或其他情绪而凸起。

"你们想干什么？"他嘟囔道，"你们是探员还是什么？"

"米多斯高山牛奶的代理商和分销商，"船长一脸憨厚又自豪地说，"尝尝？"

茫然的房主拿起一杯看似无害的液体，呷了一口，他的脸色出现异乎寻常的变化。

"咦，我的天啊，"他笑着说，笑得很灿烂，甚至有点粗鲁，"这是个奇怪的伎俩。我看你是在搞恶作剧。"然后他坐立不安地走到窗前说，"但如果我们都是朋友，为什么其他人不进来呢？我从没见过这么磨磨蹭蹭的交易。"

"其他人是谁？"庞普先生问道。

"哦，都是些'和平之路'的人，"另一个人说道，"他们一般在上班前就来了。米多斯医生不会让他们工作很长时间，说那样不健康或者别的什么的，但他特别要求他们准时。我见过他们在最后一次鸣笛时，穿着纯洁的衣服跑过来。"

然后，他突然打开前门，不耐烦地叫了一声，但声音不大：

"来了就进来吧。如果你们在外面干了蠢事,就会露出马脚的。"

达尔罗伊也向外看了看,外面路上的场面当然相当奇特。他见惯了大大小小的人群聚集在他挂着"老船"招牌的房子外面,但他们盯着招牌看时一般有种真诚的惊讶和看热闹的心态。但是,在这扇敞开的门外,有二三十个穿着庞普所谓的睡袍的人像梦游症患者一样来回走动,显然对招牌的存在视而不见。他们看着路的另一边、看着地平线、看着清晨的云朵,只是偶尔停下来互相窃窃私语。但是,当房子的主人叫住其中一个引人注目的、正出神的人,声嘶力竭地问他到底出了什么事时,这个靠喝牛奶为生的人很自然地把他那游移不定的视线转向了招牌。房主那醋栗一样的眼睛紧紧地盯着他,而那张脸则是一脸的惊愕。

"你们到底对我的房子做了什么?"他问道,"有这东西在,他们当然不会进来。"

"如果你愿意,我可以把它拿下来,"达尔罗伊说着,走了出来,像摘花一样把它从前院摘了下来(这让路上的人大吃一惊,以为自己误入了童话世界),"不过,作为回报,我希望你能告诉我这到底是怎么回事。"

"等我招待完这些人再说吧。"主人回答道。

穿着山羊袍的人非常腼腆地(或者说像山羊一样)走进

了这栋现在已经没有挂招牌的建筑内，很快就喝到了无水酒精，庞普先生怀疑这些酒的质量并不上乘。

当最后一只"山羊"走后，达尔罗伊船长说道：

"我的意思是，这一切和我理解的完全相反。我的理解是，按照现在的法律规定，如果有招牌，他们才能喝酒；如果没有，他们就不能喝酒。"

"哼！法律！"那人用不屑一顾的声音说道，"你以为这些可怜的畜生会像害怕医生一样害怕法律吗？"

"他们为什么要害怕医生？"达尔罗伊佯装无知地问道，"我一直听说'和平之路'是一个自治共和国。"

"自治才见鬼呢！"这个回答可一点都不自由，"他不是拥有所有的房子，可以在暴风雪中把他们赶出去吗？他不是付了所有的工资，可以在一个月内把他们都饿死吗？法律！"他哼了一声。过了一会儿，他把胳膊肘放在桌子上，开始把前因后果细细道来。

"我曾是这里的酿酒师，拥有这一带最大的酿酒厂。只有两家不是我的，过了一段时间，地方执法官就把这些酿酒厂的执照给收走了。十年前，你可以看到郡里的每个招牌旁都写着'哈格比麦芽酒厂'。然后这些可恶的激进分子来了，我们的领袖艾维伍德勋爵，必定站到他们那边去，让这位医生根据新的法律买下所有的土地，这项法律规定这里一家酒吧都不能开。就这样，我的生意毁了，这样他就能卖掉他的牛奶了。好在我以前的生意还不错，当然也得到了一些补偿。正如你所看到的，我还能在私底下做一些公平的交易。当然，这抵不上老米多斯的一半，因为他们害怕老米多斯发现。虚伪的老东西！"

那位衣冠楚楚的绅士朝地毯上吐了一口唾沫。

"我自己是激进分子，"这位爱尔兰人漫不经心地说，"关于保守党的所有信息，我必须请教我的朋友庞普先生，他当然知道他的领导人最不为人知的情况。但在我看来，仅仅因为主人是个百万富翁，吃什么、喝什么就完全都要听这个疯子的，这是一种非常朗姆酒式的激进主义。自由啊，以你的名义，社会发展得多么复杂，甚至多么令人不满啊！他们为什么不在城里踢那个老混蛋几脚？因为没有靴子吗？这就是他们不能穿靴子的原因吗？对了，把他放在牛奶罐里滚下山去怎么样？他不会反对的。"

"我不知道，"庞普用他那深思熟虑的方式说道，"克里斯琴少爷（Master Christian）的姑妈是这么说的，不过女士们当然更讲究。"

"看这儿！"达尔罗伊有些激动地叫道，"如果我在外面挂上那个招牌，留在这儿帮忙，你会反抗他们吗？你将严格遵守法律，而且我可以向你保证，任何在私底下胁迫过你的人都会悔改。竖起招牌,像个男人一样公开销售,你就能像个救世主一样在英国历史上青史留名。"

哈格比麦芽酒厂的哈格比先生只是阴郁地看着餐桌。他的喝酒方式和卖酒方式都激不起革命的情绪。

"好吧,"船长说道,"如果我在集市上发表演说,你愿意给我捧捧场吗?吆喝两句'听一听''大实话!''说得太好了。'来吧!我们车上还有空位。"

"好吧,如果你愿意,我和你一起去。"哈格比先生心情沉重地回答道,"你说得对,如果你的招牌合法的话,我们的生意也能再做起来。"他戴上一顶丝绸帽子,跟着船长和酒馆老板上了他们的小汽车。哈格比先生的丝绸帽子在模范村显得格格不入。事实上,这顶帽子似乎更能衬托出这个地方的奇妙之处。

这是一个美妙的早晨,太阳已经升起来几个小时了。天空的边缘勾勒出昏暗树林的轮廓和远处的山丘起伏,点缀着破晓透明的碎云,红色、绿色、黄色,仿佛一触就散。但在天穹之上,碧绿的云层升腾成一片炙热而坚实的蓝色,其他云层和巨大的积云在其中翻滚,就像天上的神仙在用枕头打仗。大部分房屋都像云一样白,所以那些云朵看起来(用另一个比喻来说)就像一些粉刷过的茅屋在天空中飞来飞去。不过,大多数白色的房屋都在这里或那里点缀着鲜艳的色彩，这里有一个橙色的装饰，那里有一个柠檬黄色的条纹，就像一个婴儿巨人的乱涂乱画。这些房子没有茅草（茅草不卫生），大多铺着一种在拉菲尔前派集市上买来的孔雀绿瓦片，少数铺着某种更神秘的赤陶砖。这些房子既不像英国式的，也没有居家氛围，和这里的风景更是不搭。因为这些房子不是人们自发地为自己建造的，而是一个异想天开的领主突发奇想建造的。不过，如果把它看成是童话剧中的精灵之城，那么这可真是一个风景如画的哑剧表演背景。

恐怕达尔罗伊先生的表演从一开始就称得上是一出哑剧。首先，他把招牌、酒桶和小桶都包好藏在车里，但卸下了自己身上的所有伪装，穿着那件绿色制服站在中央的草地上——因为它像草一样破破烂烂，看起来更桀骜不驯。即便如此，也不像他的红发那样乱七八糟，没有哪处东方的红色丛林堪比他的红发。接着，他几乎是轻手轻脚地拿出那个大牛奶罐，近乎虔诚地把它放在草皮地上。然后，他站在牛奶罐旁边，就像拿破仑站在一把枪旁边一样，表情无比严肃，甚至有些严厉。之后，他拔出剑，用那闪闪发光的武器，像挥动连枷[1]一样拍打着金属罐，发出阵阵回声，直到喧嚣声震耳欲聋，哈格比先生才匆忙下车，退到稍远的地方，竖起

---

[1] 旧时长柄脱粒农具，通过挥动长柄使连接的敲杆绕轴转动，从而拍打谷物进行脱粒。

耳朵听着。庞普先生稳稳地坐在方向盘前，他很清楚可能需要匆忙启动。

"集合，集合，集合，'和平之路'，"达尔罗伊喊道，他还在敲打着牛奶罐，感叹这个地名和场合不好改编成"格里格拉赫集合"的调子，"我们没有土地，**没有土地**，没有土地，'和平之路'！"

有两三个穿羊皮衣服的人认出了哈格比先生，一副心虚的样子，小心翼翼地靠近了他。船长对他们大喊大叫，好像他们是一支横扫索尔兹伯里平原（Salisbury Plain）的军队。

"公民们，"他吼道，想到什么就说什么，"尝尝唯一纯正、原汁原味的高山牛奶吧，穆罕默德上山只为喝这一口。这是流淌着牛奶和蜂蜜之地的原汁原味的牛奶，只有这样高品质的牛奶才能让如此倒胃口的组合大受欢迎。试试我们的牛奶吧！其他的都不是真正的牛奶！谁能没有牛奶呢？就连鲸鱼也离不开牛奶。如果哪位女士或先生喜欢在家里养鲸鱼，那么现在机会来了！早起的鲸鱼有牛奶喝。看看我们的牛奶。如果你说你看不见牛奶——因为它在罐里——那就看看牛奶罐吧！你必须看看牛奶罐！不看不行！当责任低语'你务必！'时，"他声嘶力竭地吼道，极富即兴感召力，"当责任低语'你务必'时，青年回答说'我能！'"他一边喊出"我能"这个词，一边敲击着牛奶罐，发出震耳欲聋的响声，就像恶魔敲响了钢铁般的钟声。

这段开场白可能会受到一些人的批评,他们认为这是为学习而不是为舞台准备的。现在的编年史作者(他的目的只有一个,那就是真实)势必会记录下来,出于其肆无忌惮的目的,这篇演讲非常成功:一个人像人群一样大喊大叫的声音吸引了大量的"和平之路"市民。有的群众不愿意造反,但没有群众不喜欢别人替他们造反,最安全的寡头可能会明智地认识到这一点。

但是,达尔罗伊的最终胜利在于(对此我深表遗憾),他实际上向他的几位最重要的听众分发了一些他那看似无害的饮料样品。这一事实无疑是惊人的。有些人惊讶得瘫坐在地上,有些人突然大笑起来,有些人偷笑,有些人欢呼雀跃。所有人都喜笑颜开地望着这位古怪的演说家。

然而,他们脸上的光彩突然悄无声息地消失了。这只是因为有一个小老头加入了队伍。这个小老头穿着白色亚麻布衣服,留着白色尖尖的胡须,头发像蓟草一样花白——几乎在场的每个人都可以用左手杀死他。

船长的盛情款待

摩西·米多斯医生（Dr. Moses Meadows）——不管这是他原本的名字，还是他的英文译名，首先可以肯定他来自德国的一个小镇。他的头两本书是用德语写的，那是他最好的作品，因为他一开始就对物理科学抱有真正的热情，而这种热情中所掺杂的最糟糕的东西莫过于对他斥之为迷信的东西的憎恨，也就是我们许多人认为的国家之魂。他的第一种热情在第一本书中表现得最为明显，这本书致力于证明"雌性动物的胡须之所以没有翘起来，是因为其作为猎物的心态与日俱增"。在第二本书中，他更多地关注妄想，有那么一阵子，那些已经认可他的人认为他成功地证明了时间幽灵"最近走得特别快，酗酒者的心灵问题解释了基督神话"。然后，他不幸地遇到了名为"死亡"的习俗，并开始与之争论。死亡的习俗在他的同胞中如此盛行，他却看不到任何合理的解释，他断定这只是一种传统（他认为这意味着"丧失权力"），于是他开始想尽办法逃避或推迟死亡。这对他产生了相当狭隘的影响，他失去了年轻时将无神论人性化的那种轻狂的热情，当时他为了讽刺上帝不存在，几乎不惜自杀证道。他后来的理想主义越来越趋向于物质主义，包括他对最健康食物日新月异的假设和发现。关于他的"油时期"，无须赘言叨扰读者；关于他的"海草时期"，尼姆教授（Professor Nym）那本重要的小书已经做了权威性的阐述；关于他的"胶水时期"，也许不便多说。他在英国长期逗留期间，偶然发现了牛奶使消费者长寿的例子，并在此基础上建立了一套理论——至少一开始是真诚的。不幸的是，随着他的理论也获得了成功：财富源源不断地流入这位高山牛奶的发明者和经营者的手中，他开始感受到第四种也是最后一种热情，这种热情也会在生命的晚期出现，并对他的思想产生了狭隘的影响。

在发现帕特里克·达尔罗伊先生的乖张行为后自然而然发生的争吵中，他表现得非常严肃，当然不是很宽容。因为他很不习惯在自己的眼皮子底下发生任何无视他的事情，哪怕是重要的事情，只要他没参与，他就看不惯。起初，他煞有介事地暗示船长从牛奶生产厂偷了牛奶罐，并派了几个工人去清点每个棚子里的牛奶罐，但达尔罗伊很快就纠正了他的说法。

"我在威丁顿的一家商店里买的，"他说道，"从那以后，我就再也没用过别的牛奶罐。您恐怕信不过我，"他说道，"但当我走进那家商店时，我还是个小个子。我只喝过一杯你的高山牛奶，但看看现在的我。"

"你没有资格在这里卖牛奶，"米多斯医生带着一丝德国口音说道，"你不是我的员工，我不对你的做法负责。你不是企业的代表。"

"我是个广告人，"船长说道，"我们在全英国给你打广告。你看那边那个瘦瘦小小的男人，"他指着愤愤不平的庞普先生说道，"喝米多斯的高山牛奶之前就像他那样。喝了之后就是我这样。"达尔罗伊先生满意地补充道。

"你这是在挑衅地方执法官。"另一位口音越来越重地说。

"没错，"达尔罗伊表示同意，"好吧，我就直说了，先生。事实上，这根本不是你的牛奶。味道一点都不一样。这些绅士会告诉你的。"

一声闷笑让这位杰出的资本家面如土色。

"所以说，要么你是个小偷，偷了我的牛奶罐，"他跺着脚说道，"要么你在我的发现中加入了劣质物质，是个掺假者——"

"试一下'奸商'这个词，"达尔罗伊和蔼地说，"阿尔伯特亲王（Prince Albert）总是说'奸商'。亲爱的老阿尔伯特，仿佛昨天才见过！当然，还是说回今天。这东西尝起来不一样，这是事实。我也说不清是什么味道，"人群外围发出低沉的哄笑声，"它的味道介于你的第一根棒棒糖和你父亲的雪茄烟尾之间。它像天堂一样纯洁，又像地狱一样炙热。它尝起来像一个悖论。这尝起来像是史前时期的前后矛盾——我相信我已经说得很清楚了。最有品位的人是上帝创造的最简单的人，它总是让他们想起盐，因为这是用糖做的。来点吧！"

他伸出长长的手臂，手上还端着一个小玻璃杯，做出一副令人震惊的好客姿态。这个普鲁士人专横的好奇心甚至战胜了他专横的自尊心。他抿了一口酒，立刻瞪大了眼睛。

"你在牛奶里掺了什么东西？"这是他想到的第一句话。

"是的，"达尔罗伊回答道，"你也一样，除非你是个骗子。如果你没有往里头掺东西，为什么你在广告上说你的牛奶和别人的牛奶不一样？如果你没有在牛奶里加两便士的东西，为什么你的牛奶一杯要三便士，而一杯普通牛奶只要一便士？现在，看这里，米多斯医生。负责鉴定的政府分析师恰好是个老实人。我有一份名单，上面有二十一又半个老实人仍在这些岗位上工作。我给你开个公平的报价。只要你让他鉴定一下你往牛奶里加了什么，他就会我往牛奶里加同样的东西。你肯定往牛奶里加了什么东西，否则这些轮子、水泵和滑轮是用来干吗的？你能不能现在就告诉我，你在牛奶里加了什么东西，让它变得如此有高山风味？"

对话一时陷入长时间的沉默，看热闹的人群中同样充满了沉浸在欢笑中的感觉。但这位慈善家在光天化日之下陷入了赤裸裸的狂热之中，他用一种周围所有英国人都不知道的方式高高地挥舞着拳头，大声喊道：

"但我知道你加了什么！我知道你们加了什么！是酒精！你没有招牌，你在挑衅地方执法官。"

达尔罗伊鞠了一躬，返身回到车里，拿掉一些包装，拿出了"老船"那巨大的木制招牌，上面醒目地画着蓝色的三层甲板和红色的圣乔治十字架。他把这块木牌插在自己身前狭窄的草地上，一脸淡定地环顾四周。

"在我这间橡木板装饰的老旅店里，"他说道，"我挑衅了无数的地方执法官。并不是说这家酒馆有什么不卫生的地方。这里没有低矮的天花板，也没有闷热的感觉。除了地板，到处都开着窗户。我听说，有些人说食物应该和发酵酒一起卖，亲爱的米多斯医生，我这里有一种奶酪，可以让你成为另一种男子汉。至少我们希望如此。我们不妨试一试。"

不过，米多斯医生早就不生气了。这块招牌的出现让他左右为难。像大多数怀疑论者一样，甚至像布拉德洛这样最真诚的怀疑论者一样——他既遵纪守法，又将信将疑。他有一种深深的恐惧，害怕最终在警察法庭或公开调查中被判有罪，这比恐惧本身更糟糕。他也承受着生活在现代英国的所有同类人的悲剧：他必须始终确保自己遵纪守法，却永远无法确定法律到底是怎么规定的。他只能大致记得，艾维伍德勋爵在介绍或辩护有关此事的伟大的《艾维伍德法案》时，曾重点强调这个招牌的独特性和重要性。他无法确定，如果他完全无视这一点，就算他在生意上很成功，最终是否会被处以巨额赔偿，甚至招致牢狱之灾。当然，他很清楚，对于这种无稽之谈，他有无数种回答：路边的一片草地不可能是酒馆，船长最初递出朗姆酒的时候，根本就没有出示这个招牌。但他也很清楚，在称之为英国法律的黑色危险中，这不是问题的关键。他曾听人向法官提出过同样明显的问题，但都是白费力气。在他的内心深处，他发现了这样一个事实：他虽然富有，但是艾维伍德勋爵让他有了今天，而艾维伍德勋爵会站在哪一边呢？

"船长，"汉弗莱·庞普第一次开口说道，"我们最好离开这里。我的直觉告诉我该走了。"

"这就是酒馆老板的待客之道吗！"船长愤愤不平地叫道，"我都这样不遗余力地为你们的营业场所颁发许可证了！这可是'和平之路'伟大城市的和平曙光啊。就算米多斯医生会在我们结束之前再摔碎一个酒杯，我也没什么好担心的。现在，就由哈格比教友出马吧！"

他一边说着，一边随手端出牛奶和朗姆酒，而医生出于对我们法律技术细节的过度恐惧，仍不敢做最后的干涉。但是，当哈格比麦芽酒厂的哈格比先生听到有人喊到他的名字时，他先是跳了起来，差点儿把丝绸帽子弄掉，然后又站住不动了。然后，他接过一杯新的高山牛奶；接着，他还没说一句话，就笑容满面了。

"有辆汽车从远山沿着公路开过来了，"汉弗莱低声说道，"十分钟后就会通过下游的最后一座桥，然后从这边过来。"

"好吧，"船长不耐烦地说道，"我想你以前见过汽车吧。"

"今天上午还没有开进这个山谷里。"庞普回答道。

"主席先生，"哈格比先生说道，"副主席先生，"他想起以前的商业宴会，情绪有些朦胧地说道，"我相信我们在座的都是遵纪守法的人，都希望继续做朋友，尤其是和我们的医生好朋友。但愿他永远不缺朋友，不缺美酒——总之，他想要的应有尽有，因为我们在往繁荣的山上走，等等。不过，既然我们这位拿着招牌的朋友似乎有权利这样做，那么可以这么说，我认为现在到了我们可以从更大的角度来看待这些事情的时候了。我知道，那些肮脏的小酒吧确实会对房屋造成很大的损害，而且那里会招来很多愚昧无礼的人，他们就像猪猡一样。我并不是说我们的医生朋友把他们赶走不是一件好事。但是，一家资本背景雄厚、管理良好的大企业则是另一回事。好了，朋友们，你们都知道我原来是做这个买卖的。当然，根据新规定，我已经关门大吉了。"说到这里，"山羊们"颇为内疚地看了看自己的"偶蹄"，"不过，我已经挣了点小钱，如果我们的朋友允许他开门营业，我不介意把钱投入这家'老船'，尤其是如果他能把营业场所扩大一些的话。哈哈哈！如果我们的医生好朋友……"

"你这个无赖！"米多斯骂道，"你的医生胡——好朋友会让你在地方执法官面前出尽洋相的。"

"好了，别这么不会做生意，"那位酿酒师说，"这不会影响你的销售。受众完全不同，你不明白吗？在商就要言商。"

"我不是商人，"科学家两眼发光地说，"我是人类的仆人。"

"那么，"达尔罗伊说道，"你为什么从来都不听主人的话呢？"

"那辆汽车已经过河了。"汉弗莱·庞普说道。

"你要毁掉我的一切，"医生撕心裂肺地喊道，"我亲手建造了这座城市，我亲手让它变得清醒和健康，我比镇上任何人起得都要早，亲手照看着镇上的利益——你却要毁掉这一切，去卖你那野蛮的啤酒，这真是野兽的行径。你竟然还说我是你的胡——好朋友。我不是胡——好朋友！"

"这我可说不准，"哈格比咆哮道，"但如果真到了那一步——你不是想卖——"

一辆汽车驶了过来，扬起一阵白色的尘土，车上下来六个灰头土脸的人。尽管身手敏捷的驾车者遮得严严实实，庞普也从他们中的许多人身上察觉到了警察特有的风格和体态。最明显的例外是一个修长的身影，摘下帽子和护目镜后，露出了秘书J.莱韦森黝黑而低垂的五官。他走到这位矮小、年迈的百万富翁面前，后者立刻认出了他，并与他握手。他们交谈了一会儿，翻阅了一些官方文件。米多斯医生清了清嗓子，对众人说道：

"我很高兴能够向大家宣布，这一非同寻常的暴行已经逃不掉了。艾维伍德勋爵以他一贯的雷厉风行，立即向像这样重要的地方传达了对法律最公正、最正确的修改，这完全适用目前的情况。"

"我们今晚得在监狱里睡觉了，"汉弗莱·庞普说道，"我就知道会这样。"

"这足以说明，"这位百万富翁接着说，"根据现行法律，就算出示了招牌，只要其出售的酒类未事先在销售酒类的营业场所存放三天，那么酒馆老板就会被判处监禁。"

"我就知道会有这样的事，"庞普嘟囔道，"船长，我们是束手就擒呢，还是想办法溜走？"

就连厚颜无耻的达尔罗伊在这一瞬间也显得茫然无措。

他怅然若失地仰望着头顶深不见底的天空，仿佛像雪莱一样，可以从最后一片最纯净的云彩和天堂尽头的完美色调中获得灵感。

最后，他以一种深思熟虑的方式轻声说出了一个词：

"出售！"

庞普猛地看了他一眼，阴冷的脸上露出了异样的神采。但医生正沉浸在胜利的喜悦中，根本不明白船长的意思。

"原话是，出售酒类。"他激动地挥舞着新议会法案的蓝色长方形文件，掷地有声地说。

"就我而言，这种说法是不准确的，"达尔罗伊船长彬彬有礼但冷漠地说道，"我没有在卖酒，我是在送酒。这里有谁付过我钱吗？这里有谁看到过别人付我钱吗？我是一个慈善家，就像米多斯医生一样。我就是他活生生的化身！"

莱韦森先生和米多斯医生对视了一眼，前者脸上露出了惊慌失措的表情，后者则完全恢复了对复杂法律的恐惧。

"我将在这里待上几个星期，"船长优雅地靠在牛奶罐上，继续说道，"如果市民们需要这种上好的饮料，我将免费供应。目前这个地区似乎还没有这样的供应，我相信在场没有人会反对这样一个既完全合法，又非常慈善的安排。"

他的说法显然有误，因为在场有几个人似乎都反对这样做。但奇怪的是，最明显地表现出抗议情绪的，既不是慈善家米多斯那张枯瘦而狂热的脸，也不是官员莱韦森那张像马一样黝黑的脸。最无法认同这种慈善形式的反而是哈格比麦芽酒厂前老板的那张脸。他那双醋栗般的眼睛几乎要从头上掉下来，话还没来得细想就脱口而出。

"你想得美，你这个畜生，你以为你能像个大小丑一样来到这里，抢走我所有的生意——"

老米多斯以迅雷不及掩耳之势向他发难。

"你是做什么生意的，哈格比先生？"他问道。

酿酒师勃然大怒。"山羊们"都看着地面，据一位罗马诗人所说，就像低等动物的习性那样。借用一句翻译得随性却精妙的拉丁文，此刻帕特里克·达尔罗伊先生所扮演的那个角色——"抬起头，用仰起的眼睛注视着自己世袭的天空"。

"好吧，我只能说，"哈格比先生吼道，"如果警察大老远跑来，却连把一个穿得破破烂烂、浑身脏兮兮的二流子关起来都做不到，那我就不用再交这些该死的脂肪税了，也不用——"

"是的，"达尔罗伊掷地有声地说道，"上帝啊，你完蛋了。就是你这样的酿酒师，把酒馆变得乌烟瘴气，甚至连好人都要求把酒馆全都关了。你比滴酒不沾的人更坏，因为你不让他们知道他们一直都不知道的事情。至于你，杰出的科学工作者、伟大的慈善家、理想主义者和酒馆的破坏者,让我告诉你一个残酷的事实:没有人尊重你。他们只是服从你。我或其他人为什么要特别尊重你?你说你建造了这个小镇,天一亮就起来巡视这个小镇。你建造它是为了赚钱,而你巡视它是为了赚更多的钱。我为什么要尊敬你,就因为你对食物斤斤计较,以至于你那可怜的老消化系统比更优秀的人的心脏还要长寿?为什么你要成为这个山谷的神?而这个山谷的神就是你的肚子,只不过是因为你根本不爱你的神,你无非是惧怕他而已!回去祈祷吧,老人家,因为人终有一死。如果你愿意,就读读《圣经》吧,就像你在德国的家里那样。我猜你以前读《圣经》是为了引经据典,就像你现在读《圣经》是为了吹毛求疵一样。虽然我自己也不读,但我记得老马利根(Mulligan)的译本里有这么几句,我把它们留给你。'若不是上帝,'"他用手臂做了一个动作,动作是如此自然,幅度又是如此之大,以至于一瞬间,这座城市看起来真的就像巨人脚下一个用鲜艳的纸板做成的玩具,"'若不是上帝建造房屋,建造的人就枉然劳力;若不是上帝看守城池,看守的人就枉然儆醒。你们清晨早起,夜晚安歇,吃劳碌得来的饭,本就是枉然;唯有耶和华所亲爱的,必叫他安然睡觉。'①尝试去理解这句话的意思吧,不要在意它是不是艾洛辛②式的(Elohistic)。现在,驼峰,我们要走了。我看腻了那边的绿瓦。来吧,把我的杯子满上,"他敲了敲车里的木桶,"来给我的马套上马鞍,把我的人叫出来。山羊们,在你们的欢乐中颤抖吧,因为你们还没有看到我和我的牛奶罐的最后一面。"

在慢慢消失的汽车里,达尔罗伊先生欢快地唱起了这首歌,驾车者在开出"和平之路"数英里摆脱追捕后,才想起再次停车。不过,他们还是来到了那条高贵而壮阔的河岸旁,在一个蕨类植物丛生、白桦树爬满仙女罗纹、背靠波光粼粼的河水的地方,达尔罗伊让他的朋友停下了车。

"对了,"汉弗莱突然说,"有一件事我不明白。他为什么这么害怕政府分析师?他在牛奶里放了什么毒药和化学品?"

"H_2O③,"船长回答道,"我自己喝的时候不加奶。"

他弯下腰,好像要喝溪水,就像天亮时那样。

---

① 出自《圣经·新约》诗篇127:1和127:2。
② 即上帝,《希伯来圣经》某些篇章的作者不称"上帝"为"耶和华",而称"艾洛辛"(Elohist)。
③ 牛奶兑水喝口感好一点,不然会有一种黏稠感和腥膻味。

土耳其人和未来主义者

阿德里安·克鲁克先生是一位成功的药剂师，他的店铺就在维多利亚附近，但他的脸却远比一般成功药剂师的更沧桑。这是一张奇特的脸，过早苍老，像羊皮纸一样皱巴巴的，但却敏锐果断，每一根皱纹都很有思想深度。当他交谈时，他的谈吐也与此不符：他曾经在许多国家生活过，因此对他的作品中更古怪、有时更险恶的一面，对东方药物蒸汽的想象或对再度流行的毒药成分的猜测……他总有说不完的奇闻逸事。毋庸置疑，他本人是一位德高望重、值得信赖的药剂师，否则他就不会受到家庭，尤其是上层社会的欢迎。但他的业余爱好是研究那些黑暗的岁月和土地，在那里，他的科学时而游走于魔法边缘，时而与谋杀扯上关系。因此，经常发生这样的事情：尽管人们在理智上很清楚他这点无伤大雅、有益无害的小癖好，但在某个雾色朦胧的夜晚离开他的商店时，他们满脑子都是关于吸食大麻或玫瑰投毒的荒诞故事，他们总会忍不住幻想那家商店是一家真正的黑色艺术馆，它那散发着深红色或藏红花色光亮的月亮就像盛着血和硫黄的大碗。

毫无疑问，希布斯·然则之所以走进这家药店，部分原因就是这些谈话让他听得津津有味。此外，他还想买一小杯恢复药剂，当莱韦森在敞开的窗户旁发现他时，他正在服用的就是这种药剂。但这并不妨碍希布斯在看到莱韦森进入同一家药店并索要同样的药剂时惊讶不已，甚至有些尴尬。的确，莱韦森看起来疲惫不堪，确实很需要这种药剂。

"你出城了，是吗？"莱韦森说道，"运气真不好。又因为一些细枝末节的事让他们跑掉了。警察不肯抓人，连老米多斯都认为这可能是违法的。我真是受够了。你要去哪儿？"

"我想，"希布斯先生说，"顺便去看看这个后未来主义展览。我相信艾维伍德勋爵也会去，他正带着先知看展览。我可不敢自诩有多了解艺术，但听说那个展览很不错。"

沉默了许久，莱韦森先生说："人们总是对新思想抱有偏见。"

然后又是长时间的沉默。希布斯先生说："毕竟，他们对惠斯勒[①]（Whistler）也是这么说的。"

这种仪式让莱韦森先生精神一振，他这才意识到克鲁克的存在，于是兴高采烈地对他说："你们这个职业也是这样吧？我想最伟大的化学先驱在他们自己的时代都是不受欢迎的。"

[①] 詹姆斯·阿博特·麦克尼尔·惠斯勒(1834—1903)，美国画家、蚀刻家。

"看看波吉亚家族①(Borgias),"克鲁克先生说道,"他们自己也很不受欢迎。"

"你很轻率,你知道的,"莱韦森疲惫地说道,"好吧,再见。你来吗,希布斯?"

这两位绅士都戴着高帽子,穿着午后拜访者的外套,沿着街道走去。今天天气很好,和昨天照耀着白色的"和平之路"小镇的阳光一样明媚。他们走在一条美观的街道上,心情十分愉悦,道路两边的高楼和小树俯瞰着河流。画展是在一个规模小但名气大的画廊里举行的,这是一座颇具洛可可风格的建筑,入口处的台阶几乎延伸到泰晤士河边。建筑的两侧和后面都环抱着华丽的花坛,在台阶顶端、拜占庭式的门洞前,站着他们的老朋友米塞拉·阿蒙,他面带微笑,穿着异常奢华的服装。但是,即使看到这朵芬芳四溢的东方之花,似乎也无法让垂头丧气的秘书完全打起精神来。

"您是来来——"先知满面笑容地说道,"来看装饰的吗?已经获获——获批了。我已经批批——批准了。"

"我们是来看后未来主义画作的。"希布斯先开了口,但莱韦森沉默不语。

"没有画,"土耳其人淡淡地说,"如果有,我也不回——

---

① 文艺复兴时期积极赞助文化活动的欧洲显赫贵族世家,在亚历山大六世在位期间,波吉亚家族传出了许多谣言。

会批批——批准。因为在我们宗教里的画不是奥——好东西，那是偶像崇拜，我的朋友们——们。库——看那儿，"他转过身来，把食指举到鼻子下面郑重地指了指长廊的大门，"库——看那儿，没有偶像。一个偶像都没有。我仔细兼——检查了每一个画框。每一个我都仔细兼——检查过。莫——没有人物形象的痕迹。莫——没有动物形象的痕迹。所有的装饰都像最漂亮的地毯一样奥——好看，没有任何害处。艾维伍德勋爵露出了幸福的微笑，因为我告诉他，教会确实在进步。老一辈教会成员允许画蔬菜。在这里，我甚至连蔬菜都不允许画。这里没有蔬菜。"

希布斯的职业讲究见机行事，他自然不认为让这位著名的米塞拉在高高的台阶上对着整条街道和河流继续演讲是什么明智之举，所以他建议进去看看，然后溜了进去。先知和秘书紧随其后，所有人都走进了外厅，艾维伍德勋爵面色惨白地站在那里。

伊妮德·温波尔坐在一张沙发上，就像坐在地板中央的一座紫色小岛上似的，她正急切地与堂兄多里安交谈着。事实上，她正竭尽全力阻止家族争吵，因为威斯敏斯特的事件可能会引发家族争吵。在房间的更里面，琼·布雷特女士正在来回走动。她对后现代主义画作的态度称不上谦逊，甚至谈不上好奇，她来回踱步只能说明她似乎对自己走过的地板和撑着的太阳伞同样感到厌倦。那个圈子的其他人物或团体也一点一点地在后未来主义者的展览中飘过。这是一个非常小的圈子，但就治理一个国家——一个没有宗教信仰的国家而言，圈内人不多不少，刚刚好。这个圈子既充斥着暴民般的虚荣心，也像秘密社会那样三缄其口。

莱韦森立刻走到艾维伍德勋爵面前，从口袋里掏出文件，一五一十地向他讲述了逃犯从"和平之路"逃脱的经过。艾维伍德几乎面不改色，他把某些事情看得更重，或者说他觉得应该如此，其中之一就是不会当着仆人上级的面指责仆人。但是，没有人能说他看起来没有以前那么冷酷无情了。

"我尽可能地打听了他们后来的路线，"秘书说道，"但种种迹象表明，他们似乎已经踏上了前往伦敦的道路。"

"正是如此，"艾维伍德回答道，"他们在这里更容易被抓住。"

伊妮德女士通过一连串的保证（我很遗憾地说，其中大部分是谎言），成功地阻止了"她的堂兄多里安砍伤她的表兄菲利普"这一丑闻的扩散。但是，如果她真的以为自己阻止了诗人对政治家深刻的知识分子式的反叛，那她就太不了解男性的脾气了。自从他听到希布斯先生说"是——的！是——的！"，并命令一个普通警察逮捕他之后，多里安·温波尔的感情在大约四个昼夜的时间里一直朝着与希布斯先生的理想南辕北辙的方向流动，而这位无可指责的外交官的突然出现，则使他精神的水流加速流动、一泻千里。但是，他不能侮辱希布斯，因为在社交上他与希布斯八竿子打不着；也不能侮辱艾维伍德，因为他刚刚与艾维伍德正式和解，所以他绝对有必要侮辱别的东西。后未来主义画派深受这种变态怒火的影响，这令所有关注《黎明报》(Dawn)的人都痛心疾首。莱韦森先生时不时肯定地说："人们总是对新思想抱有偏见。"但这没什么用。希布斯先生每隔一段时间也会说："毕竟，他们对惠斯勒也是这样说的。"但这也没什么用。多里安的狂怒并没有因为这样周到的礼数而得到平息。

"那个土耳其小老头比你更有见识，"他说道，"他把它说成是一张不错的墙纸。我应该说这是一张糟糕的墙纸，一个没病的人看了这种墙纸都得发烧。但与其把它叫做画作，那还不如把它叫做市长大人表演秀的座位；看不到市长大人表演秀的座位算不上是什么座位；看不到任何图画的画作也算不上是什么画作。与其参加游行队伍，不如在家里坐着来得舒服；与其待在画廊，不如在家里走走来得舒服。对于街头表演或画展来说，只有一件事可说——那就是有没有东西能给人看。那么，现在！给我看点东西！"

"好吧，"艾维伍德勋爵心平气和地说，指了指他面前的墙壁，"我就带你看看《一位老妇人的肖像》(Portrait of an

Old Lady)。"

"好吧,"多里安冷淡地说,"是哪一幅?"

希布斯先生匆忙做了一个指示的手势,但很不凑巧,他指的不是《一位老妇人的肖像》,而是《亚平宁的雨》(*Rain in the Apennines*)这幅画,他的插手让多里安·温波尔更加恼火。希布斯先生事后解释说,这很可能是因为温波尔先生的手肘灵活地动了一下,导致希布斯先生的食指指偏了。不管怎么说,希布斯先生还是因为尴尬而乱了阵脚。因此,他不得不到茶点吧去吃了三个龙虾馅饼,甚至还喝了一杯曾经让他斯文扫地的香槟酒。但这一次,他只喝了一杯,就带着满满的外交责任感回来了。

他回来后发现,多里安·温波尔在与艾维伍德勋爵的争论中,把时间、地点和个人尊严等所有事实都抛诸脑后,就和此前他在黑暗的树林里,就驴车与帕特里克·达尔罗伊忘我地争论时一模一样。菲利普·艾维伍德也很投入,他那双冰冷的眼睛甚至闪闪发光,因为尽管他的快乐几乎纯粹是理智上的,但却是完全真诚的。

"我相信涉世未深的人,我追随经验不足的人,"他用他那细腻的嗓音轻声说道,"你说这是在改变艺术的本质。我想改变艺术的本质。任何事物都是通过变成其他东西而生存的。夸张就是成长。"

"但夸张什么呢?"多里安问道,"我在这些画中看不到一丝夸张的痕迹,因为我找不到他们想要夸张的东西一丁点儿的蛛丝马迹。您不能夸张地表现牛的羽毛或鲸鱼的腿。您可以开玩笑地画一头长着羽毛的牛或一条长着腿的鲸鱼——虽然我觉得您并不擅长开这种玩笑。但是您不明白吗,我的好菲利普,即使是这样,如果这个笑话要成立,那么它必须看起来像一头牛,而不仅仅是有羽毛的东西。即便如此,这个笑话也必须要有鲸鱼和它的腿。您可以组合到某一点,您可以扭曲到某一点,过了这个点之后就失去了识别度,也就失去了一切。半人马是人与马的结合,不能简单粗暴地将半人马与骑马的人相提并论。而美人鱼必须是少女,即使她的言谈举止带着鱼的习性。"

"不,"艾维伍德勋爵同样平静地说,"我明白您的意思,但我不同意。我希望半人马变成另一种东西——既不是人,也不是马的东西。"

"但这不就是和这两者都不沾边的东西?"诗人问道。

"没错,"艾维伍德回答,苍白的眼睛里闪烁着同样古怪而沉静的光芒,"一种和这两者都不沾边的东西。"

"可这有什么好处呢?"多里安争辩道,"什么都变了等于什么都没变。它没有起联系作用的转折点。它无法让人想起任何变化。如果明天一觉醒来,您就变成了多普太太

(Mrs. Dope),一个在布罗德斯泰斯①(Broadstairs)出租房子里的老太太——好吧,我毫不怀疑多普太太会是一个比您更理智、更快乐的人。但**您**在哪方面进步了呢?**您**的哪一点变得更好了?难道您不明白,本体特征这一首要事实是对所有生物的限制吗?"

"不,"菲利普压抑着,突然暴怒地说道,"我否认对生物有任何限制。"

"好吧,那我就明白了,"多里安说道,"为什么您演讲能出口成章,却从来没有写过诗。"

琼女士正百无聊赖地看着米塞拉试图引起她兴趣的一幅紫色和绿色相间、花样繁多的图案(劝退她的仅仅是标题,因为它起了一个很有宗教崇拜意味的标题《雪中的第一次圣餐》),她突然把整张脸转向了多里安。很少有人能对她的脸无动于衷,尤其是在她突然向他们展示这张脸的时候。

"他为什么不能写诗?"她问道,"您是说他会反感格律和韵律等方面的限制吗?"

诗人思考了片刻,然后说道:"对,有这方面因素,但我的意思还不止于此。作为一个公正的家人,我可以说,家里每个人都说他没有幽默感。但这完全不是我不满的点。我

---

① 位于伦敦东南部肯特郡的一个滨海小镇。

认为我不满的是他没有同情心。也就是说，他感受不到人类的局限性；也就是说，他不会写诗。"

艾维伍德勋爵冷冷地、无意识地注视着一幅名为《热情》（*Enthusiasm*）的黑黄相间的小画，而琼·布雷特那深色的脸庞急切地凑到他跟前，挑衅地喊道：

"多里安说您没有悲悯情怀。您有悲悯情怀吗？他说那是一种人类局限性的意识。"

艾维伍德没有把目光从《热情》这幅画上移开，只是说："没有，我没有人类的局限感。"然后，他戴上了那副老花镜，仔细端详起这幅画来。接着，他又放下眼镜，和琼面对面，脸色比平时更苍白。

"琼，"他说道，"我想去无人踏足过的地方，去寻找超越喜怒哀乐的东西。我的路就是我的路，因为我会像罗马人一样创造它。我的冒险不会在树篱和水沟里，而是在不断进步的大脑的边界上。我将思考那些在我思考之前难以置信的东西；我将热爱那些在我热爱之前不曾活过的东西——我将像第一个人一样孤独。"

"他们说，"沉默了一会儿，她说道，"第一个人倒下了。"

"您是说牧师？"他回答道，"是的，但即便如此，他们也承认他发现了善与恶。这些艺术家也在努力发现一些对我们来说还晦暗不明的区别。"

"哦,"琼说道,带着一种发自内心的、不同寻常的兴趣看着他,"那你自己在画中什么也没**看到**吗?"

"我看到了障碍的打破,"他回答道,"除此之外,我什么也没看到。"

她看了一会儿地板,用太阳伞描画着图案,就像一个真正若有所思的人。然后她突然说道:

"但也许打破障碍就是打破一切。"

那双清澈苍白的眼睛定定地看着她。

"也许吧。"艾维伍德勋爵说道。

多里安·温波尔在几码远的地方突然动了一下,他正在看一幅画,然后说:"你好!这是什么?"希布斯先生盯着入口的方向目瞪口呆。

在拜占庭式的精美拱门里,站着一个身材高大、骨瘦如柴的男人,身上的衣服虽然破旧,但仔细打理了,睿智的脸庞棱角分明,下巴上的黑胡须给他增添了几分清教徒的气质。当他操着一口北国口音说话时,他的整个性格似乎拼凑了起来,得到了很好的诠释。

"胡——好了,角——爵爷,"他快活地说道,"这方——房子的画很八——不错。不过,我要剌一被——来一杯。霍!霍!"

莱韦森和希布斯面面相觑。然后,莱韦森冲出了房间。

艾维伍德勋爵纹丝不动，温波尔先生怀着一种诗意的好奇心，走近那个陌生人，研究起他来。

"太可怕了，"伊妮德·温波尔小声喊道，"这人一定喝醉了。"

"卜——不，姑娘，"那人彬彬有礼地说，"我没脆——醉，这几年俺只有在赫利集市上喝醉过；喔——我是个正派人，正在努力回到沃夫代尔①（Wharfedale）。喝一被——杯麦芽酒无妨，姑娘。"

"你确定吗？"多里安·温波尔一时兴起、饶有兴致地问道，"你**确定**你没喝醉吗？"

"俺没喝脆——醉。"那人愉快地说道。

"即使这里是有执照的营业场所。"多里安以同样的外交辞令开始说。

"荒——房子上有招牌。"陌生人说道。

琼·布雷特脸上的茫然神色突然一扫而空。她朝门口走了四步，然后又走了回去，坐在了紫色的褥榻上。但多里安似乎对他的调查很着迷，他在调查这个正在努力前往沃夫代尔的小伙子所谓的体面到底是什么。

"即使这里是有执照的营业场所，"他重复道，"如果你

---

① 位于英格兰中北部约克郡的沃夫河旁。

喝醉了，也可以拒绝卖酒给你喝。现在，你**真的**确定你没喝醉吗？比方说，你知道当时在下雨吗？"

"对的。"那人斩钉截铁地说道。

"你村里随便哪个普通人你都认识吗？"多里安用科学的方法问道，"一个女人——比方说一个老妇人。"

"对的。"男人开开心心地说道。

"你到底在对这个家伙做了什么？"伊妮德兴致勃勃地低声问道。

"我在努力，"诗人回答道，"阻止一个神经过敏的人砸掉一家愚不可及的商店。请原谅我，先生。我刚才说过，现在，你知道画中画了什么吗？你知道什么是风景画、什么是肖像画吗？请原谅我这样问；你看，我们有责任维持这个地方的运转。"

北方大汉急切的虚荣心像一群乌鸦一样腾空而起。

"我们这些煤矿工人也是受过教育的，小伙子，"他说道，"在我出生的小镇上，有一个像伦农——敦一样漂亮的画廊。对的，喔——我也认识踏——他们。"

"谢谢你，"温波尔突然指着墙说道，"比如说，您能不能好心看一下这两幅画。一幅画的是一位老妇人，另一幅画的是山上的雨。这只是一种形式。当你说出哪个是哪个时，你就可以喝酒了。"

北方大汉在两幅画前弯下腰，耐心地端详着。接下来漫长的静默似乎让琼有些吃不消，她坐立不安地站起身，先去看了看窗外，然后从前门走了出去。

最后，这位艺术评论家终于抬起了一张困惑但仍然充满哲理的大脸。

"不关——管怎样，"他说，"喔——我终究会喝脆——醉。"

"你已经做证了，"多里安欢呼雀跃地喊道，"你几乎拯救了文明。看在上帝的分上，你该喝你的酒了。"

他从茶点桌上端出一大杯希布斯喝的那种香槟，然后飞快地跑出长廊，来到外面的台阶上，以这种方式拒绝付款。

琼已经站在那里了。从侧面的小窗户里，她看到了她期待看到的不可思议的东西，这也解释了里面那可笑的一幕。她看到庞普先生的红蓝相间的木制旗子在花坛里迎着阳光挺立着，就像一朵高大的热带花朵一样安详。然而，就在从窗户边走到门外的这一会儿工夫，旗子消失了，仿佛在提醒她这是一个飞来的梦。但是，外面有两个人坐在一辆小汽车里，汽车正准备启动。虽然他们全身包裹着驾驶服，但是她知道他们是谁。她内心深处的一切，所有的怀疑、所有的坚忍、所有的高尚，都让她像门廊的一根柱子一样站着不动。但是，一只名叫坎德尔的狗在行驶中的汽车里跳了起来，一看到她就高兴地吠叫,尽管她承受得了其他的痛苦,但一只动物那种兽性的天真突然让她泪流满面。

然而,这并不能让她对随后发生的非同寻常的事实视而不见。多里安·温波尔先生穿着和驾车格格不入的服装,这套着装在时尚和艺术之间做出了折中,这似乎是参观画廊时应该有的打扮,但他无论如何也没有像门廊的一根柱子那样站着不动。他匆匆走下台阶,追着汽车跑,实际上是蹿上了汽车,连他那顶惠斯勒式的丝绸帽子都没有弄乱。

"下午好,"他愉快地对达尔罗伊说道,"你欠我一辆车,你知道的。"

通往盘转镇之路

帕特里克·达尔罗伊表情凝重，但不无幽默地看着入侵者，只是说："我没有偷您的车，真的，我没有。"

"哦，不，"多里安回答道，"我后来听说了前因后果，既然你是被迫害的一方，那么不把我的立场告诉你就说不过去了，我不太赞同艾维伍德的做法。我不同意他的观点，或者说，从医学角度讲，他不同意我的观点。自从我吃完生蚝晚餐醒来后，他就和我意见相左。当时我发现自己在下议院里，听到警察在喊'谁回家？'"

"是这样吗？"达尔罗伊问道，他的红色浓眉拧在了一起，"议会里的官员会说'谁回家'吗？"

"会的，"温波尔漠然地回答道，"在议员们可能在街上遭到袭击的年代，这是一些古老习俗的一部分。"

"那么，"达尔罗伊用理性的语气问道，"他们为什么没有在街上遭到袭击呢？"

现场鸦雀无声。"这是一个神圣的谜，"船长最后说，"不过，'谁回家？'这句话倒是非常好。"

船长尽可能做出亲切和满意的姿态接纳诗人同行，但诗人一向擅长对同类人察言观色，他不禁觉得船长有点心不在焉。当他们风驰电掣般飞驰在伦敦南部错综复杂的道路中时（因为庞普已经穿过了威斯敏斯特桥，正在向萨里郡的山丘进发），这位红发大个子的蓝色大眼睛在街道上不停地上下打量着。在越来越长的沉默之后，他找到了表达自己想法的方式。

"你不觉得现在伦敦的药店有点多吗？"

"有吗？"温波尔漫不经心地问道，"嗯，就在那边，确实有两家离得很近。"

"是的，而且都是同一个名字，"达尔罗伊回答道，"克鲁克。我还看见同一位克鲁克先生在拐角处进行化学处理。他就像是个无所不在的神。"

"我想他的生意一定做得很大。"多里安·温波尔说道。

"不得不说，就其利润而言，规模太大了。"达尔罗伊说道，"两家药店相距不过几码远，图什么呢？难道他们把一条腿伸进一家店，另一条腿伸进另一家店，然后同时在两家店里治疗鸡眼？或者，他们是在一家店里用酸，在另一家店里用碱，然后等着起泡沫？还是说在第一家店里吃毒药，然后到第二家店里催吐？这也太讲究了吧。这几乎等于过着双重人格的生活。"

"不过，也许，"多里安说，"这位克鲁克先生是个很受欢迎的药剂师。也许他的某些特长独一无二。"

"在我看来，"船长说道，"对于一个药剂师来说，这种受欢迎程度是有一定限度的。如果一个人卖的烟草非常好，人们可能会因为上瘾而越抽越多。但我从来没听说过有人吃鱼肝油会上瘾。应该说，即使是蓖麻油，人们也会敬而远之。"

沉默了几分钟后，他说道："在这里停一下安全吗，庞普？"

"我想是安全的，"汉弗莱回答道，"只要你答应我不在店里惹是生非的话。"

汽车在克鲁克先生药房的第四个仓库前停下，达尔罗伊走了进去。还没等庞普和他的同伴说上一句话，船长又走了出来，他的脸上，尤其是嘴角，露出了奇怪的表情。

"温波尔先生，"达尔罗伊说道，"您能赏光与我们共进晚餐吗？很多人会认为，邀请您来吃一顿非常规的饭菜是不礼貌的，也许我们有必要在篱笆下甚至树上吃。但您是个有品位的人，而这样一个有品位的人是不会嫌弃驼峰的朗姆酒或奶酪的。今晚我们要吃最好的、喝最好的。这是一场盛宴。我不太确定你我是敌是友，但至少今晚会和平相处。"

"我希望是朋友，"诗人笑着说道，"但为什么尤其今晚要和平呢？"

"因为明天就会有战争，"帕特里克·达尔罗伊回答道，

"无论您站在哪一边。我刚刚有了一个奇特的发现。"

当他们飞驰出伦敦边缘，进入克罗伊登①（Croydon）外的树林和山丘时，他又恢复了沉默。达尔罗伊仍然沉浸在同样的沉思中，蝴蝶的翅膀拂过小憩的多里安，就像一个人在炎热的客厅里闲逛了很久之后，微风拂面，那转瞬即逝的沉睡就会悄然袭来，就连小狗坎德尔也在车底睡着了。至于汉弗莱·庞普，当有其他事情要做时，他很少说话。就这样，远处的风景和远眺的视角像突然变换的幻灯片一样从他们眼前掠过，过了很长时间，他们之间才有人开口说话。天空从傍晚的淡金色和绿色变成了盛夏之夜炙热的蓝色，这是一个繁星闪烁的夜晚。林地的围墙像长长的长矛一样从他们身边飞过，大多数长矛一开始是栅栏和公园式的围墙，一望无际的长方形黑色松木块被薄薄的灰色木箱围了起来。但很快，栅栏开始下沉，松林开始杂乱，道路开始分岔，甚至开始向四处蔓延。半小时后，达尔罗伊开始意识到这个国家的绵延起伏有些浪漫，甚至有些微微的回味，汉弗莱·庞普也早就知道自己是在故土的行军路上。

就细节而言，这种差异似乎并不在于道路的高低起伏，而在于道路的蜿蜒曲折。它更像一条小路，即使在突兀或漫

---

① 英国大伦敦南侧的一个区。

无目的的地方，也显得更加生机勃勃。他们似乎正在登上一座昏暗的大山，这座大山是由一群顶端呈圆形的小山组成的，就像一簇穹顶。在这些穹顶之间，道路蜿蜒曲折、百转千回。汽车频繁地飘移、拐弯，居然没有打滑和急刹车，这简直不可思议。

"我说，"达尔罗伊突然打破沉默，说道，"再这么转下去，这辆车会失控翻车的。"

"也许吧，"多里安笑眯眯地对他说道，"你可能已经注意到了，我的车要稳当得多。"

达尔罗伊大笑，但不乏有点困惑。"我希望能把车完好无损地还给您，"他说道，"这辆车的速度确实不怎么样，但这小东西的爬坡功能还挺不错的，而且它现在似乎就有一些坡要爬，还有更多的拐弯在等着。"

"这些道路看起来确实很不规则。"多里安若有所思地说道。

"喂，"达尔罗伊不耐烦地叫道，"您是英国人，我可不是。您应该知道这条路为什么歪七扭八成这样。为什么，圣徒救救我们！"他喊道，"这是爱尔兰的一个错误，因为她不了解英国。英国不了解她自己，英国不告诉我们为什么这些路会弯弯绕绕。英国人不会告诉我们的！您也不会告诉我们！"

"话别说死。"多里安静静地讽刺道。

达尔罗伊的讽刺可一点儿也不安静,他发出了一声胜利的大喊。

"没错,"他大喊道,"再来点汽车俱乐部之歌!我希望我们都是诗人。每个人都要写点东西,说说这条路为什么这么颠簸。比如,就像这样。"他补充道。话音未落,整辆车差点翻到沟里去。

事实上,比起小型汽车,庞普正在攀爬的这些斜坡似乎更适合山羊行走。他的同伴们可能会夸大这种感觉,因为出于这样那样的原因,他们最近见到的几乎都是平地。这种感觉就像是试图进入汉普顿宫(Hampton Court)的迷宫中间,同时爬上布鲁日钟楼(Belfry at Bruges)的螺旋楼梯。

"这就是通往盘转镇的正确道路,"达尔罗伊高采烈地说,"风景秀丽,环境宜人。走过路过,不要错过。先向左,再向右,直行到拐角处,然后再转回来。我的诗写完了。动起来,你们这些懒虫,怎么还不写诗?"

"如果你愿意,我可以试试。"多里安对这种恭维有点飘飘然,轻描淡写地说道,"但天太黑了,写不了字,而且越来越黑。"

的确,他们头顶的星星已经蒙上了一层阴影,就像巨人的帽檐,只有透过云层的开口和间隙,夏日星辰的光辉才能洒在他们身上。山丘就像一簇穹顶,虽然下方的轮廓光滑平整,甚至光秃秃的,但山顶上却长着一丛丛参天大树,就像鸟儿啄食过的巢穴一样。这片树林与钱克顿伯里(Chanctonbury)山顶的那片树林颇为相似,同样地处高山,具有浪漫色彩,但比后者更大、更模糊。下一刻,他们就进入了树林,驶过狭长的小径,在树木间蜿蜒穿梭。翡翠般的暮色透过树干,被山毛榉巨大的灰色树枝扭曲成龙的剪影,给人一种怪兽和深海的错觉。那一长串深红色和铜色的真菌像极了五彩斑斓的海葵或水母,染红了地面,就像天空洒下的夕阳。然而矛盾的是,他们还有一种强烈的居高临下之感,甚至感觉自己接近了天堂,透过枝繁叶茂的屋顶缝隙凝视的灿烂星空,恍若树林上闪闪发光的白色花朵。

不过,虽然进入树林就像进入了一座房子那样简单,但是他们仍强烈地感觉到天旋地转,那座高高的绿色房子好像旋转的灯塔,又好像古老童话剧里的奇异神庙,不停地转啊转啊。星星似乎在他们头顶上盘旋,多里安几乎可以肯定,同一棵山毛榉树他看见了两次。

最后,他们来到了一个中心地带,山丘在茂密的树林中耸立成一个圆锥形,树木也随之拔地而起。庞普在这里停下了车,爬上斜坡,走到一棵枝繁叶茂但非常低矮的山毛榉树的巨大树根旁。它看起来不像棵树,而是像章鱼一样向天堂的四分之一延伸。在它低矮的树冠中，有一个像杯子一样的空洞，卵石坞"老船"的汉弗莱·庞普钻进这个空洞中突然消失不见了。

当再次出现的时候，他带着一个绳梯，礼貌地把梯子挂在一边，让自己的同伴们从梯子上爬上去，但是船长更喜欢把自己荡到八叉树枝的一根树枝上，他的大腿像黑猩猩一样疯狂地钩着树枝。当他们一个个地都靠在一根树枝上的凹陷处站稳脚跟，就像坐在扶手椅上一样舒适时，汉弗莱又一次爬下树，开始取出他们简单的储备。狗还在车里睡着。

"这是你的老巢吧，驼峰，"船长说道，"你就像在家里一样无拘无束。"

"我就在家里，"庞普严肃地回答道，"在'老船'的招牌底下。"他把那块蓝红相间的老招牌竖立在伞菌丛中，好像在邀请路人爬上树来喝一杯似的。

这棵树正好在土丘或树丛的顶端，从树上，他们可以看到自己刚刚走过的整片乡下平原，银色的道路像河流一样在其中徜徉。他们与苍穹近在咫尺，几乎可以想象星星会灼伤他们。

"这些道路让我想起了你之前承诺要唱的歌，"达尔罗伊最后说道，"我们吃点晚饭吧，驼峰，然后再唱会儿歌。"

汉弗莱把一盏汽灯挂在他头顶的树枝上，然后借着灯光敲打朗姆酒桶,把奶酪递了过去。

"这可真是一件不可思议的事。"多里安·温波尔突然惊叹道,"为什么我感觉这么舒服!我想,这是前所未有的体验。这奶酪的味道多神圣啊!"

"它去朝过圣,"达尔罗伊回答道,"或者说是参加过战争。这是一种英雄的奶酪,一种战斗的奶酪。'奶酪中的奶酪,世界最好的奶酪',就像我的同胞叶芝先生[①](Mr. Yeats)对战斗中的什么人说的那样。人们说这块奶酪是从牛这样的'懦夫'身上挤出来的,简直是胡说八道。我想,"他忧愁地补充道,"我想,在这种情况下,驼峰给公牛挤奶的事是解释不清楚的。科学家们会把这归类为爱尔兰传说——那些具有凯尔特魅力的传说。不,我认为这块奶酪一定产自邓斯摩尔希斯的暗褐色奶牛,它的角比大象的象牙还大,而且非常凶猛,连古代最伟大的骑士英雄之一都必须和它战斗。朗姆酒也不错。这杯朗姆酒是我赚来的——靠着基督徒的谦逊。近一个月来,我清心寡欲得像田里的动物,简直滴酒不沾。驼峰,把酒瓶——我是说酒桶——拿出来,给我们来点你最爱的诗歌。每首诗都必须有一个相同的标题,你知道的,这是一个超级棒的标题。它的名字叫'对英国公路上据称出现

---

①威廉·巴特勒·叶芝(1865—1939),亦译"叶慈""耶茨",爱尔兰诗人、剧作家和散文家,著名的神秘主义者,"爱尔兰文艺复兴运动"的领袖。

的两次、三次、四次等拐弯情况的地质、历史、农业、心理、道德、精神和神学原因的调查，由一个特别指定的秘密委员会在树洞里进行，由公认的、明智且学术的权威们特别指定向小狗坎德尔报告，他们有权增加自己的人数，也有权减少他们最初预想的人数，上帝保佑国王'。"在以惊人的速度念完这段话后，他又气喘吁吁地补充道，"这才是要唱的歌，一首抒情的歌。"

尽管达尔罗伊没完没了地胡闹，但他仍然让诗人觉得他比其他人更**心不在焉**，就好像他的脑海里在想着一些比此情此景更重要的事情。他沉浸在一种创作的恍惚之中，汉弗莱·庞普对他的了解就像了解他自己的灵魂一样，他清楚地知道这不是单纯的文学创作。相反，这是一种许多现代道德家称之为毁灭的创作。帕特里克·达尔罗伊是个行动派（这在很大程度上造成了他的不幸），早在道森船长发现自己整个人都被涂成鲜艳的豆绿色时，他就意识到了这一点。虽然他喜欢笑话和儿歌，但是他能写的东西，甚至能唱的东西，都比不上他做的事情能让他满意。

因此，他对"弯道"格律的研究贡献显然是仓促成文、漫不经心的。多里安的脾气恰恰相反，他习惯于接受印象，而不是去制造印象。他发现自己作为艺术家对美的热爱在那个高贵的巢穴里得到了前所未有的满足，而且比以往更加严

肃和人性化。达尔罗伊的诗歌是这么唱的:

> 有人说,沃里克(Warwick)的家伙,
> 那个杀死了奶牛、
> 活捉了凶悍野猪的家伙,
> 在斯劳桥(Bridge at Slough)外,
> 遇到了一只讨厌的虫子,
> 它毁了整个唐斯(Downs),
> 于是道路变得曲折蜿蜒,
> (如果我可以这么说的话)
> 受伤的虫子垂死挣扎,
> 死在七个小镇上。
> 我没有看到任何科学证据
> 证实这个说法,
> 我应该说,他们四处寻找,
> 寻找盘转镇,
> 欢乐的盘转镇
> 让世界运转起来,

有人说罗宾·古德费洛[①](Robin Goodfellow),

他的灯笼照亮了草原,

[套用沃尔特·斯科特爵士[②](Sir Walter Scott)的一句话,在天堂再也不用]

这样围着约会地点跳舞。

在痴情爱人的带领下,

我该去侦察一下这种迷信,

对诚实的怀疑的信仰,

[正如丁尼生[③](Tennyson)所言]

更甚于那些下流的信条。

但在盘转镇,

和平与正义[圣约翰[④](St. John)语]可以亲吻,

既然这就是在

愉快的盘转镇发现的一切,

他们只是绕着路走,

想搞清楚这是在哪儿。

[①] 英国民间传说中顽皮而善良的小精灵。
[②] 苏格兰历史小说之父。
[③] 英国维多利亚时代最受欢迎及最具特色的诗人。
[④] 耶稣的门徒,以弗所教会的主教。

有人说，当兰斯洛特爵士①（Sir Lancelot）

去寻找圣杯时，

灰袍梅林②（Grey Merlin）把道路弄得皱皱巴巴的，

借此希望他失败。

所有道路都通向里奥纳斯③（Lyonesse）

和山谷中的卡美洛④（Camelot）。

我不敢苟同

这种过分的假设，

朴实、精明的英国人会驳斥

这种谣言（《每日邮报》）。

但在盘转的街道上

却找不到这样的故事，

或是理论阐述，

或是在地上打滚，

在幸福的盘转镇，

世界运转起来了。

---

① 《亚瑟王传奇》中圆桌骑士里的第一勇士。
② 亚瑟王传说中的巫师，威尔士神话中的传奇魔法师。
③ 亚瑟王传说中的神秘城市，传说中它被海水淹没。
④ 亚瑟王传奇中的王国，大部分故事发生的背景。

帕特里克·达尔罗伊大叫一声，干了一杯烈性的水手酒，坐立不安地转过身来，望着对面伦敦的景色。

多里安·温波尔一直喝着金色的朗姆酒，沉浸在星光闪闪和森林的芬芳中。虽然他的诗句也是滑稽可笑的，但是他读起来却比往常更有感情：

> 罗马人还没有来到莱伊（Rye），也没有跨过塞文河（Severn），
> 东倒西歪的英国酒鬼创造了绵延起伏的英国道路。
> 弯弯曲曲的道路、绵延起伏的道路，蜿蜒地穿过郡里，
> 牧师、司堂和乡绅沿着路向前跑。
> 欢快的路、曲折的路，就像我们走过的路。
> 那天晚上，我们借道比奇角（Beachy Head）前往伯明翰（Birmingham）。

> 我不知道波拿巴做了什么恶，也不知道乡绅做了什么恶，
> 与法国人打仗并非我所希望的，
> 但我还是打了他们的行囊，因为他们列队而来，
> 为了把一个英国酒鬼走歪的路拉直，

你和我手拿酒杯走在小路上,

那天晚上,我们借道古德温暗沙(Goodwin Sands)前往格拉斯顿伯里(Glastonbury)。

他的罪孽已被赦免,否则为何鲜花在他身后盛开?

篱笆为何在阳光下加固?

野玫瑰从左边开到右边,不知道哪个是哪个,

但当他们在沟里发现他时,野玫瑰就在他头顶上。

上帝宽恕我们,但不要让我们变得无情,我们没有看清楚。

那天晚上,我们借道布莱顿码头(Brighton Pier)前往班诺克本(Bannockburn)。

朋友们,我们不会再远行,也不会再模仿古人的愤怒,

或者把我们年轻时的愚蠢变成年老时的耻辱,

而是更耳聪目明地走在这条漫步的路上,

在黄昏的光线下,清醒地看着那体面的死亡酒馆。

因为还有好消息要听,还有美好的事物要看,

在我们借道肯萨尔绿野①(Kensal Green)去往天堂之前。

"你写了吗，驼峰？"达尔罗伊问道。一直在灯下奋笔疾书的汉弗莱抬起头，一脸沮丧。

"写了，"他说道，"但我的写作处于极大的劣势。你看，我知道路为什么会拐弯。"他读得很快，全都是一个调子：

> 道路先向左转，
> 平克(Pinker)的采石场在那里开了一条裂缝；
> 小路接着转向右边，
> 因为藏獒经常咬人；
> 然后向左，因为高低打滑，
> 然后又转向右边。
> 我们不能走左边，因为
> 因为那是违法的。
> 在威廉国王时代，乡绅封了路，
> 因为那是一条公用道路。
> 继续向右，躲开白垩山脊，

---

① 英国伦敦的肯萨尔绿野公墓、万灵公墓，许多历史名人安葬于此。

那是牧师的鬼魂曾经走过的地方，

直到牧师的老熟人

在卡亚俄①(Callao)遇见了他，喝得烂醉如泥。

然后向左，绕了一大圈，绕到了

老狗伯特的好地方，

他头戴王冠、手持圣杯，

不愿意放弃他对土地的终身保有权。

向右，到不了老河床，

他们想让他取而代之，

没错，因为他们说格雷戈里爵士(Sir Gregory)

疯了，放跑了吉卜赛人，

所以他们的营地很安全。

他们虽然不老实，却很穷，

这就够了，然后沿着

第一个路口右转——不对，我搞错了！

当然第二个路口右转。第一个路口

被圣洁的修女们所诅咒，

没有人敢违抗她们可怕的诅咒，

自从警察因为仙子丢了衣服。

---

① 秘鲁的利马 – 卡亚俄大都市区的一部分。

再次右转,

这里曾经是托比莱恩高地。

在两棵落叶松的地方左转,然后右转,

直到看到里程碑。

因为过了里程碑,

前往树林的那段路就好走了。

罗威医生(Dr. Lowe)告诉我,

温波尔先生的姨妈一定认识他,

他在牛津写书,

他可没看上去那么傻。

罗马人起了一点点头,

其余的都是我们做的,

为此,我们很难居功。

左转,然后像之前一样前进,

到了他们差点吊死布朗宁小姐的地方。

她告诉他们不要砍她的头,

叫他们松开绳子或让她荡秋千,

因为那是在浪费绳子。

再次左转走到守旧派的裂口,

然后右转越过榆树,再左转,

从皮尔的右边经过十九尼克斯,

然后左转——

"不！不！不！驼峰！驼峰！驼峰！"达尔罗伊惊恐地喊道，"不要说得这么细！别像个科学家似的，驼峰，这会把仙境都给毁了！这首诗还有多长？还有很多仙境吗？"

"是的，"庞普神情凝重地说，"还有很多呢。"

"都是真的吗？"多里安·温波尔饶有兴趣地问道。

"是的，"庞普笑着回答道，"都是真的。"

"这正是我不满的地方，"船长说道，"你们想要的是传说。你们想要的是谎言，尤其是在这个时候，喝着这样的朗姆酒，在我们第一次也是最后一次度假的时候。您觉得朗姆酒怎么样？"他问温波尔。

"关于这种特定的朗姆酒，在这棵特定的树上，在这个特定的时刻，"温波尔回答道，"我认为它是年轻神灵的甘露。如果你问我对朗姆酒有什么一般的、综合的看法——嗯，我觉得它很朗姆酒。"

"我想，您觉得它有点甜吧。"达尔罗伊有些伤感地说道，"寻欢作乐之徒！顺便说一句，"他突然说道，"'享乐主义者'这个词真是愚蠢至极！真正放纵自己的人一般喜欢酸的东西，不喜欢甜的，也喜欢苦的东西，比如鱼子酱和咖喱什么的。圣人才喜欢甜食。我认识的女人中至少有五个都是圣人，她们都喜欢甜香槟。听着，温波尔！想不想听关于朗姆酒起源的口口相传的古老传说？我告诉过您，您想要的是传说。仔细记好这个传说，然后传给您的孩子。因为很不幸，我的父母粗心大意，忘了他们有责任把这个传说传给我。在'一个农民有三个儿子……'这句话之后，我对传统的一切亏欠都烟消云散了。但是，当这三个男孩最后一次在村里的集市上相遇时，他们都在吸吮棒棒糖。尽管如此，他们都心怀不满，并在那天各奔东西：一个留在父亲的农场，渴望继承家业；一个去了伦敦寻找他的财富，就像今天在那个被上帝遗忘的城市里找到的财富一样；第三个跑到海上去了。前两个人羞愧地扔掉了棒棒糖；农场里的那个人是个守财奴，只舍得一点一点地喝发酸的啤酒；城里的那个人喝的葡萄酒越来越浓，好让人看出他很有钱。但是，出海的那个人实际上是叼着棒棒糖上船的，圣彼得或圣安德鲁或者什么人，总之是船上人的赞助人，摸了摸棒棒糖，把它变成了喷泉，造福了海上的人。这是水手们对朗姆酒起源的推测。你向任何一位正带着新船员、忙于运送前所未有的货物的船长询问朗姆酒的起源，他都会这样说。"

"至少你的朗姆酒，"多里安好声好气地说道，"很可能会创造一个童话故事。但事实上，我认为就算没有朗姆酒，这一切也会是个童话。"

帕特里克从树上的宝座站了起来,靠在树枝上,有一种被训斥的奇怪而真诚的感觉。

"您的诗写得很好,"他看似岔开话题地说道,"而我的诗写得不好。我的诗不好,部分原因在于我不像您一样是个诗人,但另一个原因是,我当时正试着创作另一首歌。您看,它又变成了另一种调子。"

他眺望着连绵起伏的道路,几乎是自言自语地说道:

> 在泥泞的城市里
> 他们在议会中高喊"谁回家?"
> 拱门中、穹顶下,无人作答,
> 因为坟墓之城没有人回家。
> 然而,这一切终将灭亡,终将明了,
> 因为上帝怜悯这片伟大的土地。
> 人死复生,谁回家?
> 警钟和号角!谁回家?
> 因为战场血流成河,泡沫上鲜血淋淋,
> 当男人回家时,身上血迹未干。
> 还有一个告别的声音——谁支持胜利?
> 谁支持自由?谁回家?

他轻声而闲散地说着这第二句韵文,但他的态度中一定有什么变化,让不熟悉他的人要么感到不安,要么来了兴趣。

"请问,"多里安笑着问道,"为什么要在这个时候拔剑呢?"

"因为我们已经离开了那个叫'盘转'的地方,"帕特里克回答道,"我们来到了一个叫'反转'的地方。"

他举起剑直指伦敦,剑上闪烁的灰色光芒来自东方暗灰色的光芒。

克鲁克先生的化学

当赫赫有名的希布斯再次造访克鲁克的店铺时，他发现这位神秘的犯罪学家药剂师的店面扩建了，装饰成令人印象深刻甚至叹为观止的东方风格。事实上，如果说克鲁克先生的店铺占据了西区一条繁华街道的整个一侧也不为过，另一侧则是公共建筑的空白外立面。毫不夸张地说，他是方圆几公里内唯一的店主。不过，克鲁克先生仍然在店里为顾客服务，并很有礼貌且麻利地按照惯例为顾客提供药品。不幸的是，由于某种原因，与这家商店有关的历史太容易重演。在与药剂师进行了一次含糊但舒缓的谈话之后（关于蓝矾及其对人类幸福的影响），希布斯先生又一次目睹了自己最亲密的朋友约瑟夫·莱韦森先生进入这家时髦的药店，这让他感到非常恼火。但事实上，莱韦森自我的恼怒太强烈了，他根本没有注意到希布斯的任何举动。

"好了，"他在店中央站定说道，"这该死的完全是两码事！"

外交官的一大悲剧就是既不能承认自己博学，也不能承认自己无知。因此，希布斯一脸阴沉，抿着嘴说道："你是说一般情况吧。"

"我是说酒馆招牌这个事真是没完没了。"莱韦森不耐烦地说,"艾维伍德勋爵在腿伤严重的时候,特意跑到议会,用一个无争议的小法案解决了这个问题,规定如果出售的酒类未事先在销售地点存放三天,就算有招牌也不允许卖酒。"

"哦,但是,"希布斯说道,声音低沉而庄重,因为他是发起人之一,"像**这样**的事情是可以解决的,你不知道吗?"

"当然可以,"对方说道,仍然是那副略显暴躁的样子,"本来是可以的。但你有一点似乎没有想到,就像爵爷没有想到一样,这种因为不受欢迎而悄悄通过法案的做法终究是有弱点的。你有没有想过,如果一项法律真的因为太低调而无人反对,那么它也可能因为太低调而不被遵守。如果不冒险对普通警察隐瞒实情,要想在一个大政客眼皮子底下瞒天过海绝非易事。"

"但就事情的本质而言,这肯定是不可能发生的吗?"

"绝无可能,上帝保佑。"J. 莱韦森说着,向一种不那么泛神论的权威祈祷。

他从口袋里拿出几张报纸,主要是当地的低端小报,但也有一些信件和电报。

"听听这个！"他说道，"昨天早上，在萨里郡[①]（Surrey）的波尔特威尔村（Poltwell）发生了一桩奇事。惠特曼先生的面包店突然遭到当地一群社会闲散人员的围攻，他们似乎要求用啤酒代替面包，他们提出要求的依据是店外竖立的一些装饰物，并声称这些装饰物是法律意义上的招牌。您看，他们甚至连新法令都没听说过！您如何看待《克莱普顿管理报》（Clapton Conservator）上的这段话？'某些人对法律的蔑视在昨天体现得淋漓尽致，当时一群人围着道格代尔先生（Mr. Dugdale）的布料店前树立的木制旗帜，尽管被告知他们的行为违反了法律，但是他们仍拒绝散去。最后，这些不满的人加入了跟随木制标志的游行队伍。'您对此有何评论？'快报。一大群人闯入皮姆利科（Pimlico）的一家药店要买啤酒，并声称药剂师有责任提供啤酒。当然，这位药剂师很清楚自己在这件事上的豁免权，尤其是在新法案下，但民众似乎仍然抱有旧观念，认为招牌很重要，这甚至在某种程度上使警察系统瘫痪。'您对此有何评论？这个'飞行酒馆'像所有这样的谎言一样，在我们面前飞行了一天，这难道不是像周一早上那样显而易见吗？"现场陷入了外交沉默。

"好吧，"怒气未消的莱韦森问仍然拿不定主意的希布斯

[①] 英格兰东南部的郡。

说道,"你对这一切怎么看?"

如果一个人不熟悉现代人思维中必不可少的相对性,那么可能会认为希布斯先生不可能对这一切做出什么解释。无论能不能给出解释,他的回答很快就受到了相当积极的检验,因为艾维伍德勋爵真的走进了克鲁克先生的店里。

"日安,先生们,"他看着他们说道,表情让他们都觉得莫名其妙,甚至有点不安,"早上好,克鲁克先生。我有一位贵客要见您。"他介绍了面带微笑的米塞拉。先知今天上午的装扮相对朴素,只有紫色和橙色之类的搭配,但他苍老的面容上洋溢着节日的喜庆。

"事业在进步,"他说道,"随处可见事业的进步。你们听到爵爷的精彩演讲了吗?"

"我听过很多次,"希布斯优雅地说道,"堪称精彩的演讲。"

"先知指的是我刚才说的《选票修正法案》(*Ballot Paper Amendment Act*),"艾维伍德随口说道,"现在,伟大的东方大英帝国与西方大英帝国已经融为一体,这似乎为政治家津津乐道。看看我们的大学,穆罕默德学生很快就会占多数。现在,我们,"他更加平静地继续说道,"我们要在代议制政府的形式下统治这个国家吗?如你们所知,我并不假装相信民主,但我认为一旦破坏代议制政府,将导致民心大乱,后果不堪设想。如果想要让英国拥有代议制政府，就绝不能再犯我们在印度教徒和军事组织问题上所犯的错误——这个错误导致了兵变。我们决不能要求他们在选票上画十字，因为这虽然看起来只是件小事，但可能会冒犯他们。因此，我提出了一个小议案，让他们在老式的十字和一个可能代表新月形的向上弯曲的标记之间进行选择——这种标记更容易制作，我相信基本能得到采纳。"

"就这样，"神采奕奕的土耳其老头说道，"又小又轻、制作简单的弯曲标记取代了又硬又难、两道工序、两面切割的标记。这样更有利于卫——卫生。你们必须知道，而且我们善良睿智的药剂师也会告诉你们，萨拉森人、阿拉伯人和土耳其人的医生是所有医生的鼻祖，他们把所有的医学知识都传授给了法兰克[①]领土上的野蛮人。因此，许多最现代、最时髦的疗法都源自东方。

"是的，没错，"克鲁克用他那颇为隐晦和不近人情的方式说道，"最近由伯泽先生（Mr. Boze），也就是现在的赫尔维林勋爵（Lord Helvellyn）推广的一种叫做阿瑞宁（Arenine）的粉末是用普通的沙漠沙子制成的，他首先在鸟类身上进行了试验。而你在处方中看到的 *Cannabis Indiensis*（印度

[①] 法兰克人是5世纪时入侵西罗马帝国的日耳曼民族的一支，统治现今法国和德国地区，他们建立了中世纪初西欧最大的基督教王国。

大麻），我们那精力充沛的亚洲邻居则更热衷于将其描述为asbhang。"

"阿那么同——同样的，"米塞拉边说边用他那棕色的手像个魔术师一样缓慢地比画着，"同——同样，新月形的制作是卫——卫生的，十字形的制作是不卫生的。这个新月是一朵小浪花的形状，像一片树叶，像一根卷曲的小羽毛，"他带着满腔艺术热情，手舞足蹈地向那些欢呼雀跃的土耳其风格的装饰曲线走去，在艾维伍德的推广下，这种新装饰在许多时髦商店流行开来，"但是，当制作十字架时，你必须画一条线，**这——这样**"，他挥动棕色的手比画了一条横线，"接着，你必须回去，**这——这样**画另一条线，"他做了一个向上抬的手势，就像一个人被迫抬起一棵松树，"然后你就病入膏肓了。"

"事实上，克鲁克先生，"艾维伍德彬彬有礼地说道，"我带先知来这里，是有事想请教您，因为您是哈希什[①]（hashish）或汉麻植物[②]（hemp-plant）应用领域的最佳权威，您刚提到了这些植物。我得凭良心决定，这些东方的兴奋

[①] 以印度大麻提炼的麻药，吸食或咀嚼时有放松感，很多国家的法律将其视为毒品禁止服用。
[②] 大麻的一种，又称云麻，被称为天然纤维之王，与毒品植物（drug plant）相区别。

剂或镇静剂是否属于我们试图在一般情况下禁用的通行麻醉品。当然，人们都听说过可怕的感官性幻觉，以及由刺客和山中老人①所引发的一种精神错乱。但是，一方面，我们必须清楚地认识到，在这个国家，当人们在讲述这些东方部落的历史时，总是带着极大的亲基督教偏见。您认为哈希什的影响极其恶劣吗？"他首先转向先知。

"您会看到庙宇，"这位先知坦率地说，"许多庙宇——更多的庙宇——越来越高的庙宇，直到它们高得能碰到月亮，您会听到很高的庙宇里有一个可怕的声音在呼唤宣礼师，您会以为那是真神。接着，您会看到妻子——很多很多的妻子——比您现在拥有的妻子还要多得多。然后，您会在一片粉红色和紫色的大海里翻来覆去——那仍然是妻子的海洋。然后您将进入梦乡。我只经历过一次。"他温和地总结道。

"克鲁克先生，你怎么看待哈希什？"艾维伍德若有所思地问。

"我认为它始于麻、终于麻。"药剂师说道。

"恐怕，"艾维伍德勋爵说道，"我不太明白你的意思。"

"麻酒、谋杀、然后麻绳。这就是我在印度的经历。"克

---

① 即《基督山伯爵》里提到的"山中老人海森班莎派刺客暗杀菲利浦·奥古斯都"的传说。

鲁克先生说道。

"这倒是真的,"艾维伍德更深思熟虑地说道,"这件事的起源从任何意义上来说都不关教会的事。对刺客的方式一直都是这样。当然,"他带着一种高贵的朴实补充道,"他们与圣路易斯(St. Louis)的关系反而使他们失去了信誉。"

沉默了片刻,他突然看着克鲁克说道:"这么说,你主要卖的不是这种东西?"

"对,爵爷,我主要卖的东西不是这个。"药剂师说道。他定定地看着,未老先衰的脸上布满象形文字般的皱纹。

"事业在进步!随处可见事业的进步!"米塞拉张开双臂喊道,缓解了他一时完全没有意识到的紧张情绪,"卫生的新月形曲线很快就会叠加成你的加号。你们已经用它来表示你们的扬抑抑格诗中的短音节了,这无疑是从东方学来的。你们看到这个新游戏了吗?"

他这么一说,大家都转过身来,只见他从紫色的衣服里拿出一个色彩鲜艳、光洁度很高的仪器,这是从一家大玩具店买来的。仔细一看,这好像是一块装在一个红黄相间的框架里的蓝色石板,石板上已经标出了许多分区,大约有十七支不同颜色封面的石板铅笔,还有一大堆印刷的说明书,上面写着这是最近从遥远的东方引进的,叫做"零与新月"。

说来也怪,艾维伍德勋爵虽然满腔热情,但对这一亚洲新发现的获得几乎感到恼火,尤其是他现在确实想和克鲁克先生谈谈,而克鲁克先生见他一面也着实不易。

希布斯体贴地咳嗽了一声,说道:"当然,我们所有的东西都来自东方,而且——"他停顿了一下,突然想不起来除了咖喱还有什么——他对咖喱情有独钟。然后他想起了基督教,也提到了这一点。他最后说,"凡是东方的东西,当然都是好东西。"

在后世和其他时尚中,有些人不理解米塞拉为什么能让艾维伍德这样的人对他的意见照单全收,那是因为他们忽略了这个人身上的两个因素,而这两个因素是非常有吸引力的,尤其是对其他男人来说。一个因素是,**无论什么话题**,这个土耳其小老头都能立刻提出一套理论;另一个因素是,虽然这些理论一套一套的,但它们的内在逻辑是统一的。他从不接受不合逻辑的恭维。

"你错了,"他郑重其事地对希布斯说道,"因为你说凡是东方的东西,都是好东西。别忘了东风[①]。我不喜欢它。它不好。我一向认为,东方本应给予你们的一切温暖、富足、色彩、诗歌等,但都被这个意外、这股东风毒害了。当你们看到先知的绿色旗帜时,你们想到的不是夏天的绿地,而

[①] 在英语文学中,东风指的是凛冽的寒风,因为英国的东风是从欧洲大陆北边吹来的,相当于中国的西风。参考钱歌川的《翻译的基本知识》。

是冬天海面上泛起的绿色波浪,因为你们认为它是被东风吹起的;当你们读到面如皎月的天堂女神时,你们想到的不是我们那像橘子一样的月亮,而是你们那像雪球一样的月亮——"

这时,一个新的声音加入了谈话,虽然听起来有点费解,但似乎在说:"呐!我为——为什么要为一个穿则——着礼服的小犹太人削——捎信?穿礼服的小犹太人哟——有他们的酒喝,我们也哟——有我们的酒喝。苦的,小姐。"

说话的人似乎是个经验丰富的泥水匠,他环顾四周,寻找他在仪式上致辞的未婚女子,但她不在场,场面看起来真的很尴尬。

艾维伍德看着这个人,表情就像石化了一样,而他的体型又进一步加强了他这种表情的效果。但是,J. 莱韦森秘书却没有这种自我石化的能力。当那艘船和他势不两立时,他的灵魂就会升起那个亵渎神灵的前夜的屠杀之红;当发现穷人也是人时,他就会在相对较短的时间内变得礼貌而残忍。他看到还有两个人站在泥水匠的身后,其中一个显然在劝他收敛点,这是一个不祥之兆。然后他抬起眼睛,眼前的一幕比任何预兆都更可怕。

商店的所有玻璃门前都挤满了人。他们看不清楚,因为夜幕已经笼罩了整条街道。商店里亮着的红宝石色和紫水晶色的耀眼火光，给这些巨大的液态球体披上了一层面纱，而没有让它们暴露出来。但是，最前面的那些人居然连鼻子都贴在了玻璃上，鼻子都变白了，而最远处的人也比莱韦森先生所希望的靠得更近。此外，他还看到商店外面竖立着什么——一根直立的杖和一块方形木板的形状。他看不到木板上写着什么。他也不需要看。

凡是在这种时候见过艾维伍德勋爵的人，都明白为什么他在那个时代的历史上如此突出。尽管他面容冷峻，信奉异想天开的教条，却拥有人类所能拥有的一切消极贵族的品质。与纳尔逊和大多数伟大的英雄不同，他无所畏惧。因此，他从不会被意外所打倒，而是面不改色、镇定自若，若换作其他人，即使勇气尚存，也会失去理智。

"先生们，我不会对诸位隐瞒，"艾维伍德勋爵说道，"我早就料到会这样。我甚至不会向诸位隐瞒，在事情发生之前，我一直在占用克鲁克先生的时间。我们不会驱逐人群，我建议，如果克鲁克先生能把他们都安排到这家店里来，那将是好事一桩。我想尽快告诉尽可能多的人，法律已经修改，关于飞行酒馆的愚蠢行为已经停止。你们都进来吧！进来听吧！"

"谢谢您。"一个从事巴士相关工作的人说道，他从泥水匠身后走了进来。

"谢谢,先生。"一个小钟表匠紧随其后,他来自克罗伊登,看起来很活泼。

"谢谢,先生。"紧接着是一位来自坎伯韦尔[①](Camberwell)的职员,他有点不知所措地说道。

"谢谢您。"多里安·温波尔先生说道,他端着一大块圆柱形奶酪走进来。

"谢谢。"达尔罗伊船长说道,他提着一大桶朗姆酒走进来。

"非常感谢。"汉弗莱·庞普先生说,他举着"老船"的招牌走进店里。

恐怕要多嘴一句,跟在他们后面的人群没有表达任何感激之情。尽管商店里人挤人,连站脚的地方都没有了,但是莱韦森还是抬起了他那阴沉的眼睛,看到了那阴沉的预兆。因为,虽然店里站着的人多了很多,但是站在外面向橱窗里张望的人似乎并未减少。

"先生们,"艾维伍德说道,"所有的玩笑都到此为止了。这个玩笑开得有点过火了。要不是今日能够在如此中心的地方进行如此有代表性的集会见面,我可能就无法纠正公众舆论,无法向守法公民解释法律的真实状况了。关于达尔罗伊

---

① 伦敦的一个区。

船长和他的朋友们在过去几周里对你们开的玩笑，我对此的看法与我的目的无关。但我想达尔罗伊船长自己也会承认，我不是在开玩笑。"

"我是真心实意的，"达尔罗伊说道，态度异常严肃，甚至有些悲伤。然后他叹了口气补充道，"正如你所说，我的玩笑已经到此为止了。"

"那块木制招牌，"艾维伍德指着那艘古怪的蓝色船说道，"可以砍了当柴烧。它再也不能带着体面的市民跳恶魔之舞了。在你们从警察或监狱看守所那里了解到这一点之前，我再最后和你们说一次。你们正处于新法律的管辖之下。那个招牌已经什么都不是了。你们再也不能在家门口立个招牌就买卖酒类，招牌就像灯柱一样没用了。"

"你滴伊思——的意思说，老板——您的意思是，老爷，"泥水匠说道，他那张大脸上露出了智慧的曙光，简直不忍直视，"我卜——不能落——来杯苦酒？"

"试试朗姆酒。"达尔罗伊说道。

"达尔罗伊船长，"艾维伍德勋爵说道，"你要是胆敢从酒桶里倒出一滴酒给那个人喝，你就犯法了，你就得睡在监狱里。"

"您确定吗？"达尔罗伊带着一种奇怪的焦虑问道，"我可能会逃跑的。"

"我非常确定。"艾维伍德说道,"我已经派了警察全权负责此事,你到时候就知道了。我的意思是,这件事今晚就到此为止了。"

"如果我找到刚才那个告诉我可以胡——喝酒的人,我会把踏——他打得脑袋开花,说到做的。"泥水匠说道,"为什么不让人们知道法律?"

"他们没有权利像这样偷偷摸摸地就把法律给改了,"钟表匠说道,"该死的新法律。"

"新法律是什么?"书记员问道。

"最近法案新增的文字,"艾维伍德勋爵以一种征服者冷漠的客套说道,"大意是,即使挂着合法的招牌,也不能出售酒类,除非酒类在该营业场所提前存放了三天。达尔罗伊船长,我认为你的酒桶在这些营业场所还没有放满三天。我命令你把它封起来带走。"

"当然,"达尔罗伊一副天真的样子说道,"最好的补救办法就是等它在这里**放满三天**。我们可以更好地相互了解。"他眼神蒙眬,和颜悦色地环视着越来越多的人。

"你不能那样做。"勋爵突然恶狠狠地说道。

"好吧,"达尔罗伊疲惫地回答道,"我突然想起来了,也许我不会这么做。我就在这儿喝一杯,然后像个乖孩子一样回家睡觉。"

"警察会逮捕你的。"艾维伍德暴跳如雷。

"怎么回事,您怎么什么都不满意。"达尔罗伊惊讶地说道,"不过,谢谢您把新法律解释得这么清楚——'除非酒精饮料事先在营业场所内存放三天',我现在会记住的。您总是能把这些事情解释得一清二楚。您只有一个法律上的疏漏。警察不会逮捕我的。"

这个贵族脸色煞白地问道:"为什么不会?"

"因为,"帕特里克·达尔罗伊喊道,面对指控,他的声音像孤独的号角一样高昂,"因为我没有违法。因为酒精饮料三天前就**已经**在这里了。可能三个月前就在这儿了。因为这是一家普通的杂货店,菲利普·艾维伍德。因为柜台后面的那个人就是靠卖蒸馏酒给那些有钱的懦夫和伪君子为生的,这些人可以拿钱贿赂道德败坏的医生。"

他突然指了指希布斯和莱韦森柜台上的小药杯。

"那个人在喝什么?"他问道。

希布斯急忙伸手去拿自己的杯子,但愤愤不平的钟表匠已经抢先一步,一口喝干了杯子里的酒。

"苏格兰威士忌,"他说道,然后把杯子摔在地上,"对,这个也是,"泥水匠吼道,双手各拿起一个大药瓶,"我们现在要去找点乐子了,我们要去找点乐子了!上面那个红色大碗里装的是什么——我猜是波特酒。拿下来,比尔。"

艾维伍德转向克鲁克,大理石般的嘴唇几乎纹丝不动。"这不是真的。"

"这是真的,"克鲁克回答道,同样一动不动地看着他,"您以为您创造了世界,您以为您能轻而易举地推倒重来吗?"

"这个世界被创造得一塌糊涂,"菲利普说,声音里带着可怕的意味,"而**我将使它焕然一新**。"

几乎就在他说话的同时,商店的玻璃门面向内倒下,碎了一地,月亮般的彩色碗中一片狼藉,就像天体水晶的球体在他的亵渎下四分五裂了一样。透过破碎的窗户,传来了比狂风暴雨更可怕的困惑之舌的咆哮,聋子国王终于听到的呐喊——人类可怕的声音。在那条又长又时尚的大街上,两旁都是克鲁克的平板玻璃窗,玻璃在人群的呐喊声中一个接着一个被撞碎。人行道上洒满了金色和紫色的葡萄酒。

"到外面去!"达尔罗伊喊道,手拿招牌冲出店门,小狗坎德尔在他跟前狂吠,多里安拿着奶酪,汉弗莱拎着酒桶,紧随其后,"晚安,爵爷。

> 我们的下一次见面也许就在
>
> 就在你位于塔姆沃思(Tamworth)的城堡大厅里。

来吧,朋友们,排队站好。不要把时间浪费在破坏财产上。我们现在就要出发了。"

"我们要去哪儿?"泥水匠问道。

"我们都要去议会。"船长边回答边走到人群的最前面。

行进的人群拐过两三个弯,在下一条长街的尽头,走在队伍最后的多里安·温波尔又看到了圣斯蒂芬大教堂的灰色独眼巨人塔,塔上有一只金色的大眼睛,就像他在被睡眠和朋友出卖的那个夜晚,在苍绿色的夕阳下看到的那样,既平静无澜,又如火山爆发。几乎同样遥远,在队伍的最前方,他可以看到船和十字架的招牌像旗帜一样在他们面前飘扬,并听到一个洪亮的声音在唱着——

人死复生,谁回家?

警钟和号角!谁回家?

谁是胜利者?

谁支持自由?谁回家?

向艾维伍德前进

在经历了几个世纪的异国之旅之后,这只此前通常降落在其他首都的风暴精神,或者说自由之鹰降临到了伦敦,在人群中脱颖而出。"在忍耐中爆发"和"在忍耐中灭亡"的区别在于某种情绪的变化,而要定义这种情绪的瞬间和转变总是不可能的。实际的爆发通常都有一个象征性或艺术性的原因,也有人称之为异想天开的原因。可能是有人开了一枪,或者有人穿着不受欢迎的制服出现,或者有人大声提及报纸上从未提及的丑闻,或者有人脱帽,有人没脱帽,然后一座城市在午夜前被洗劫一空。当不断壮大的造反大军砸烂了药剂师克鲁克先生贯通整条街的店铺,然后冲向议会、伦敦塔和通往大海的道路时,躲在贮煤室里的社会学家们(在那澄清的黑暗中)可以想到许多物质和精神方面的解释,来解释人类灵魂中的这场风暴,但却没有一种解释足以说明问题。毫无疑问,当埃斯库拉庇乌斯①(Æsculapius)的大茶壶和高脚杯被当作属于巴克斯②(Bacchus)的东西收回时,有

---

① 罗马神话中的医术之神,人类健康的庇佑者。
② 罗马神话中的酒神和植物神。

很多人喝得烂醉如泥；许多人沿着这条路咆哮而去，只是因为他们储存了大量的葡萄酒和利口酒，他们要在城里的宴会或西区的餐馆里，更悠然自得、不动声色地消化那些浓郁的葡萄酒和甜酒罢了。但这些人中有许多人已经醉倒了二十多次，却还是不肯放下酒杯。你无法从客观的角度解释清楚这个事件的方方面面。更普遍的解释是，人们武断地认为克鲁克的有钱主顾们卑鄙无耻，他们为自己敞开了一扇门，却肆无忌惮地将不那么幸福的人拒之门外。但是，没有人能够解释这一切，也没有人能够说清这一切何时会到来。

多里安·温波尔走在队伍的后面，每时每刻都有越来越多的人加入队伍。他甚至还不幸地完全跟丢了一段路，因为在他沿着一条有些陡峭的道路向河边走去时，那块圆滚滚的奶酪从他手中脱落了，在下坡途中滚得飞快。不过，最近几天，他在实际生活中获得了一种乐趣，就像获得了第二次青春。他设法找到了一辆走散的出租车，并不费吹灰之力就重新找到了那个临时行军队伍的踪迹。他向下议院外一个有着黑眼圈的警察打听，得知了叛军的退路或进路，不管是什么，他都知道得一清二楚。没过一会儿，他又一次看到了那个军团，绝对不会看错。之所以说绝对不会看错，是因为一个红头巨人走在队伍最前面，很明显拿着某个公共建筑的木制部分；另一个原因是，英国已经有很长一段时间没见过有哪个人能号召起如此庞大的队伍。不过，除了这些原因，这群"绝对不会看错"的人群也可能被误认为是别的什么。因为他们的样子已经发生了很大的变化，就像长出了犄角或象牙一样；因为他们中的许多人走起路来都带着一些奇形怪状的武器，如铁制的锯子或月牙钩、带喙的东西或斧头，以及头部形状奇特的长矛。更奇怪的是，还有整排整排的人都拿着步枪，甚至还很有纪律地行军；还有一些人似乎随手抓起家用或作坊工具、砍肉斧、丁字斧、锤子甚至刻刀。这些东西因为是家用的，所以杀伤力还不小。在被用于任何公开的战争之前，这些工具就已经在数百万起私人谋杀案中出现过。

多里安非常幸运，几乎是面对面地见到了这位满头红发的船长，并轻而易举地与他并肩走在队伍的最前面。汉弗莱·庞普走在另一侧，脖子上用类似背带的东西挂着那个著名的木桶，就像一面鼓似的。温波尔先生自己也趁着刚才掉队的那一小会儿，把奶酪装进了一个宽松防水的大背包里，把包扎在肩上，这样就方便多了。这两种打扮的效果都让人以为这两个身材特别清秀的人的身体上有什么可怕的畸形。船长看起来精神抖擞、神采飞扬，他非常享受这个过程。不过，多里安也有他的乐子。

"你们失去了我的英明指挥之后，都干什么去了？"他笑着问道,"为什么你们既有沉闷的检阅队伍,也有奇装异服的舞会队伍?你们都忙了些什么?"

"我们去购物了,"帕特里克·达尔罗伊先生有些自豪地说,"我们是乡下人。我对购物了如指掌,让我们来看看,有哪些关于购物的短语?现在,看看这些步枪!那可是个划算的买卖。我们找遍了伦敦最好的军械工人,但没花多少钱。事实上,我们一分钱都没花。这就叫讲价,不是吗?当然,我在他们寄给女士们的东西里看到了一些'捐赠'的物品。然后我们去了一个边角余料大甩卖。至少,在我们离开的时候,那只是一个边角余料大甩卖。我们买了那块布头绑在招牌上。这肯定就是女士们所说的雪纺吧?"

多里安抬眼望去,发现木制的招牌柱上绑着一条很粗糙的红布条,可能是从垃圾桶里捡来的,就像一面革命的红旗。

"这不是女士们所说的雪纺吗?"船长焦急地问道,"好吧,随便吧,反正在衣橱里,这玩意儿就叫雪纺。不过,因为我马上要去拜访一位女士,所以我会尽量记住它们的区别。"

"请问您的购物结束了吗?"温波尔先生问道。

"还差一件物品,"对方回答道,"我得找到一家音乐商店——你懂我的意思,就是卖钢琴之类东西的地方。"

"你看,"多里安说道,"这块奶酪已经很重了,难道我还要背一架钢琴吗?"

"您误会我的意思了。"船长平静地说道。由于他从来没有想到过音乐商店,直到他的目光在一瞬间捕捉到了一家,于是他飞快地跑进了门口。他几乎是马上就回来了,腋下夹着一个长长的包裹,接着继续谈话。

"除了商店,"多里安问道,"你们还有去别的地方吗?"

"别的地方!"帕特里克气愤地叫道,"难道您没有乡下的亲戚吗?我们当然去了所有该去的地方。我们去了议会大厦,但议会没有开会,所以没有适合在选举上扔的优质鸡蛋。我们去了伦敦塔——您不能让我们这样的乡下人累着,我们带走了一些钢铁奇珍,我们甚至拿走了牛肉食客的戟。我们指出,就吃牛肉而言(这些食客唯一公开宣称的目的就是吃牛肉),刀叉总是更方便。老实说,他们似乎松了一口气。"

"请问,"对方笑着说道,"你们现在要去哪儿?"

"又是一处美景!"船长兴高采烈地喊道,"可别累着乡下人!我要带我那些外省来的年轻朋友们去看看英国最好的乡村老宅。我们要去艾维伍德——距离那个他们叫做卵石坞的大海水浴场不远。"

"我明白了。"多里安说着,第一次茫然无措地回望身后行进的队伍。

"达尔罗伊船长，"多里安·温波尔稍稍换了一种语气说道，"有一件事我一直想不通。艾维伍德说要派警察来抓我们，虽然这群人人数不少，但我根本不相信警察会抓不到我们，我从小就认识那帮人。可是警察在哪儿呢？请恕我直言，你们似乎带着凶器穿过了半个伦敦。艾维伍德勋爵威胁说警察会阻止我们。那他们怎么还不来阻止我们呢？"

"您的话题，"帕特里克高兴地说，"得分三点来讲。"

"不至于吧。"多里安说道。

"警察不应该在这件事上锋芒太露，确实有三个原因，因为他们最大的敌人不允许。"

他伸出自己粗壮的手指比画着"三"，一副正儿八经的样子。

"首先，"他说道，"您已经离开小镇很长时间了。也许您看到了警察，但没有认出来。他们不戴头盔，就像普鲁士人获胜后我们的前线兵团那样。他们戴毡帽，因为土耳其人赢了。我毫不怀疑，不久之后，中国人会赢。这是道德科学中一个非常有趣的分支。这就是所谓的'效率'。"

"其次，"船长解释道，"您可能没有注意到，有相当多的人戴着这样的帽子，就走在我们后面。哦，是的，确实如此。难道您不记得整个法国大革命的真正起因了吗？就是因为一群城市民兵拒绝向自己的父亲和妻子开火，甚至还有一些迹象表明他们向另一方开火。您看后面有很多这样的人，您可以从他们的左轮手枪腰带和走路的步调中分辨出他们，但不要一直回头看他们。这会让他们紧张。"

"第三个原因呢？"多里安问道。

"真正的原因，"帕特里克回答道，"我不会打一场没有胜算的仗。真正打过仗的人通常不会打没有胜算的仗。但我注意到有些事情很奇怪，就是您刚才提到过的，为什么没有增派警察？为什么没有增派士兵？我来告诉您。因为现在英国已经没有多少警察和士兵了。"

"当然，"温波尔说道，"这种抱怨不常见。"

"但是，"船长正色说道，"只要是见过水手或士兵的人，对此都一清二楚。我告诉你们真相。我们的统治者已经开始指望靠英国人赤裸裸的怯懦来实现统治，就像牧羊犬指望羊群的怯懦一样。听着，温波尔先生，如果一个牧羊人能把代价转嫁到他的羊身上，那么限制牧羊犬的数量可不就是明智之举吗？最后，您可能会发现一只孤零零的狗管理着数以百万计的羊。但那是因为被管理的是羊。假设有奇迹发生，羊变成了狼，那么狗就会被撕成碎片，没有几只狗能逃脱得了。但我想说的是，能被撕碎的狗也没多少了。"

"你不是说，"多里安说道，"英国陆军实际上已经解散了？"

"白厅外面还有哨兵，"帕特里克低声回答道，"但是，您的问题确实不好回答。事实并非如此，军队当然没有完全解散。但被解散的是**英国的**军队——温波尔，您听说过帝国的伟大命运吗？"

"我好像听说过这句话。"他的同伴回答道。

"它分为四幕，"帕特里克说道，"战胜野蛮人、雇用野蛮人、与野蛮人结盟，以及被野蛮人征服。这就是帝国的伟大命运。"

"我想我有点儿明白你的意思了，"多里安·温波尔回道。"当然，艾维伍德和当局看起来确实很容易依赖印度兵部队[1]。"

"以及其他部队。"帕特里克说道，"我想您见到他们时会大吃一惊。"

他一言不发地向前走了一会儿，然后突然开口，但似乎并不完全是在转移话题，"你认识现在住在艾维伍德旁边庄园里的那个人吗？"

"不认识，"多里安回答道，"我听说他一直独来独往。"

"他的庄园也无人登门。"帕特里克颇为忧郁地说，"如果您能爬上他家的院墙，温波尔，我想您会找到很多问题的

---

[1] 指印度原住民中支持欧洲的殖民者，尤其是支持英国人的土著。

答案。哦,是的,尊敬的先生们在某种程度上为公共秩序和国防做出了充分的规定。"

他又陷入了近乎愠怒的沉默中,又过了好几个村庄后,他才再次开口说话。

他们在黑暗中跋涉,在杂草丛生、枝繁叶茂的地方,无意间发现一抹黎明的曙光,道路开始向高处延伸。达尔罗伊高兴地叫了一声,指了指前方,提醒多里安注意远方。在破晓银色和猩红色光芒的映衬下,可以远远地看到一个深紫色的穹顶,顶上长满了深绿色的树叶——那就是他们所说的盘转镇。

这幅景象似乎让达尔罗伊的精神为之一振,他习惯性地发出了带有威胁性的声音。

"最近有作什么诗吗?"他问温波尔。

"没什么特别的。"诗人回答道。

"那么,"船长清了清嗓子,先把丑话说在前头,"您得听我唱一首歌,不管您喜不喜欢——而且,您越不喜欢它,它就越没完没了。我开始明白为什么士兵们在行军途中要唱歌了,我也开始明白为什么他们能受得了这么难听的歌。

当德鲁伊①（Druids）献祭一个人时，

他们挥舞着金刀，

围着橡树翩翩起舞，

但是，尽管博学者上下求索，

但没有一个现代人能够

完全明白其中的荒唐可笑；

尽管他们割断了人的喉咙，

但他们没有砍树——

从鲜血中长出

尚未长成的橡树苗。

但是艾维伍德，艾维伍德勋爵，

他像常春藤一样任由树木腐烂，

他像常春藤一样

攀附在圣树上爬行。

查尔斯国王（King Charles）在伍斯特战役中落荒而逃②，

---

① 古代高卢、不列颠和爱尔兰等地凯尔特人中的祭司。
② 伍斯特战役发生于1651年，是英国革命时期平定苏格兰王党叛乱的一次战役，查尔斯国王（查理·斯图亚特）亲自领兵作战，本来攻入英格兰，但被克伦威尔围歼，查理·斯图亚特出逃。战役结束后，苏格兰被并入英国。

他藏在橡树林里。

在修道院的学校里,那些圆滑的人,

不会盯着你的一举一动大肆赞扬,

也不会辩称他其实是

一个克己守礼的虔诚之徒。

但神圣的树林并没有因为他

失去了自由的幻想,

尽管他人高马大,

但他并没有折断树木。

但是艾维伍德,艾维伍德勋爵,

他像常春藤一样折断大树,

像常春藤一样吃掉

我们和大海之间的树林。

伟大的科林伍德(Collingwood[①])向着林间空地走去,

自由地扔下橡子,

橡树可能还在小树林里,

就像屋顶的橡木横梁一样,

[①] 此处指"所有权有争议的树林"。

> 当水手们心爱的好情人
> 在海上被死神亲吻。
> 尽管橡树为他而倒下
> 建成了橡木船，
> 樵夫崇拜他所砍伐的树木
> 甚至连木屑也顶礼膜拜。
> 但是艾维伍德，艾维伍德勋爵，
> 他像常春藤一样憎恨树木，
> 就像常春藤之龙
> 把我们牢牢掌控在他的手中。

他们沿着一条倾斜的小路往上走，两边环绕着肃穆的树林，不知为何，这些树林就像醒着的猫头鹰一样警惕。虽然破晓的阳光像猩红色、金色的条幅和卷轴一样照在他们身上，像凯旋的号角一样从他们头顶吹过，但是黑暗的树林似乎像阴暗凉爽的地窖一样保守着秘密，除了一两束灿烂的阳光，他们再也没看到像破碎的翡翠似的那么强烈的阳光。

多里安说道："如果常春藤没有发现这棵树知道些什么，我也不会感到奇怪。"

"树知道，"船长说道，"问题在于，直到不久前，这棵树还不知道自己知道。"

他们沉默了一会儿，越往上走，斜坡就越陡，高大的树木越来越像巨人的灰色盾牌，仿佛在守护着什么东西似的。

"你还记得这条路吗，驼峰？"达尔罗伊问酒馆老板。

"记得。"汉弗莱·庞普回答道，然后就没再说什么，但很少有人听到过如此肯定的回答。

他们默默前行，大约两个小时后，也就是快到十一点的时候，达尔罗伊在森林里喊停，说大家最好睡几个小时。这里的树林密不透风，山毛榉桄杆铺成的地毯也比较柔软，所以在这个地方歇脚恰到好处。就像时间不合时宜一样，如果有人认为，在街上偶然认识的普通人，在这种精神的状态下，不可能随随便便就跟随一个领袖这样长途跋涉，也不可能在这样的地方听他的命令睡觉，那他就是不懂历史了。

"恐怕，"达尔罗伊说道，"你们得把晚餐当早餐吃了。我知道一个适合吃早餐的好地方，但那里无遮无掩，不适合睡觉。你们必须睡觉，所以我们现在不会打开行囊。我们会像林中的婴儿一样躺下，任何勤劳的鸟儿都可以用树叶盖住我们。真的，有些事情要发生了，在那之前你们会想睡觉的。"

当他们继续赶路时，已经快到下午三点了，他们在女士们不喝茶就会死的那个神秘时刻吃了饭，达尔罗伊兴致勃勃，非要把这顿饭说成是早餐。陡峭的山路越来越陡、越来越陡，最后，达尔罗伊对温波尔说：

"拿好奶酪别掉了，否则它一下子就会滚到树林里去。我知道会这样，不需要科学地计算坡度和角度，因为我亲眼看到过这种情况。事实上，我已经追着它跑过了。"

温波尔意识到他们正在爬上山脊的尖角，不一会儿，他就从怪异的树木形状中发现了其中隐藏的东西。

他们一直沿着海边一条宽阔的林间小路前行。在海边凸出去的一块特别高的高原上，矗立着几棵又矮又小、缺枝少叶的苹果树，那苹果肯定又酸又咸，没有人会吃的。高原上其他地方都是光秃秃的，毫无特色，但庞普看着每一寸土地，好像这里有人烟似的。

"这就是我们要吃早餐的地方，"他指着裸露的荒草地说道，"这是英国最好的酒馆。"

当达尔罗伊大步向前，把"老船"的招牌插在荒凉的海边时，他的一些听众开始大笑，但又莫名其妙地戛然而止。

"现在，"他说道，"驼峰，我们带来的物资就交给你了，我们来野餐。就像我曾经唱过的一首歌里唱的那样：

来自阿拉比的'萨拉森人之首'来啦，
理查德国王手持武器，怒发冲冠，

在那里,他建立了自己的家园,

他竖起了长矛——举起萨拉森人的头颅。"

接近黄昏时分,暴民才抵达艾维伍德宅邸门前,许多对艾维伍德庄园心存不满的人加入其中。从战略和夜间突袭的角度来看,这可能会为船长的军事能力添上一笔。但实际上,他部署这群暴民的方式在一些人看来有些古怪。当他完成排兵布阵,严格要求在最初几分钟内保持肃静后,他转身对庞普说道:

"现在,不管我们要做什么,在那之前我都要先制造点动静。"

他从牛皮纸下拿出了一件乐器。

"要传唤对面的人来和谈吗?"多里安饶有兴趣地问道,"还是反抗的号角,或者类似的东西?"

"不,"帕特里克说道,"是小夜曲。"

琼女士的困惑

傍晚时分，晴空万里，只有天空的边缘点缀着夕阳的紫色花纹，琼·布雷特正在艾维伍德梯田花园的上层草坪上散步，那里有孔雀在飞来飞去。她的美貌堪与孔雀本身媲美，也许有人会说她空有美丽的皮囊，她心高气傲、裙裾曳地。然而，在这些日子里，她偶尔也会惊慌尖叫。事实上，在过去的一段时间里，她已经感觉到自己的生命正在被一种难以理解的平静所包围，而这比难以理解的聒噪更令人难以忍受。每当她看着花园里古老的紫杉树篱时，它们似乎都比她上一次看到时更高了，仿佛那些有生命的墙壁还能越长越高，直至把她关在里面。每当她从塔楼的窗户眺望大海时，大海似乎离她更远了些。事实上，整个塔楼翼楼的尽头与东面新木墙的合拢，似乎象征着她所有说不清、道不明的感觉。在她小时候，翼楼的尽头是一扇破旧的门和一段废弃的楼梯。它们通向一片未开垦的灌木丛和一条废弃的铁路隧道，她和其他人都避之唯恐不及。不过，她还是知道它们通向哪里。现在看来，这一小块土地已经被卖掉，并入了隔壁的庄园；而关于隔壁的庄园，似乎没有人知道什么特别的事情。她越来越感觉到有什么事情在逼近。各种荒唐的细枝末节加剧了这种感觉。可以说,她对隔壁的这位新地主一无所知,因为他似乎是个喜欢深居简出的老人。艾维伍德勋爵的秘书布朗宁小姐只告诉她,对方是一位来自地中海沿岸的绅士,除此之外,再也无法提供更多的信息了。因为地中海绅士可能指的是住在威尼斯的美国绅士,也可能指的是阿特拉斯山脉①(Atlas)边缘的非洲黑人,所以这个描述并不能说明什么,而且可能也并没有打算要说明什么。她偶尔会看到他那身穿制服的仆人走来走去,他们的制服与英国的制服不一样。此外,在最近的战争中,受那个**声名鹊起**的土耳其人的影响,卵石坞民兵已经更换了新制服,这让她感到有些恼怒,这种状态不正常。他们戴上了像法国轻步兵一样的毡帽,这肯定比他们过去戴的那种厚重的头盔实用得多。这本是一件小事,但却让琼女士很恼火,因为她和许多聪明的女人一样,既含蓄又保守。这让她觉得外面的整个世界都在被改变,而她却什么都不知道。

但是,在她心里的更深处还有别的烦恼,在艾维伍德老夫人和她生病的母亲的苦苦哀求下,她在艾维伍德宅邸住了一周又一周。如果冷嘲热讽一点,可以这么说(她自己

---

① 非洲北部唯一的山脉,北邻地中海。

也可以这样说),她正在做的是女性自古以来都在做的一件事——试图喜欢上一个男人。但这种冷嘲热讽是错误的——愤世嫉俗者几乎总是犯这样的错。因为在那段最关键的日子里,她真的喜欢上了那个男人。

当他腿上中了庞普的子弹被送进来时,她是喜欢他的;当他仍是屋子里最坚韧不拔、临危不乱的男人时,她是喜欢他的。她喜欢他在伤势出现恶化时的样子,喜欢他忍着疼痛时那让人敬佩的样子。当他面对愤怒的多里安依然友好相待时,她是喜欢他的;在他拄着粗糙的拐杖艰难地站起来,力排众议、当机立断地赶往伦敦的那天晚上,她是喜欢他的。但是,尽管有前面提到的那种奇怪的亲近感,她对他的喜欢却从未超过那个傍晚,当时她正站在孔雀中间,他拄着拐杖费力地爬上老花园的梯田,走过来和她说话。他甚至稀里糊涂地拍了拍孔雀,就像拍一条狗一样。他告诉她,这些美丽的"鸟儿"毫无疑问是从东方引进的,来自半东方的马其顿帝国。但是,琼还是将信将疑,因为他以前从未提过艾维伍德有孔雀。他最大的缺点就是对自己无懈可击的精神和道德力量骄傲自满。但是,要想拉近与这位女士的关系,他做什么都比不上无意识中散发的淡淡的风趣幽默效果来得更好,可惜他没意识到。

"据说它们是朱诺之鸟①，"他说道，"但我毫不怀疑，朱诺和《荷马史诗》中的其他神话一样，也起源于亚洲。"

"我一直认为，"琼说道，"后宫闺房承载不了朱诺的高贵不凡。"

"您应该知道，"艾维伍德彬彬有礼地答道，"因为我**从未**见过像您这样如此有朱诺神韵的人。不过，阿拉伯人或印度人对女人的看法确实存在着很大的误解。他们的观点实在是太简单、太绝对了，我们这个自相矛盾的基督教世界难以理解。即使是针对土耳其人的庸俗笑话，说他们喜欢肥胖的新娘，也体现了我所说的某种扭曲的影子。他们看重的不是个人，而是女性和自然的力量。"

"我有时觉得，"琼说道，"这些天花乱坠的理论有点牵强。您的朋友米塞拉前几天告诉我，在土耳其，妇女享有最高的自由，因为她们可以穿裤子。"

艾维伍德露出了他罕见的干笑。"先知有一种天才常有的质朴，"他回答道，"我不否认，他所使用的某些论据看起来是粗糙的，甚至是凭空捏造的，但他在根本问题上是对的。有一种自由就是永远不反抗自然，我认为东方人比西方人更容易理解这一点。您看，琼，以我们狭隘的、个人

---

① 罗马神话里的天后，婚姻和母亲之神，孔雀又被称为"朱诺之鸟"。

的、浪漫的方式谈论爱情无可厚非,但有一种东西比爱情更高尚。"

"那是什么?"琼低头问道。

"对命运的热爱,"艾维伍德勋爵说道,眼睛里流露出一种类似于精神上的激情,"尼采不是在哪儿说过,对命运的欢喜是英雄的标志吗?如果我们认为教会的英雄和圣人在提及'Kismet'①时是垂头丧气的,那我们就错了。其实他们说到'Kismet'时,总是欢呼雀跃的。这才符合他们真正的意思。在阿拉伯故事中,完美无瑕的王子迎娶完美无瑕的公主——因为他们是天作之合。精神巨人Genii②实现了这一点——这就是大自然的目的。在自私自利、多愁善感的欧洲小说中,世界上最可爱的公主可能会和她的中年绘画家私奔。《小路》(Path)里可不会讲这种故事。土耳其人骑马去迎娶地球上最美丽的王后,为此他征服了帝国,他并不会为自己的荣耀感到羞愧。"

在琼女士看来,傍晚那银色的天空边缘皱巴巴的紫云,越看越像艾维伍德封闭走廊的银色窗帘上鲜艳的紫罗兰刺绣镶边。孔雀看起来比以前更有光泽、更美丽了,但这是她第

---

① 意味"命运"或"好运",从土耳其单词qismet演变而来。
② 又写作Genies或Jinn,源自阿拉伯单词Jinni,是中东和非洲神话中的精灵,带来智慧和知识。

一次真正觉得它们是从《一千零一夜》中走出来的。

"琼，"菲利普·艾维伍德在暮色中轻声说道，"我并不为我的荣耀感到羞愧。我认为这些基督徒口口声声的谦卑毫无意义。如果可以，我会成为世界上最伟大的人——我认为我可以。因此，那比爱情本身更崇高的东西，也就是命运和天作良缘，让我理所当然地迎娶世界上最美丽的女人。她站在孔雀中间，比孔雀更美丽、更骄傲。"

琼不安地盯着紫罗兰色的地平线，她的嘴唇只能发出"不要"之类的声音。

"琼，"菲利普又说道，"我曾经对您说过，您是伟大英雄所梦寐以求的那种女人。现在我要告诉您一件事，不到谈婚论嫁的地步，我是不会轻易提起这件事的。我二十岁在德国的一个小镇求学时，坠入了西方人所说的爱河。她是一个来自海边的渔家姑娘，因为那个小镇靠近大海。若是与她成婚，我的人生也就到此为止了。有这样一位妻子，我不可能进入外交界，但我当时什么都不在乎。但在不久之后，我漫步到了佛兰德斯[①]（Flanders）的边缘，发现自己正站在莱茵河最后一段气势磅礴的河段之上。我的脑海中浮现出一些事情，若非想到这些，我可能至今仍在自毁前程。我想，这条

[①] 又译"法兰德斯"，意为"泛水之地"，包括法国北部和荷兰南部的一部分。

河曾留下了多少圣洁或美好的点点滴滴，然后继续前行。它可能在瑞士任何一个悬崖峭壁上度过它精神脆弱的青春；也可能在莱茵兰①（Rhineland）任何一个开满鲜花的沼泽中迷失自己。但是，它汇入了完美的大海，那是河流的终极成就。"

琼再一次哑口无言，但是菲利普还在滔滔不绝地说。

"在王子向公主伸出手之前，还有一件事不能说。也许在东方，他们在童婚这件事上做得太过分了。但是，看看那些年轻时疯狂的婚姻，哪一个不是支离破碎！扪心自问，难道您希望他们在孩童时就成婚吗？人们在报纸上谈论皇室婚姻的无情无义。但我想，你我都不相信报纸。我们知道，英国没有国王——自从国王在白厅前丢掉脑袋，就再也没有国王了。您知道，您和我以及我们的家族就是英国的国王，我们的婚姻就是王室婚姻。就让山野痞夫们说去吧。可以说，王室婚姻需要勇敢的心，这是贵族唯一的徽章。琼，"他轻声细语地说道，"也许您曾走近瑞士的峭壁，或鲜花盛开的沼泽，也许您曾认识一位渔家姑娘，但还有比这一切更伟大、更简单的东西，您可以在东方伟大的史诗中找到的东西——美丽的女人、伟大的男人和命运。"

"爵爷，"琼出于一种难以言表的本能使用了正式的措

---

① 德国莱茵河西部地区。

辞，"您能容我再考虑考虑吗？无论我如何决定，您是否都不会认为我不忠？"

"当然。"艾维伍德拄着拐杖躬身说道，然后一瘸一拐地穿过孔雀群。

之后的几天里，琼一直在为自己的世俗命运打基础。她还很年轻，但她觉得自己好像已经活了几千年，一直在为同一个问题烦恼。她一次又一次地告诉自己，许多比她更优秀的女人都退而求其次，而她们的次优选择并不像艾维伍德勋爵这样优秀。但是，气氛中有一些复杂的东西。她喜欢聆听艾维伍德精彩绝伦的演讲，就像任何人都喜欢聆听一个真正会拉小提琴的人演奏，但最大的问题在于，在某些可怕的时刻，你总是无法确定自己到底是在为琴声陶醉，还是为人陶醉。

此外，艾维伍德家的气氛和精神状态有些奇怪，尤其是在艾维伍德伤好之后。她对此没什么好说的，只觉得这让她莫名地恼火。有些事情值得称道，但也令人疲倦。出于一种在时髦的知识分子中并不罕见的冲动，她渴望与中产阶级或下层阶级中有见识的女性交谈，这种冲动使她几乎要扑到布朗宁小姐的怀里寻求支持。

但布朗宁小姐顶着一头红色的卷发和白皙聪慧的脸庞，同样给人一种难以形容的感觉。在她眼里，艾维伍德勋爵比什么都重要，就好像他是时间老人或风伯雨师。他被称为"大人"。当布朗宁小姐第五次称他为"大人"时，琼不明白为什么她似乎闻到了炎热温室里植物的味道。

"您看，"布朗宁小姐说道，"我们不能干涉大人的事业，这才是最重要的。而且，说真的，我觉得我们对大人的事最好都不要多嘴。我敢肯定，大人正在酝酿雄韬伟略。您听到那天晚上先知说的话了吗？"

"先知对我说的最后一句话是，"这位一身黑衣的女士铿锵有力地说道，"当我们英国人看到英国青年时，我们会喊'他是新月！'但当我们看到英国老人时，我们会喊'他是十字架！'"

这位长得如此聪慧的女士不禁淡淡一笑，但她继续强硬地说道："您知道，先知说过，所有真正的爱情都有命运的因素。我相信这也是大人的观点。人们围着一个中心转，就像小星星围着恒星转一样，因为恒星是一块磁铁。当命运像一阵大风一样在你身后吹拂时，你怎么做都不会错，我认为很多事情都是这样被不公平地评判的。谈论印度的童婚是件好事。"

"布朗宁小姐，"琼说道，"你对印度的童婚感兴趣吗？"

"这个——"布朗宁小姐说。

"你姐姐对这些感兴趣吗？我去问问她。"琼喊道，她穿过房间,来到麦金托什夫人书写秘书笔记的书桌前。

"好吧,"麦金托什夫人比她妹妹更俊俏,拥有一头浓密的秀发,她抬起头坚定地说,"我相信印度人的方式是最好的。如果任由人们在年轻的时候自作主张,那么他们可能遇人不淑。我们可能会和黑人、渔女——甚至罪犯结婚。"

"那么,麦金托什太太,"琼皱着眉头严厉地说,"你很清楚,你绝不会和一个渔女结婚。伊妮德在哪儿?"她突然问道。

"伊妮德女士,"布朗宁小姐说道,"我想她正在音乐室里听音乐。"

琼快步穿过几间长长的沙龙,发现她那位满头金发、脸色苍白的亲戚居然在弹钢琴。

"伊妮德,"琼喊道,"您知道我一直都很喜欢您。看在上帝的分上,告诉我这宅邸里的人都怎么了?我和大家一样钦佩菲利普。但这宅邸到底怎么了?为什么所有这些房间和花园好像都要把我关在里面?为什么这里的一切看起来都越来越变成一个样?为什么每个人都说同样的话?哦,我不经常谈形而上学,但这一切肯定有什么目的。只有这样才说得通,肯定有什么目的。但我不知道到底怎么回事。"

伊妮德女士在钢琴上弹了一两个小节,然后说道:

"我也不知道,琼。我确实一无所知。我完全明白您的意思。但正因为有什么目的，我才对他有信心，才会信任他。"她开始轻轻地弹奏了一首莱茵兰民谣的曲调，也许是用音乐引出了她的下一句话，"假如您正在观赏莱茵河最后的一段河流，河水汇入……"

"伊妮德！"琼喊道，"如果您说'汇入北海'，我就要大声嚷嚷了。大声嚷嚷，您听到了吗，比所有孔雀的叫声都要大。"

"好吧，"伊妮德女士抬起头，有点失控地解释道，"莱茵河**确实**汇入北海，不是吗？"

"我敢说，"琼不管不顾地说道，"但莱茵河可能已经汇入圆塘[①]（Round Pond），在您知道或关心之前，直到……"

"直到什么？"伊妮德问道，她的音乐戛然而止，"直到发生了一些我无法理解的事情。"琼说着走开了。

"**您**就是我无法理解的事情，"伊妮德说道，"不过，如果这首曲子让您不高兴的话，我可以弹点别的。"说着，她又用手指了指乐谱，琢磨着选哪首曲子。

琼穿过音乐室的走廊，心神不宁地回到房间里，和两位女秘书坐在一起。

"嗯，"满头红发、温文儒雅的麦金托什夫人头也不抬地

[①] 伦敦一处景观公园，位于辛肯顿宫前，建于1728年。

问道,"您有什么发现吗?"

有那么一会儿,琼似乎陷入了比往常更忧虑的沉思,然后,她用坦率而友好的语气说道(尽管这与她紧蹙的黝黑眉头形成了某种反差):

"没有,真的没有。至少我觉得我只发现了两件事,而且都是我自己的事。我发现我喜欢英雄主义,但又不喜欢英雄崇拜。"

"当然,"布朗宁小姐以格顿①(Girton)学子的方式说道,"这两者总是相辅相成的。"

"但愿不是。"琼说道。

"但除了崇拜,"麦金托什夫人仍旧目不斜视地问道,"您还能对英雄做些什么呢?"

"你可以把他钉在十字架上,"琼说道,她从椅子上站起来,突然又恢复了烦躁不安的状态,"事情似乎就在那时发生了。"

"您不觉得烦吗?"一脸机灵的布朗宁小姐问道。

"烦,"琼说道,"而且是那种最糟糕的心烦,我甚至都不知道自己在烦什么。老实说,我觉得我已经厌倦了这个宅邸。"

---

① 即剑桥大学格顿学院。

"很正常，这宅邸已经很老了，有些地方还很破败，"布朗宁小姐说道，"但是大人修缮得很好了。翼楼的塔楼上，那些月亮和星星的装饰真的是——"

在远处的音乐室里，伊妮德女士找到了她喜欢的乐曲，正在钢琴上弹奏前奏曲。刚弹了几个音符，琼就像个斗士一样站了起来。

"谢谢——"她用嘶哑的声音轻声说道，"当然，就是这样！我们就是这样的人！她现在找到了正确的曲子。"

"是什么曲子？"秘书纳闷地问道。

"就是当我们俯首膜拜国王尼布甲尼撒二世树立的金像时，"琼怒气冲冲但仍语气温和地说道，"竖琴、长号、索尔特里琴、扬琴和各种音乐的曲子。姑娘们！女士们！你们知道这是什么地方吗？你们知道为什么这里的门里面还有门，格栅后面还有格栅，所有东西都挂上帘子、铺上垫子，为什么这里芬芳四溢的花朵和我们山上的花朵不一样吗？"

伊妮德的歌声从遥远的、逐渐变暗的音乐室里传来，清脆悦耳：

不及你战车车轮下的尘土，

不及从未玷污你佩剑的锈斑——①

"你们知道我们是什么吗?"琼又问了一次,"我们是哈来姆。"

"您这是什么意思?"小姑娘激动地叫道,"为什么这么说,艾维伍德勋爵从来没有——"

"我知道他从来没有说过。我甚至不确定,"琼说道,"他是否会这样做。我自始至终都不理解那个人,没有人能懂他。但我告诉你,这就是本质。我们就是这样的人。这间屋子散发着一夫多妻制的恶臭,闻起来就像晚香玉②的香味一样。"

"怎么了,琼,"伊妮德女士像个养尊处优的幽灵一样走进房间,喊道,"你们到底怎么了?你们的脸色怎么都白得像床单一样。"

琼没有理睬她,而是继续固执地据理力争。

"而且,"她说道,"如果说我们对他有什么了解的话,那就是他遵循步步为营的原则。他把这叫做进化论和相对

---

① 出自英国著名女诗人劳伦斯·霍普(Laurence Hope,1865—1904)的《印度情诗》(*India's Love Lyrics*),这是诗集里的第一首诗 *Less than the Dust*。
② 晚香玉又称夜来香,因为只有在晚上才会发出浓郁的香味。此花香味太浓,容易让人感觉到呼吸困难,因此一般不会放在室内,花语是"危险的快乐"。

论，把一个小点子慢慢扩充成一整套体系。我们怎么知道他不是在步步为营：先让我们习惯这样的生活，这样当他得寸进尺时，我们就不会太震惊——先让我们浸润在这种氛围中，然后再正儿八经地引进那个制度，"她颤抖着说道，"艾维伍德任命一个印度兵当总司令、邀请米塞拉在威斯敏斯特大教堂布道、摧毁英国所有的酒馆，但相较于这些计划，引进一夫多妻制难道不是更处心积虑、更令人发指吗？我不会任由事态这样发展下去。我不会被潜移默化。我不会变得面目全非。此后只要我行走在大道上，我的双脚必踏足在墙外，否则我会高声尖叫，就像我被困在码头的某个巢穴里那样尖叫。"

她顺着房间而下向塔楼走去，突然产生了一种想要离群索居的冲动。但当她经过那个被封死了旧翼楼尽头的天文木雕时，伊妮德看到她紧握拳头捶了一下木雕。

正是在这塔楼里，她有过一次不同寻常的经历。这一次，多亏了这个地方的与世隔绝，她绞尽脑汁，可算想到了当菲利普从伦敦回来后该怎么和他相处，因为把她的心事告诉艾维伍德老夫人，就像对一个婴儿描述酷刑一样，既亲切又有用。傍晚非常宁静，是那种淡灰色的宁静，艾维伍德的每一个角落她都尽收眼底，无遮无掩。当她在思绪纷飞间注意到灌木丛中灰紫色的黄昏里出现一阵骚动并且听到窃窃私语和人来人往的脚步声时,她吓了一跳。然后,一切又恢复了寂静;接着,黑暗的远处传来了洪亮的歌声,打破了寂静。伴随着微弱的伴奏,可能是弹奏鲁特琴或维奥尔琴的声音:

女士,天空中的光芒即将熄灭,
女士,让我们在荣誉消逝时死去,
我亲爱的,掉落的手套就像甩出的金属手套①,
当你我还年少时。
为了某种超越辉煌的东西,
而安逸并非唯一的美好,
在艾维伍德的森林里,那时你我还年少。

女士,星辰正在变得暗淡而渺小,
女士,当你我还年少时,
如果为了生活就忘记天上美妙的星辰,
我们将无法生活。
当世界还年少时,在艾维伍德的林间,
戒指里装的不止有金子,爱情绝非不足挂齿。

---

① 中世纪武士铠甲的铁手套。

歌声停止了，灌木丛中吵吵闹闹的声音几乎是明目张胆地喧嚣。但是，从宅邸的其他角落似乎也传来了同样的声音，而且声音更大，似乎有某种激昂的声音响彻整个夜晚，但又不仅仅是一个人的声音。

她听到身后传来一阵尖叫声，伊妮德像百合花一样脸色煞白地冲进房间。

"真是太可怕了！"她喊道，"院子里挤满了大喊大叫的男人，到处都是火把，还有……"

琼听到了一阵急行军的脚步声，远远地还听到了另一首歌，调子更加戏谑，歌词好像是——

但是艾维伍德，艾维伍德勋爵，
他像常春藤一样任由树木腐烂。

"我想，"琼若有所思地说道，"这是世界末日。"

"但警察在哪儿？"她的表妹哭喊道，"自从他们戴上那些毡帽之后，好像就再也没有在这附近出现过。我们会被杀的，或者——"

翼楼尽头的装饰木镶板被重重地敲击着，发出三声雷鸣般的巨响，仿佛是巨人手持棍棒在敲门。伊妮德想起来，自己之前还觉得琼那小小的一拳很有力，不禁打了个寒战。两个女孩都盯着那面神圣的墙壁上的星星、月亮和太阳,它们在厄运的打击下猛烈地晃动着。

然后,太阳从天上掉了下来,月亮和星星也掉了下来,散落在波斯地毯上。在世界末日的开幕式上,帕特里克·达尔罗伊拿着曼陀铃走了进来。

发现超人

"我给你带来了一条小狗,"达尔罗伊先生向两位女士介绍扑上前的小狗坎德尔,"我把它放在一个大篮子里带来的,篮子上贴着'爆炸物'的标签,看来这个标签选得很合适。"

他一进门就向伊妮德女士鞠了一躬,并握住了琼的手,一副正人君子的样子,但他还是自顾自地继续他的谈话,话题还是狗。

"把狗带回来的人,"他说道,"总是遭人怀疑。人们有时会煞有介事地暗示,把狗带回来的人就是把狗带走的人。当然,就我而言,这种行为是不堪设想的。但是,把狗找回来的人,即那个欣欣向荣、蒸蒸日上的阶层,还受到另一种指责,"他继续说道,用空洞的蓝眼睛直视着琼,"人们说他归还狗只是为了讨赏。这个指控更有道理。"

然后,他的态度发生了变化,这种变化比任何革命都要非同寻常,甚至比整个房子里轰轰烈烈的革命都要异乎寻常,他再次握住她的手,亲吻了一下,突然正色道:

"至少我知道,你会为我的灵魂祈祷。"

"你最好是为我的灵魂祈祷,如果我有的话,"琼回答道,

"但为什么是现在?"

"因为,"达尔罗伊说,"你会从外面听到,甚至从塔楼的窗户就能看到,自从蒙茅斯郡①(Monmouth)可怜的军队倒下后,在英国从未发生过的事情。无论在精神上,还是在事实上,自从萨拉丁②(Saladin)和狮心王③(Cœur de Lion)兵戎相见之后,就再也没有发生过这种事情。我只补充一点,虽然你已经知道了。我对你的爱至死不渝。在茫茫宇宙中,只有对你的爱,我不曾感到彷徨与迷失。我把这只狗留下守卫你。"说完,他就顺着破旧的楼梯消失了。

伊妮德女士感到非常奇怪,因为没有人追逐袭扰这道楼梯,也没有人进入这栋房子。但琼女士心知肚明。为了搞清楚这个让她忧心忡忡的问题,她听了达尔罗伊的建议走进了塔楼房间,从窗户向外望去,废弃的灌木丛和隧道现在被高高的围墙围了起来,那是隔壁神秘庄园的边界。隔着高高的围墙,她甚至看不到隧道,只能勉强看到遮住隧道入口的大树树梢。但她一下子就明白了,达尔罗伊根本不是在向艾维伍德发动进攻,而是在向艾维伍德以外的宅邸和庄园发动进攻。

---

① 英国地名。
② 埃及阿尤布王朝的创建者(1174—1193)。
③ 狮心王理查德,即1189—1199年英格兰的国王理查一世。

紧接着，她看到与其说是她亲身经历的，不如说是一种天旋地转的幻象。事后，她再也无法形容出当时的情景，那些参与了如此剧烈而神秘的旋转的人也无法形容。她看到滔天巨浪排山倒海似的冲刷着整个卵石坞的堤坝，她惊异于如此巨大的锤子竟然是由水做成的。她不曾想象过，如果它是由人做成的，又会是怎样一副光景。

这道栅栏是新地主在隧道旁那块杂草丛生的荒地前竖起的，她一直认为它就像客厅里的一面墙那样稳如磐石、平平无奇。愤怒的人群只不过撞了几下，栅栏就东倒西歪、四分五裂，碎成无数碎片。巨浪盖过了障碍物，这比她此前见过的任何席卷堤坝的巨浪都要触目惊心。只是，当栅栏被冲破时，她看到了栅栏后面的一些东西，这些东西让她失去了理智。因此，她似乎同时生活在各个时代和各个国度。事后，她再也无法描述当时的景象，但她始终不认为那是一场梦。她说，那比梦境更可怕，那是比现实更真实的东西。那是一排真正的士兵，这样的画面总是很震撼。但他们可能是汉尼拔[①]（Hannibal）或阿提拉[②]（Attila）的士兵，他们可能是

[①]汉尼拔，公元前247年左右出生于罗马共和国势力的崛起时期的一位迦太基军事统帅和战略家。

[②]阿提拉(406—453)，古代亚欧大陆匈人的领袖和帝王，被欧洲人称为"上帝之鞭"。

从西顿①（Sidon）和巴比伦的墓地里爬出来的，琼对他们的认知仅限于此。他们在英国草地上安营扎寨，前面有一棵山楂树，后面有三棵山毛榉，自从那个被称为"铁锤"的查理②（Carolus）在都尔（Tours）将其击退后，他们的营地就再也没有靠近过巴黎以南几里格③的地方。

那里飘扬着伟大信仰和强大文明的绿色旗帜，它三番五次差点儿就进入了西方的大城市；它长期包围着维也纳，几乎被巴黎拒之门外；但在英国的土地上，却从未见过它的武装。队伍的一端站着艾维伍德，他身着自己特别设计的制服，这是一种介于印度兵制服和土耳其制服之间的折中方案。这种折中在琼的脑海中变得越来越离奇。如果说留下了什么印象的话，那就是英国征服了印度，而土耳其征服了英国。然后她看到，艾维伍德虽然穿着军装，却不是这支部队的指挥官，而是一个脸上有一道大疤的老人，那不是欧洲人的脸。他站在战斗的最前线，就好像这是一场古老史诗中的战斗，他与达尔罗伊短兵相接。他是来为他额头上的伤疤报一剑之仇的，他在对手身上留下累累伤痕一雪前耻，尽管最

---

① 黎巴嫩西南部港市。
② 即查理·马特（688—741），加洛林王朝的奠基人。在732年的"都尔战役"中，击溃了阿拉伯骑兵的围攻，从此获得"铁锤"的称号。
③ 里格（League），一个古老的长度单位，主要用于陆地和海洋的测量，相当于4罗里（Roman miles）。

后还是倒在了对手的剑下。他正脸朝下倒在地上,达尔罗伊用一种比怜悯更强烈的目光看着他。达尔罗伊的手腕和前额流出了鲜血,但他还是用剑敬了个礼。就在他敬礼的时候,那具尸体似乎挣扎着抬起了脸,眼皮无力地耷拉着。阿曼帕夏似乎凭本能辨别出东南西北,他往左边挪动了一英尺左右,然后面朝麦加倒了下去。

之后,塔楼围绕着琼转了一圈又一圈,她不知道自己看到的是历史,还是预言。最后的事实是:面对这群秘密盘踞于英国草地上的棕色人种和黄色人种的枪林弹雨,英国人爆发出了几个世纪以来从未有过的血性。山楂树枝折叶落,就像在阿什当战役(Battle of Ashdown)中一样,当时阿尔弗雷德[①](Alfred)率领他的第一支部队向丹麦人发起了冲锋。勇敢的异教徒和勇敢的基督徒的鲜血混在一起,溅到山毛榉树最低矮的树枝上。她只知道,当汉弗莱高举"老船"的招牌率领一队基督徒叛军,出其不意地冲出禁止通行、无人问津的隧道,从土耳其军团的后方杀出来时,一切都结束了。

那生灵涂炭、令人头晕目眩的景象变得不可言说、不可听闻。即使是土耳其人最后一次华丽集结时的枪声和呼喊

---

① 威塞克斯国王阿尔弗雷德(Alfred of Wessex),在阿什当战役中击退了维京人,成功阻止其对英格兰的入侵。

声，她也听不清。因此，她自然听不到艾维伍德勋爵对他的隔壁邻居——那位土耳其军官说的话，或者他更可能是在自言自语。但他说的是：

"我去了上帝都不敢踏足的地方。我凌驾于愚蠢的超人之上，就像他们凌驾于凡人之上一样。我在天堂走过的地方，在我之前无人涉足，我独自一人在花园里。这一切在我身边的流逝，就像我在花园里独自采花——这朵我要，那朵我也要。"

话音戛然而止，军官看着他，似乎在等他发话。但他什么也没说。

但是，帕特里克和琼一起徜徉在一个重新变得温暖和清新的世界里，在这样一个把勇气称为狂热、把爱情称为迷信的世界里，很少有人胆敢这样做，他们觉得每一棵枝繁叶茂的树都像一位向男人张开双臂的朋友，每一个平缓的斜坡都像一列尾随在女人身后的巨大火车。有一天，他们爬上了白色的小屋，那里现在是超人的家。

他面色苍白、神情安详地坐在木桌上玩耍，面前放着碎花杂草。他没有注意到他们，也没有注意到周围的任何事物，甚至没有注意到照顾他日常起居的伊妮德。

"他非常幸福。"她轻声说道。

琼深色的脸上闪着光，忍不住回答道："我们也很幸福。"

"是的，"伊妮德说道，"但他的幸福会一直持续下去。"说着她流下了眼泪。

"我明白。"琼说着亲吻了她的表妹，她自己也不禁流下了眼泪。